PONTE DO MEDO

TAYLOR ADAMS
PONTE DO MEDO

Tradução: Fábio Alberti

COPYRIGHT © HAIRPIN BRIDGE © TAYLOR ADAMS 2021

Published by special arrangement with Lorella Belli Literary Agency Limited in conjunction with their duly appointed co-agent Villas-Boas & Moss Agência Literária.

COPYRIGHT © FARO EDITORIAL, 2022

Todos os direitos reservados.
Nenhuma parte deste livro pode ser reproduzida sob quaisquer meios existentes sem autorização por escrito do editor.

Diretor editorial **PEDRO ALMEIDA**

Coordenação editorial **CARLA SACRATO**

Preparação **ARIADNE MARTINS**

Revisão **BARBARA PARENTE E CRIS NEGRÃO**

Capa e diagramação **VANESSA S. MARINE**

Imagem de capa **©CHAD MADDEN, ©LUKE BESLEY, ©MAGDALENA RUSSOCKA**

Imagens do miolo **©MICHAEL KRAHN, VANESSA S. MARINE**

Esta é uma obra de ficção. Nomes, personagens, lugares e incidentes são produtos da imaginação do autor ou são usadas ficticiamente e não devem ser interpretadas como reais. Qualquer semelhança com eventos, locais, organizações ou pessoas reais, vivas ou mortas, é inteiramente coincidência.

```
         Dados   Internacionais   de   Catalogação   na   Publicação   (CIP)
                    Jéssica de Oliveira Molinari CRB-8/9852

         Adams, Taylor
            Ponte do medo / Taylor Adams ; traduzido por Fabio
         Alberti. - São Paulo : Faro Editorial, 2022.
            256 p.

            ISBN 978-65-5957-190-1
            Título original: Hairpin Bridge

            1. Ficção norte-americana 2. Mistério I. Título II. Alberti,
         Fabio

         22-1818                                                  CDD 813
```

Índices para catálogo sistemático:

1. Ficção norte-americana

1ª edição brasileira: 2022
Direitos de edição em língua portuguesa, para o Brasil, adquiridos por **FARO EDITORIAL**

Avenida Andrômeda, 885 - Sala 310
Alphaville — Barueri — SP — Brasil
CEP: 06473-073
www.faroeditorial.com.br

Para os meus pais

PARTE 1
QUATRO FOGUEIRAS

1.
LENA

— VOCÊ É... *A CÓPIA EXATA* DELA.

Lena Nguyen já havia escutado isso antes, muitas vezes. Nem por isso se tornava menos perturbador para ela ser o fantasma vivo de outra pessoa.

— E vocês eram gêmeas?

Ela concordou com a cabeça.

— Idênticas, certo?

Novo aceno afirmativo.

Algo mudou no olhar do patrulheiro rodoviário, e ele pareceu arrependido. Como se tivesse cometido uma ofensa por não ter dito a "coisa certa" desde o começo.

— Eu... Eu quero que saiba que sinto muito por sua perda — disse o policial.

Outra frase batida. Lena trocou um olhar educado com o policial.

— Não consigo nem imaginar como é perder um irmão.

De fato, ninguém podia imaginar.

— Apenas tente viver um dia de cada vez.

Outro grande clássico das frases feitas.

— Você nunca vai superar isso. Mas algum dia deixará isso para trás.

Essa é nova, Lena pensou. Ela acrescentaria a frase à lista.

O cabo Raymond Raycevic tinha concordado em encontrá-la ali naquele estacionamento que era compartilhado por um restaurante de beira de estrada e um posto de gasolina, a cem quilômetros de Missoula. Centenas de pessoas evacuadas devido ao incêndio florestal mantinham o tráfego constante, e a estrada dava num cruzamento perigoso nesse local, com duas curvas cegas e nenhuma sinalização.

O cabo Raycevic era um homem do tamanho de um gorila, enfiado dentro de um uniforme de patrulheiro rodoviário, que se estufava ao máximo para conter um corpo tão grande. Bíceps e ombros pronunciados e um sorriso gentil. Ele havia apertado a mão de Lena com delicadeza. Raycevic tinha bolsas sob os olhos que se assemelhavam a hematomas.

— Obrigada por fazer isso — ela disse.

— Não há de quê.

— Eu realmente gostei disso... Você sabe. Afinal, é o seu horário de trabalho e tudo o mais.

— O meu turno terminou. — Ele sorriu com o canto do lábio.

O patrulheiro voltou a olhá-la com atenção por um longo momento, ainda espantado, e Lena sentiu uma impaciência familiar. Falar sobre a irmã com estranhos era como ser a personagem de uma história que ela já havia memorizado há muito tempo. Ela sabia exatamente o que Raycevic estava pensando antes que ele abrisse a boca para falar; e quando ele falou, suas palavras foram as que Lena já esperava:

— Me desculpe. É que... Eu não consigo acreditar que você seja *tão parecida* com ela.

Vamos ver o que virá em seguida, ela pensou, contrariada. *Provavelmente aquela conversa de me olhar no espelho etc., etc.*

— Deve ser terrível olhar-se no espelho todas as manhãs — ele continuou. — Dia após dia, tudo o que possa refletir a sua imagem, até mesmo o espelho de um carro, pode simplesmente... pegar você de surpresa e te causar dor.

Ela olhou para o policial.

— Tem a minha simpatia, Lena.

É mesmo? Bem, Ray, nesse momento eu acho que não sinto muita simpatia por você.

Um barulho alto a assustou. Ela se virou para olhar: era uma carreta que havia feito a curva rápido demais. Foi assustador ver dez toneladas de carga sobre rodas deslizando direto na direção deles com os pneus travados. Então o caminhão voltou para a sua faixa, e o cabo Raycevic ficou olhando para o vidro escuro da cabine enquanto o veículo passava, como se esperasse que o motorista se desculpasse.

Mas o motorista não fez isso. O motor acelerou, e o veículo de carga disparou com um estrondo. Lena tirou a franja que havia caído sobre os olhos e viu as letras gravadas no reboque passarem como um filme num projetor: CASCAVEL DO DESERTO. No instante seguinte, o caminhão havia desaparecido, deixando apenas um zunido nos ouvidos dela e o gosto arenoso da poeira.

— Idiota — o policial resmungou.

Eu estou realmente aqui, ela pensou. *Eu realmente estou aqui, fazendo isso.*

A poeira em seus dentes era bem real. Depois de meses de espera, Lena, aos vinte e quatro anos, estava enfim em Montana. A quilômetros de casa.

Seguindo em frente. Fazendo progressos. Outra voz soou em sua mente: *não se acomode. Não baixe a guarda.*

Nem mesmo por um segundo.

Ela se deu conta de que estava enrolando uma mecha de cabelo no dedo indicador e puxando — um tique que tinha desde a escola — e, então, se controlou. Isso a fazia parecer tensa.

Raycevic não percebeu esse gesto. Ele estava olhando para um ponto distante, com os olhos semicerrados.

— A Ponte do Grampo não fica longe daqui, mas você não tem sombra nenhuma quando está lá em cima. O sol brilha como um holofote. Drena a sua energia. Antes de irmos, você precisa de alguma coisa do restaurante? Água, talvez?

— Vou comprar alguma coisa.

— Tudo bem. Vou ligar a viatura. — Ele apontou para o carro.

Lena voltou correndo para o ar-condicionado do restaurante. Ela já havia esperado ali durante horas naquele dia, bebendo café enquanto grupos de bombeiros conversavam. Ela fingiu mexer em um frigobar cheio de energéticos e garrafas de água, e quando teve certeza de que o cabo Raycevic estava ocupado dentro da sua viatura e não a observava através das janelas, voltou para a sua mesa.

Lena tinha um notebook sobre a mesa. Ela checou com cuidado o cabo de força e a conexão com o roteador. Tudo em ordem.

— Obrigada mais uma vez — ela disse à mulher atrás do longo balcão. — Logo estarei de volta.

— Você está fazendo um trabalho da faculdade, não é?

— É, podemos dizer que sim.

***

LENA SEGUIU O CARRO DO POLICIAL NA DIREÇÃO LESTE pela rodovia 200 por cerca de quinze minutos. Então Raycevic virou bruscamente para a direita, atravessando duas faixas, como se o desvio o tivesse surpreendido. Lena teve de pisar no freio, e os pneus rangeram no atrito contra o solo.

Da sua janela, o policial se desculpou com um aceno.

Essa outra estrada estava sem manutenção fazia décadas. Ervas daninhas brotavam através das fissuras no concreto descolorido pelo sol. As linhas de demarcação estavam desbotadas. Sobre um portão de metal trancado, uma placa também apagada trazia os dizeres: USO RESTRITO. ENTRADA PROIBIDA. O cabo Raycevic conhecia o código de acesso. Depois de trancar novamente o portão atrás deles, ele começou a dirigir acima do limite de velocidade. Lena se perguntou se ele a estava testando, tentando levá-la a receber uma multa. Isso seria sacanagem.

Ela resolveu dirigir na mesma velocidade que o policial. Também iria testá-lo.

Lena dirigiu em silêncio. Nada de música nem podcasts desde que havia deixado Seattle pela manhã, porque ela não tinha o plugue correto para conectar aos alto-falantes. Ela tinha receio de tocar no CD player, e no rádio com estações pré-sintonizadas, porque o carro não era dela.

Era de Cambry.

Tinha sido de Cambry.

Dirigir o carro de sua falecida irmã gêmea era uma experiência desagradável. Seu pai havia implorado, com lágrimas nos olhos, para que ela aceitasse ficar com o veículo, argumentando que aquele já rodado Toyota Corolla 2007 era um dos poucos bens restantes da irmã, e vendê-lo seria errado. Talvez fosse. Contudo, a viagem daquele dia rumo às colinas secas do Condado de Howard, Montana, era a mais longa que Lena já havia feito com o Toyota.

Lena não havia mudado nada no carro. Cada detalhe continuava exatamente como a irmã havia deixado. A garrafa de água de um litro no porta-copos ostentava a figura de um super-herói que já tinha vivido seus dias de glória no cinema, mas andava em baixa ultimamente. A caixa térmica cheia de comida estragada. A bateria de reserva, o compressor de ar, a maleta de ferramentas sujas. Os objetos de uso pessoal minimalistas no banco de trás — uma mochila com roupas dobradas que ainda carregavam o cheiro dela, vários sacos plásticos contendo desodorante, pasta de dente e enxaguante bucal. No porta-malas, uma barraca de camping para duas pessoas, uma grelha elétrica e um saco de dormir perfeitamente enrolado. Lena nunca conseguiria enrolar tão firme daquela forma. Jamais.

Eu não estou apenas dirigindo o carro dela, Lena um dia se deu conta de estalo, em algum lugar entre Spokane e Coeur d'Alene. *Estou dirigindo a casa dela*.

Como a garota da cidade que era, Lena não podia deixar de se surpreender com o estilo de vida espartano da irmã gêmea. A fita adesiva no volante do carro. Os fios expostos entregando os reparos improvisados no adaptador do acendedor de cigarro. As folhas secas espalhadas (para combater odores, Lena imaginava). Pareceria um profundo insulto mudar ou descartar qualquer coisa nesse veículo, nesse espaço íntimo onde a irmã havia morado com competência por mais de nove meses.

Sendo assim, tudo permanecia intocado.

Até mesmo a comida mofada na caixa térmica. Até a garrafa de água ao seu lado, que tinha cheiro doce sob a luz do sol. Os lábios de Cambry o haviam tocado três meses atrás. Talvez o DNA dela ainda estivesse nele.

"Você é a cópia exata dela."

O cabo Raycevic não havia reconhecido o carro de Cambry, e isso deixou Lena surpresa. Ele havia encontrado o carro na mesma noite em que encontrou o corpo dela. Então por que não se lembrava do veículo?

A viatura do policial ainda seguia na dianteira — aproximando-se agora de oitenta quilômetros —, então Lena pisou no acelerador e igualou sua velocidade à dele enquanto a estrada começava a subir a montanha. Os pneus se chocavam com força contra o concreto irregular. À sua direita, a terra desaparecia em alguns pontos, dando lugar a uma imensa vastidão, e por um momento Lena considerou quão perto se pode estar da morte na maioria das estradas. Na maioria das vezes, as linhas de demarcação são imaginárias. Você está apenas a uma guinada de distância da pista contrária ou de uma ribanceira. Ela tentou não pensar nisso.

Os pinheiros eram bem altos ali — entre dezoito e vinte metros. Galhos desgastados cozinhavam ao sol, cercados por folhas secas e zimbro estaladiço. Um milhão de acres de material inflamável à espera de uma faísca. E para além do terreno irregular, elevando-se na distância...

Ela sentiu um grande nó na garganta.

Estava lá. A estrutura já estava tomando forma sobre as colinas inclinadas, denteada e ofensiva, e inteiramente feita pelo homem. Um antigo fóssil emergindo da terra.

Ah, Jesus, aí está.

Ela sentiu o peito apertar mais à medida que a forma marrom-ferrugem entrava em seu campo de visão, com seus rebites e vigas mestras afiadas como palitos de dentes ao sol. Tornando-se real bem diante dos seus olhos, e se aproximando cada vez mais de Lena conforme ela avançava na estrada irregular. Lena sabia que estava envolvida agora, que os destinos dela e do cabo Raycevic se entrelaçavam ali. Não era mais possível voltar atrás.

Enquanto se aproximava da estrutura, momentaneamente encoberta por outro monte de pinheiros secos, ela tentou se acalmar um pouco. Nenhum plano de batalha sobrevive ao primeiro contato com o inimigo, não é o que se diz?

Ainda assim...

Parece ser muito maior do que nas fotos.

***

ANTES DA MINHA PARTIDA
Postado em 20/09/2019 Por LNguyen

Vou falar sobre uma ponte.

Um precário monstro de aço com uma curva acentuada em sua rampa sul, atravessando mais de cento e oitenta metros de um vale obscuro nos limites de uma cidade de mineradores falida, tornada totalmente obsoleta pela estrada interestadual. A cento e doze quilômetros de Missoula. A ponte em si é um lixo total, essa é a verdade.

E foi nessa ponte que a minha irmã morreu.

Supostamente.

Sei que esse assunto é pesado, caros leitores, e peço que me desculpem por isso. Eu não costumo postar esse tipo de coisa no meu blog *Luzes e Sons*, e sei que isso pode contrariar alguns de vocês. E eu apreciei as palavras amáveis e os votos de pronta recuperação, no Facebook e no Instagram, dirigidos a mim enquanto eu andei sumida nos últimos meses (por razões óbvias). Sim, eu estou de volta ao meu blog, mas não exatamente da maneira que vocês provavelmente esperam. E trago comigo uma postagem que é uma bomba, portanto tratem de apertar os cintos.

Mas, antes de prosseguirmos com a postagem:

Esse não é o meu blog de sempre. Isso não é um livro, nem um filme, nem uma resenha de videogame. Isso não é um discurso político (Deus sabe que esse tem sido um grande ano para isso). Isso não é poesia, nem é peça cômica. Isso — seja lá o que for — é algo que eu preciso postar aqui, em *Luzes e Sons*, para os meus poucos, porém engajados, leitores (isto é, vocês), por motivos que logo ficarão claros. Quando vocês terminarem de ler isso, dependendo do seu fuso horário, talvez eu esteja no noticiário nacional. Por isso, desde já eu lhes peço desculpa se isso arruinar completamente o dia de vocês. Tudo bem? Bom.

Aí vamos nós.

Eu vou passar o meu sábado na Ponte do Grampo. Amanhã de manhã, bem cedinho, vou sair com o carro da Cambry numa viagem de sete horas até a cidade de Magma Springs, Montana, e me encontrar com um policial rodoviário chamado Raymond R. Raycevic. Sim, o nome dele é esse mesmo (aparentemente o "R" estava à venda com um bom desconto no dia em que os pais dele lhe deram esse nome). Por e-mail ele gentilmente concordou em mostrar para mim, a irmã enlutada, o ponto exato onde ele encontrou o corpo da Cambry três meses atrás.

Quanto à Ponte do Grampo... Bem, queridos leitores, esse nome lhes soa familiar? Talvez vocês já tenham ouvido falar dela. Trata-se de uma anomalia arquitetônica, de certo modo, em virtude da sua forma estranha (as encostas do vale necessitam que a estrada descreva uma engraçada curva em S na rampa sul antes de retornar sobre si mesma; passar por ela é como dirigir sobre um gigantesco grampo de metal). A ponte tem outro nome que prefiro não citar aqui, porque, falando honestamente, não gosto das associações que esse nome agora tem com Cambry, e lamento que o nome dela esteja ligado a esse nome para sempre nos mecanismos de busca da internet. Então eu não o usarei.

A Ponte do Grampo é mal-assombrada.

Supostamente (acostume-se a essa palavra).

Acredita-se que haja atividade paranormal nesse lugar. Dizem que o espaço e o tempo são maleáveis em torno da estrutura fixa da Ponte do Grampo, e que quando você a atravessa, passado e presente podem se misturar um pouco. Como uma luz que se reflete numa lente suja.

Eu sei. Não estou sugerindo seriamente que a minha irmã tenha sido assassinada por fantasmas. Mas houve um período, em julho, no qual eu considerei essa possibilidade. Durante algum tempo eu devorei todas as explicações que encontrava sobre tempo alterado e aparições. Escutei todas as gravações de áudio em que pessoas declaravam ter captado murmúrios de espíritos: "Ajudem-me ou deixem esse lugar". Cheguei até a ler o livro autopublicado, escrito por um homem que passou uma noite acampado sob a ponte (*spoiler*: ele sobreviveu).

É ridículo, mas esse é o abismo em que eu caí depois da morte abrupta da minha irmã. No horror da queda livre, por algum tempo você deixa de ser quem é, de agir como sempre agiu. Você sai em busca de explicações, por mais absurdas que sejam. Essas explicações podem ser mitos, conspirações criminosas, qualquer coisa que dê sentido ao que não tem sentido. Qualquer resposta, qualquer coisa é melhor do que nada.

E agora eu acho que finalmente tenho uma resposta.

(Não, ela não envolve fantasmas.)

Por isso é que estou indo para lá, queridos leitores. É por isso que essa louca por cappuccino e por Seattle partirá amanhã para encontrar uma ponte feia como o diabo, no meio do nada. Por isso é que estou escrevendo isso. E é por isso que não aceitarei nada menos do que a verdade do cabo Raycevic.

Seja qual for o preço por essa busca, eu pagarei.

Eu preciso saber.

O que aconteceu com você, Cambry?

***

O POLICIAL ESTAVA ESPERANDO POR ELA NA PONTE. Ele havia estacionado a sua viatura preta à direita, ao lado de um gradil baixo e cinzento; mas Lena sabia que eles podiam estacionar em qualquer lugar. A Ponte do Grampo servia a uma estrada desativada. Não havia tráfego para bloquear.

Na rampa sul, logo depois da curva em forma de grampo que dava nome à ponte, uma placa descorada pelo sol exibia um aviso ilegível sobre o fato de a estrutura ser defeituosa ou de não ter sido inspecionada. Se a intenção era desencorajar o grande número de caçadores de fantasmas que eram atraídos para o lugar, então não tinha surtido efeito. Recentemente alguém havia pintado ali com tinta spray preta os seguintes dizeres: TODOS OS SEUS CAMINHOS DESEMBOCAM AQUI.

Estranhamente apropriado, Lena pensou.

Ela estacionou alguns metros à frente do carro do policial, para ter uma rápida rota de fuga em caso de necessidade. Deixou o motor do Corolla ligado por um momento, respirou fundo e prendeu a respiração. A distância de Magma Springs até ali não tinha sido tão longa quanto ela havia imaginado. E agora ela estava lá. E se sentia despreparada.

Eu estou aqui, Cambry.

Ela observou os óculos tortos da irmã sobre o painel de controle. Os minúsculos riscos nas lentes.

Meu Deus, eu estou mesmo aqui.

Pelo espelho retrovisor, Lena viu o cabo Raycevic de pé ao lado da viatura, com o cotovelo na porta, coçando o pulso e fingindo que não estava esperando por ela. Consideração da parte dele. Ele já a havia surpreendido com a sua sensibilidade. Por um lado, era parte do trabalho dele — certamente não era nenhuma novidade para o policial transmitir notícias ruins a famílias enlutadas —, mas Lena suspeitava de que havia algo mais ali. Raycevic também tinha perdido alguém. Ele encobria as marcas assim como ela, outro membro daquele terrível clube silencioso. Uma esposa? Um filho pequeno?

Os pulmões dela começaram a doer. Ela percebeu que estava prendendo a respiração.

Lena desligou o motor e imediatamente se arrependeu. Ela poderia ter demorado mais algum tempo, e queria ter feito isso. Raycevic não se importaria. Agora o policial estava olhando para ela através dos seus óculos escuros, e reparando — sim, esse era o Toyota Corolla azul de Cambry, e Lena dirigiu até aqui com ele. A irmã gêmea da vítima, dirigindo o carro da vítima. Visitando o lugar onde a vítima morreu, como uma sósia macabra.

Se isso o perturbou, Raycevic não demonstrou. Fez um gentil aceno na direção dela com a cabeça, como se dissesse: *Esse é o lugar.*

É *óbvio.*

Ela desceu do carro. O sol era mais forte ali em cima. Miragens tremulavam na pista de cimento da ponte em ondulações líquidas. O ar era parado.

— Você pode ver o incêndio daqui. — Raycevic apontou na direção norte. — Quatro mil acres de Black Lake, e ainda não foi controlado, está aumentando...

— Vem em nossa direção?

— Não, a menos que o vento mude.

Isso bastou para tranquilizar Lena. Ela já tinha preocupações de sobra. Mas a quilométrica nuvem de fumaça era impressionante. Parecia uma visão do fim do mundo no horizonte, um apocalipse em câmera lenta.

— Sabe, eu nunca entendi por que o nome de Ponte do Grampo — ele disse com ar pensativo. — Vejo a curva fechada ali, eu acho, mas isso me lembra mais um daqueles Marbleworks com que as crianças brincam. Sabe do que eu estou falando?

— Sim.

— Um segmento reto com a curva em gancho na extremidade. — Ele apontou. — Concorda? É o que parece para mim. Não um grampo.

Ponte Marbleworks. Não parecia um grande nome em termos de apelo místico.

— Você brinca muito com Marbleworks?

— Todo mundo precisa de um *hobby.*

Por um momento, ele lhe pareceu uma pessoa normal. Isso era bom. E também era completamente falso.

— Você... veio com o carro dela — ele disse, por fim tocando no assunto.

— Pois é.

Ele observou os faróis traseiros com tristeza.

— Eu reconheci o veículo.

— Você se incomoda que eu o grave?

— Perdão?

Lena havia esperado até agora para perguntar, porque desconfiava que seria difícil para ele dizer não quando estivessem na ponte. Ela apontou para o carro.

— Eu trouxe um gravador comigo. Uma coisa velha e esquisita, dá vontade de rir só de ver. Mas o meu psicólogo recomendou que eu... que eu gravasse tudo o que fosse significativo.

Ele não disse nada. Estava pensando.

— Não é só isso. — Ela exibiu um sorriso pesaroso. — Eu filmei o funeral dela, também.

— Você assistiu?

— Algumas vezes.

O policial ficou em silêncio, mas a pergunta *"Por quê?"* estava estampada em seu rosto.

— Você não morre de fato quando o seu coração para de bater. Você morre quando é esquecido. Minha irmã não é mais uma pessoa — ela é uma *ideia*. Eu a levo comigo. Por isso eu preciso preservar cada traço que me resta dela, cada palavra, cheiro e som.

— Até mesmo as coisas negativas?

— Sim.

— Até o funeral dela?

— Assim eu me sinto próxima dela. Como se ela tivesse acabado de ir embora. — É como cutucar uma ferida, Lena quis acrescentar. *Logo você passa a não sentir mais nada, e isso é aterrorizante. A dor traz minha irmã de volta.*

A dor a mantém viva.

Raycevic suspirou. Então fez um aceno positivo com a cabeça.

— Tudo bem, vá em frente — ele disse.

Ela voltou para o Corolla, temendo ter estragado o seu disfarce por usar a palavra "psicólogo". "Terapeuta" seria mais adequado? Qual a diferença entre um terapeuta e um psicólogo? Lena não sabia, mas Raycevic provavelmente sabia. Ela se inclinou para o interior do carro da irmã e o apanhou — um antigo gravador preto de fitas cassete.

Lena introduziu uma fita no aparelho e apertou um botão.

— Testando.

— Eles ainda fabricam isso?

— Era de Cambry. Da época em que éramos crianças.

Isso o calou. Sob o olhar atento do policial, ela colocou o aparelho no capô do Corolla. Os raios da fita cassete giravam através da cobertura de plástico.

— Obrigada — ela disse, e então falou mais alto ao microfone: — Cabo Raycevic.

— Pode me chamar de Ray.

— Obrigada, Ray. — Lena olhou para ele. — Comece dizendo como você encontrou o corpo dela, por favor.

— Eu estava respondendo a uma chamada. Alguém usou alicate para romper a corrente daquele portão que atravessamos.

— Isso é incomum?

— Acontece algumas vezes a cada ano. Caminhões usam essa rota para ganhar uma hora em suas viagens. Isso aconteceu na noite de 7 de junho. Por volta das onze. Eu cheguei por aquela curva ali, me aproximei da ponte e vi um Toyota azul estacionado aqui.

— Estacionado onde? Pode ser mais preciso?

— Na verdade... — Ele silenciou por um instante. — Exatamente onde você acabou de estacioná-lo.

Ela sentiu uma pontada no estômago, mas logo deixou isso de lado: É só coincidência.

— Eu quase bati na traseira do carro — o policial disse. — Tive que afundar o pé no freio, e derramei café no meu rádio todo. Ainda dá pra ver as marcas de derrapagem no chão.

De fato, havia marcas desbotadas no pavimento, bem no trecho para o qual ele apontou. Marcas grandes, de cor preta.

— Às 11h44, eu me aproximei a pé do Toyota Corolla de Cambry (*o seu*). Estava abandonado. Nenhum ocupante nele. Nenhum sinal de distúrbio. A porta do motorista estava escancarada. Bateria descarregada. Tanque vazio. — Raycevic hesitou, como se se sentisse ridículo. — Mas você tem certeza de que...

— Cada detalhe. Por favor.

— Chequei o restante da ponte, vasculhei as árvores em busca de fogueiras ou de lanternas. Então voltei para a viatura e solicitei uma verificação de placa. Nesse momento, eram onze e cinquenta e um.

Ele é bem preciso com relação aos horários, Lena reparou. Ele havia se preparado.

— Eu me lembro de aguardar enquanto a Central checava a placa, tentando entender o que tinha encontrado. Fiquei ali, limpando o café da minha calça com um guardanapo, olhando para o céu escuro e estrelado, sentindo-me atingido por um terrível sentimento de... injustiça, eu acho. Não me ocorre outra maneira de descrever isso. Era como se estar aqui, nesta ponte, equivalesse a enfiar a mão direita num triturador e tocar o interruptor com a mão esquerda. Isso faz algum sentido?

Não. — mas mesmo assim Lena fez um aceno afirmativo com a cabeça.

Não são só o presente e o passado que se confundem no prisma da Ponte do Grampo, Lena se lembrou de ter lido. *A vida e a morte também são assim.*

— De algum modo, eu simplesmente... — Raycevic mordeu o lábio. — Intuição policial, eu acho. Algo me disse que eu devia voltar para o frio lá fora, frio para o mês de junho, e olhar lá pra baixo pelo gradil. Que a pessoa que abandonou o Corolla talvez estivesse... lá embaixo.

— A Ponte do Suicídio — Lena sussurrou.

— O quê?

— É o outro nome da Ponte do Grampo.

— Não entendo.

— De acordo com as histórias de fantasma, pelo menos. — Ela trançou o cabelo, embaraçada por ter mencionado a palavra *fantasma*. — Pessoas na internet, malucos paranormais... Eles dizem que motoristas costumavam pular para a morte de cima desta ponte. Teriam sido cinco ou seis suicídios durante os anos oitenta. O suficiente para que ganhasse relativa fama como um lugar que atrai pessoas solitárias e encrencadas, de todos os lugares, dispostas a dar um fim à sua vida.

— Puxa. — O policial deu de ombros. — Nunca ouvi falar disso.

— Como aquela floresta do suicídio no Japão.

— Nunca ouvi falar dessa também. — Raycevic caminhou até o gradil, e Lena o seguiu. Ele colocou as duas mãos no parapeito. Suas grandes mãos eram cheias de calos. — Eu estava posicionado exatamente aqui quando vi Cambry.

As palavras dele provocaram um calafrio em Lena.

Ele apontou direto para baixo, para o mosaico de pedras amareladas bem distante lá embaixo. O rio Silver era um leito de pedras soltas amontoadas pelas estações turbulentas. Repleto de água em março, seco em julho.

— Onde a viu?

— Bem ali.

Lena se juntou a ele no gradil e tentou visualizar o corpo de Cambry lá embaixo como parte do mosaico. Amassado, mole, jogado como uma boneca, a uma distância de duzentos metros. Mas fazia meses que ela buscava respostas. Lena queria, precisava de mais detalhes.

— Ela estava de costas? Ou de bruços?

— De lado.

— Lado direito ou esquerdo?

— Esquerdo.

— Havia sangue?

— Perdão? — Ele se virou para Lena.

— Você viu algum sangue nela?

— Em que isso ajudaria?

— Eu quero saber tudo — Lena disse com firmeza. — Cada detalhe sórdido e perturbador. Sem ter detalhes eu acabo imaginando coisas muito, *muito* piores à noite quando não consigo dormir. É um caso sem desfecho, inacabado, e eu não suporto coisas inacabadas. É um problema que eu tenho. O meu cérebro trabalha sem cessar para preencher os espaços vazios.

Lena não tinha certeza de que ele estivesse engolindo essa história.

Uma ideia então lhe ocorreu:

— Veja, é... É como um monstro num filme. É terrível quando não conseguimos vê-lo. Mas quando vemos o monstro claramente, em plena luz do dia, ele perde seu poder. Torna-se conhecido.

— Depende do monstro — ele disse por fim.
— Eu tenho uma imaginação e tanto, Ray.
— E o seu... — Ele hesitou. — O seu *psicólogo* aprovou isso?
— Eu sei o que estou perguntando.
— Tem certeza?
— Certeza.
— Cem por cento?
— Um milhão.
O policial suspirou e desviou o olhar.
— Você está me deixando desconfortável.
— *Você* está desconfortável?
— A queda matou Cambry — ele disse de forma abrupta. A voz dele ecoou no ar, e Lena instintivamente recuou. Ouvir homens levantarem a voz sempre a assustava. — Eu não tenho nenhum detalhe sangrento para compartilhar sobre o estado do corpo da sua irmã depois do suicídio dela, porque não acho que isso seja apropriado. Está bem?

As palavras dele atingiram Lena com o impacto de uma repreensão. Ela não conseguiu evitar que seus olhos lacrimejassem. *Recomponha-se.*

— Depois que vi o corpo da sua irmã, chamei os paramédicos e desci até ela a pé para lhe prestar ajuda, se ainda fosse possível. Como eu já esperava, constatei que ela já não tinha pulso. Não respirava. O corpo dela estava estirado lá fazia pelo menos um dia.

Não chore. Ela mordeu o lábio.

— Morrer dessa maneira... é rápido. O cérebro nem tem tempo de processar a dor. É como um botão de desligar dentro de você, acionado em um microssegundo. Nem imagino que problemas ela enfrentava no dia 6 de junho, mas num piscar de olhos... — Ele a fitou, e seu tom de voz se suavizou. — Sua irmã não sofreu, Lena.

Ela se eriçou, como se um dedo tivesse sido colocado bem na cara dela. Essa era a primeira vez que o cabo Raycevic a chamava pelo primeiro nome. Lena preferia que ele não tivesse feito isso.

"*Ela não sofreu*", só podia ser piada. Porque quando uma pessoa decide pular de uma ponte, ninguém tem a audácia de afirmar que essa pessoa não estava sofrendo.

Lena tentou se concentrar no momento presente. Aqui e agora, ela e Raycevic. Mas estar ali, e no local exato em que tudo havia acontecido, era conectar-se a uma estranha energia, e sua mente inquieta continuava retornando aos acontecimentos passados, tentando reconstruir detalhes: "*É 6 de junho. Já anoiteceu. A eletricidade faz o ar tremer. Cambry Linne Nguyen está dirigindo sozinha nessa estrada desativada. E após dirigir por uma distância desconhecida, partindo de uma origem desconhecida, ela chega à ponte. E para o carro bem ali".*

Bem no local onde Lena tinha estacionado inadvertidamente o carro, numa estranha coincidência.

"E ela sai do carro em meio à noite fria, por volta das nove horas, deixando o motor ligado e a porta aberta. E caminha até a beira da ponte, bem aqui" — Lena agarrou o parapeito com as duas mãos, talvez nos mesmos pontos que Cambry havia tocado três meses antes — *"e a minha irmã passa uma perna de cada vez por cima desse gradil. E então ela cai. Ou fica pendurada pelas mãos até se soltar. Ou, quem sabe, mergulha sem pensar para o vazio, assim como parecia mergulhar de cabeça em tudo."*

"Ela despenca duzentos metros."

"Ela bate no chão de pedras numa velocidade de..."

— Puta merda — Lena sussurrou.

O que mais há para ser dito? Raycevic havia se afastado para lhe dar espaço.

E agora as perguntas. Intermináveis perguntas na mente de Lena, jorrando, arranhando, raspando, implorando para serem libertadas: *"O que você estava fazendo aqui? Para onde você estava dirigindo? Por que você parou? Por que saiu do carro aqui, justamente aqui, com tantos lugares nessa ponte distante?".*

E, é claro, o velho clássico, o terrível refrão: *"Por que você se matou?".*

— Eu sinto muito — Raycevic murmurou atrás dela. Mas a voz dele soou estranhamente metálica, como se chegasse até ela através de uma distante linha telefônica. Tudo o que Lena viu foi o espaço vazio sob os seus pés, a ravina bem longe lá embaixo, o vasto leito de cascalho do rio Silver cheio de árvores brancas caídas.

"Cambry... Em suas horas finais, o que estava passando pela sua cabeça?"

2.
A HISTÓRIA DE CAMBRY

Juro por Deus, *Cambry pensa*, é melhor que eu não morra hoje.

Ver uma coruja em plena luz do dia é mau agouro. Onde havia aprendido isso? Ela não conseguia se lembrar.

A coruja está empoleirada nos galhos como um anão de jardim. Uma grande coruja-orelhuda. Suas penas encrespadas e suas orelhas em forma de chifres formam uma silhueta diabólica contra o céu azul. Os chifres são a parte mais difícil de desenhar sem cometer exageros. Ela está usando tinta, não lápis, e o trabalho já está ruim — a pobre criatura está parecida com o Batman. Cambry quer rasgar a folha e recomeçar.

Se você não foi o prenúncio da minha morte antes, *ela pensa*, provavelmente você é agora.

O acampamento está em silêncio.

Ou melhor, estava — até trinta segundos atrás, quando o casal no Ford Explorer chegou. Agora vários ruídos chegam até ela: nylon e zíperes sendo manipulados, portas de carro abrindo e fechando, vozes murmurando. Ela tenta se concentrar em seu esboço. A coruja inclina a cabeça, talvez igualmente irritada.

O casal está discutindo. Do lugar onde está, cerca de cinquenta metros, numa parte mais alta do terreno, Cambry não consegue discernir as palavras, mas reconhece o ritmo das vozes *de ambos*. Os tons altos e baixos, as afrontas sussurradas, discursos exasperados. A música do conflito. Ela conhece cada nota.

O homem puxa uma caixa térmica para fora do Explorer e a deixa cair na terra com um baque forte.

Cambry põe a língua para fora enquanto desenha — um hábito que tem desde os cinco anos de idade — e continua sombreando os contornos da coruja, as orelhas do Batman e tudo o mais. Algumas vezes é possível salvar um esboço. Com o sombreado adequado, ela faz o exagero parecer intencional. O modelo de Cambry havia perdido *o interesse no casal, e agora olhava de novo para ela com seus luminosos olhos amarelos. Perturbadoramente vigilantes.*

A porta do compartimento de carga do Explorer bate com força. O casal está indo agora para o seu local de acampamento. As vozes deles somem aos poucos em meio aos pinheiros.

Agora ela se lembra — uma visita a um museu na oitava série, onde o diretor disse à classe que índios nativos americanos *acreditavam que corujas eram arautos da morte. Guardiãs da vida após a morte, aventurando-se durante o dia para encontrar as almas que devem partir em breve. Sem dúvida essa coruja ainda a está observando com seus olhos brilhantes, com uma estranha e poderosa atenção.*

O silêncio volta a predominar. O casal se foi.

Finalmente.

Cambry fecha o seu caderno e em silêncio se apressa em direção à estrada. Ela baixa a sua mochila ao lado do Explorer do casal, retira um galão de gasolina e com cuidado abre a tampa do tanque de combustível a fim de inserir em seu interior uma mangueira de vários metros.

A coruja a observa o tempo todo.

***

Quando nós éramos crianças, eu sempre prometia a Cambry que escreveria um livro sobre as nossas aventuras. Isso — o que você está lendo agora — não é o que eu tinha em mente.

É claro.

Em parte, porém, é uma dolorosa catarse contar a história da minha irmã. Reconstruir os fatos que representaram as horas finais dela é como tentar religar um milhão de ossos fraturados. Mesmo que cada palavra machuque, os meus pais merecem saber o que realmente aconteceu com sua filha no dia 6 de junho. E eu vou ser franca: embora ninguém possa afirmar que conhece os pensamentos de uma mulher morta, eu tomei a liberdade de imaginar alguns detalhes.

E quem melhor para tentar isso do que sua irmã gêmea?

Antes de prosseguirmos, porém, uma mensagem especial para a Cambry: Aqui está o seu livro, mana. Finalmente. Sinto muito, muitíssimo, que venha com um atraso de quinze anos.

E que você morra no final.

***

Os cadernos espirais da Cambry são a história dos seus últimos nove meses desenhada à mão.

No Oregon, em setembro. Do concreto e das cercas de arame de Portland até as águas sempre verdes de Crater Lake. Depois Medford, cervejas caseiras e dormir no sofá de um amigo de Blake, seu namorado. Esse amigo era um cara tranquilo, que dividiu com ela um alucinógeno poderoso que havia cultivado numa caixa de sapatos. Tarântulas peludas haviam caído sobre Cambry como paraquedistas durante as três horas seguintes. Por fim, as tarântulas deixaram de assustá-la, e ela simplesmente as rechaçou.

Em outubro na Califórnia. Pela Rodovia 101, passando por Eureka até Glass Beach, a praia de vidro. Os moradores vizinhos de Fort Bragg costumavam jogar seu lixo no oceano, e fizeram isso por décadas, criando sem querer a maior reserva do mundo de vidro do mar. Vidros azuis e verdes de brilho úmido entre as pedras pretas. Lápis e tinta não poderiam fazer jus a isso. Ela pegou um punhado desse vidro e o guardou no console do carro.

Novembro em meio a nevoeiros marítimos, docas escorregadias e pontes. A maior: Golden Gate.

Em dezembro e janeiro no Novo México, Arizona, Texas. As coisas ainda estavam boas entre ela e Blake, e eles tinham dinheiro suficiente. Eles jogaram frisbee em uma apocalíptica extensão desértica chamada White Sands. Ondas pálidas chicoteavam no ar a uma altura de quinze metros. Certa noite, sob uma galáxia de estrelas, Blake lhe perguntou o que ela faria quando aquela grande peregrinação terminasse e eles finalmente retornassem a Seattle.

Ela respondeu: "Vou me matar".

Ele riu com desconforto.

Em fevereiro e março, viagem por Louisiana, Georgia, Flórida. Ela desenhou mansões brancas gigantescas, lâmpadas em árvores, cabeças escamosas de crocodilos. As brigas entre ela e Blake tornaram-se mais frequentes; as discussões surgiam com a rapidez e a força de uma tempestade. Em Fort Myers, pedras de granizo atingiram o para-brisa do Corolla como se fossem tiros, danificando-o. O ambiente agora estava tenso; as coisas haviam azedado entre os dois. Na oficina de reparos, Blake, mal-humorado, disse a ela que iria até o posto de gasolina para comprar cigarros. Ela esperou por trinta minutos, e então foi à procura dele — e o balconista da loja de conveniência disse que havia visto um homem que correspondia à descrição de Blake encontrar-se com um amigo e ir embora. Ele havia roubado dela quatro mil dólares e uma pistola calibre 25. Cambry tinha dezessete dólares em sua bolsa e um para-brisa recém-restaurado.

Ela continuou em frente.

Por que não?

Ela poderia voltar a Seattle sem ele. Toda a viagem de um ano tinha sido ideia dela. Não de Blake. Ela encontraria o caminho de volta para casa — se quisesse mesmo fazer isso — e chegaria lá no próprio tempo.

Em abril foi a vez da Virgínia e da Virgínia Ocidental, e em seguida uma incursão pela paisagem verdejante dos Montes Ozark. Depois, as chaminés deterioradas das fábricas de papel antigas, e daí rumo às Dakotas — Dakota do Norte e Dakota do Sul. Cambry pôde desenhar mais esboços sem Blake por perto tocando em seu braço como uma criança impaciente. Ela vendeu o trailer. A quilometragem do Corolla melhorou. Ela fez bicos para repor o dinheiro. Não gostava de roubar, mas fazia isso ocasionalmente. Comida, na maioria das vezes.

Em junho ela estava em Montana.

Seu último caderno está quase cheio. Seattle fica a um tanque ou dois de gasolina de Magma Springs. Sua antiga vida a chama de volta, e ela sente falta das suas comodidades. Água corrente. Tomadas elétricas. Sua dor de dente acabou piorando no último mês. Ela continua vendo sangue em sua escova de dentes.

Mas ela calcula que conseguirá chegar a Coeur d'Alene esta noite. Se partir agora.

Ao voltar a pé da área de acampamento Dog's Head, Cambry segue pela via pública antes de cortar caminho pela floresta densa e montanhosa. Sua mochila agora está pesada, pois nela há gasolina. Quando se embrenha tão fundo na mata, Cambry tira para si apenas um ou dois galões de combustível. Ela não quer deixar ninguém em situação difícil.

A temperatura está agradável no final da noite. O sol alaranjado atrás dos pinheiros, e o céu colorido com tons de roxo. As vozes hostis sumiram — agora só há o zumbido dos grilos e o ruído da grama sob os pés. Cambry gosta do silêncio, do cheiro das folhas de pinheiro e dos frutos silvestres. Ela está na parte final da sua caminhada, talvez a cinco minutos da estrada onde estacionou, quando repara na coluna de fumaça.

Meu carro está pegando fogo, *ela pensa*.

Sua mente tem lhe pregado peças nos últimos tempos. Desde a passagem pela Flórida, suas neuras andam fora de controle — as suas fúrias, como a analista dela costumava chamar essas neuras. Uma simples coruja significa morte iminente. Dor de dente? Câncer. Fumaça significa que seu Corolla está em chamas.

Ela acaba percebendo que a fumaça se origina num ponto próximo do seu caminho. Nuvens de fumaça sobem acima das Montanhas Rochosas, deixando um rastro de vapor. Cambry está curiosa, por isso ela para a fim de espiar através de um emaranhado de galhos.

Seria alguma fogueira?

Ela identifica a origem do fogo a quinhentos metros de onde estava: uma fundação de concreto, branca como osso. Uma construção que não saiu da base, agora coberta de erva daninha. Um trailer e um caminhão enferrujado. Um poço seco. Madeira e cascalho amontoados. A terra está em estado natural, escura, e foi revolvida recentemente.

O rastro de fumaça emana de quatro fogueiras. Elas estão dispostas numa fileira perfeita através do piso de cimento nu, e cada fogueira está cercada por uma pirâmide de pedras empilhadas. Como pequenos fornos a lenha.

Um homem caminha entre as fogueiras.

Ver outro ser humano causou calafrios em Cambry; com ou sem fogueiras, ela tinha certeza de que estava sozinha ali. Ela move o pé para se posicionar melhor, e acaba empurrando algumas pedras. Do lugar onde ela está, o estranho é pouco mais que um ponto na distância. Ele aparentemente está sem camisa. Ele se agacha ao lado de cada fogueira, e parece remexê-la com uma vareta ou um atiçador. Quando chega ao final da fileira, ele volta e verifica outra vez cada fogueira.

De maneira lenta, paciente, metódica.

Uma pena que tivesse deixado o binóculo na mala do carro. Ela não se atreve a chegar mais perto para observar. Mesmo meio quilômetro de distância parece perto demais.

A explicação mais óbvia é que seja simplesmente uma queimada para limpar terreno, como muitos proprietários de terras fazem antes da proibição de queimada no verão. Mas as fogueiras são pequenas demais, e as pirâmides de pedra parecem ter uma finalidade bem específica. Talvez ele esteja defumando ou cozinhando devagar alguma coisa. Carne de cervo? De salmão?

Humana?, as fúrias de Cambry sussurram em sua mente.

Ela se pergunta se está invadindo propriedade. Cambry sempre seguia à risca a precaução de jamais roubar de propriedade privada, para não acabar levando um tiro. Se tivesse que afanar, preferia fazer isso em espaços públicos, por mais difícil que fosse. Ela não se lembra de ter passado por nenhum valado, nem por nenhuma placa de aviso; porém, por via das dúvidas, resolve olhar para trás e verificar se algo lhe havia escapado. Quando torna a olhar para a frente, percebe que o homem ao longe não está mais em movimento. Ele está parado agora, como um espantalho, entre duas das fogueiras.

Ele está olhando para cima. Para ela.

Cambry sente seu sangue gelar nas veias. Uma pontada no estômago. Mesmo assim fica onde está, sem mover um músculo. A distância entre eles é longa demais para que se possa gritar. Ela poderia acenar para ele, talvez. Mas não acena.

O homem continua olhando.

O vento muda de direção num rugido baixo, balançando as árvores, e os quatro rastros de fumaça são deslocados para a esquerda, bem na direção do rosto do homem. Ele não parece esboçar reação.

Em seu surreal impasse, Cambry, de olhos semicerrados, se esforça para enxergar melhor. Essa não é a primeira vez que a encaram com insistência nos nove meses em que tinha vivido como uma refugiada. Já lhe haviam pedido para sair de estacionamentos e de áreas de camping mais vezes do que ela poderia contar. Ela tenta distinguir mais detalhes: o contorno do que parece ser uma camiseta regata. Calça cáqui informal. As mãos dele procuram algo em sua cintura (Arma, arma, arma, *suas fúrias sussurram; mas a coisa* não *tem o formato de uma arma*). *O homem levanta o objeto com as duas mãos no rosto.*

Hora de ir embora.

Ele olha na direção dela com as mãos em concha. Um rápido reflexo luminoso confirma: sim, ele a está olhando através de lentes.

Vá, Cambry. Agora.

Mas esse momento surreal parece se estender por uma eternidade, o ar se adensa, e ela estranhamente se sente como se devesse *acenar agora. Ela quase faz isso. Está embaraçada, exposta, sentindo os olhos distantes do homem percorrerem seu corpo de alto a baixo.*

Os batimentos do seu coração se aceleram, ecoando freneticamente contra as suas costelas.

Vá-vá-vá-vá-agora-vá...

E ela se vira e com calma se retira do alto da terra gramada, mantendo seus movimentos lentos e espontâneos sob as lentes do binóculo daquele estranho.

No instante em que sai do campo de visão dele, Cambry começa a correr o mais rápido que pode.

* * *

Assim que avista seu carro estacionado, ela para de correr e olha para trás.

Para seu mudo terror, constata que o homem agora se encontra exatamente no mesmo lugar em que ela estava momentos antes. Ele ainda não a vê. Ele está andando pela encosta gramada com as mãos nos quadris, empurrando pedras com os pés, procurando pegadas dela no solo.

Cambry se ajoelha atrás da árvore mais próxima, prendendo a respiração.

Agora, de uma distância mais curta, ela pode vê-lo melhor. É um cara alto. Bíceps avantajados. Cabelo bem curto. Trinta ou quarenta anos, com um distinto visual militar. Para chegar tão rápido até ela, o sujeito deve ter corrido também. Ele agora está procurando pelo restante da mata, protegendo os olhos do sol que se põe.

Cambry estremece quando se dá conta de que está sendo rastreada.

Ela desce a sua mochila até o chão e se abaixa, e só para de se inclinar para baixo quando encosta o corpo no solo. O fino pinheiro mal a esconde. Ela agora só oferece ao homem a visão de um olho e de parte de um rosto espiando por trás de um tronco. Não é possível que ele enxergue tão bem assim, não é?

Com o binóculo é possível, sim.

Pelo menos ele está desarmado. Isso faz Cambry se sentir melhor. Ela imaginou que ele tivesse algum tipo de pistola consigo, ou uma machadinha na mão. Mas nas mãos ele só tem o binóculo e mais nada, e sob a camiseta regata a sua pele está bem vermelha. Bastante queimada pelo sol. E ele está de calça comprida social. Ele agora estava mudando de roupa também? O que ele estava fazendo?

O homem continua vasculhando as árvores no encalço dela. Ele começa a procurar próximo do local onde Cambry está escondida, correndo os olhos pelo lugar com atenção. Ela sente um nó no estômago quando o estranho passa pela árvore atrás da qual ela se esconde; ele a examina rapidamente e continua com a sua busca. Graças a Deus.

Imóvel como uma pedra e afundada na relva amarela, ela desliza a mão direita pelo bolso de trás e sente o volume reconfortante do seu canivete KA-BAR com lâmina de oito centímetros. Se pelo menos Blake não tivesse roubado a sua pistola quando fugiu. Uma arma de fogo — até mesmo aquela pistolinha insignificante — cairia como uma luva agora. Ela também está contrariada por causa da sua mochila. A mochila a retarda.

Somente agora, encolhida atrás de uma árvore e mal se atrevendo a respirar, Cambry compreendeu a gravidade do que havia acabado de acontecer. Aquele estranho correu quinhentos metros colina acima, no meio das árvores, para pegá-la. Imediatamente. Sem hesitar. Ele até deixou de cuidar das suas quatro fogueiras esquisitas. Agora ela quer saber, mais do que nunca, qual é o propósito dessas fogueiras.

Cambry podia senti-la crescendo. Podia sentir a eletricidade em seus nervos. Os sussurros em sua mente, incitando-a para que recolhesse as suas coisas e corresse, para que rasgasse a página e recomeçasse. Para que fosse Cambry Nguyen, o demônio corredor capaz de fazer mais de um quilômetro e meio em seis minutos, a garota que passava de um amigo para outro, de uma cidade para outra, de um amante para outro, assim como uma nuvem de gafanhoto devasta uma plantação e parte para outra. A mulher que encontrou falhas em todas as coisas boas, e solucionou essas falhas fazendo-as desaparecer em seu espelho retrovisor, da Costa Oeste até a Costa Leste, e prestes a fazer o caminho contrário.

Sua boca está seca. Ela não leva um cigarro aos lábios desde janeiro, mas precisa de um agora.

Provavelmente é um mal-entendido, ela diz a si mesma. Talvez ela devesse, só para variar, tentar encarar um problema em vez de correr dele. Não é uma grande coisa — limites de propriedades não são claramente demarcados na região. Ao retornar da área de acampamento, ela provavelmente havia passado sem se dar conta por *alguma placa com os dizeres apagados, e acabou invadindo a propriedade privada de alguém; e essa pessoa não teve escolha a não ser segui-la e lhe perguntar o que ela...*

A cabeça do homem queimado de sol vira-se de repente na direção dela. E ele a vê. Ele não acena. Ele não ergue o seu binóculo. Ele apenas se lança na direção dela numa corrida silenciosa e mecânica, recomeçando a perseguição.

Cambry sai correndo a toda velocidade.

* * *

Quando ela alcança o seu Corolla no acostamento da estrada, as batidas do seu coração estão ecoando com força em seus tímpanos, e ela está ofegante. Ela está em boa forma — correu uma meia-maratona no ano passado — mas sua mochila balança pesadamente em seus ombros, sem falar nas tiras da mochila, que raspam na pele e a machucam. Ela não sabe se o homem queimado de sol ainda a está seguindo através das árvores, nem sabe se ele está perto.

Enquanto abre a porta do carro apressada, Cambry não olha para trás nem mesmo uma vez para localizar seu perseguidor — isso lhe custaria preciosos segundos. Ela se lança dentro do carro, gira a chave, pisa no acelerador. O motor ruge, os pneus arrastam pedra e areia para o alto, e o carro arranca sob uma nuvem de poeira.

Ela recupera o fôlego aos poucos enquanto dirige. Perguntas se acumulam em sua cabeça, mais rápido do que ela é capaz de processar. Quem era ele? O que ele estava fazendo? O que ele teria feito se conseguisse apanhá-la? E a pergunta mais premente: "Você não deveria ligar para a polícia?".

Não é possível fazer ligação aqui, é uma zona sem sinal.

"Mas quando você chegar à cidade... não devia ligar?"

Um tiro ecoa no ar. Ela se encolhe toda.

Não é tiro, é apenas um buraco. A roda passou por um buraco, e o chassi foi atingido. Arrepios fazem seus braços estremecerem, e Cambry os esfrega. Ela se pergunta o que exatamente diria ao atendente da polícia caso telefonasse para fazer uma denúncia: "Alô, polícia? Eu gostaria de avisar que acabo de ver um homem alimentando quatro pequenas fogueiras".

Sim, era estranho. Mas ilegal?

"Depende do que há naquelas fogueiras", uma teimosa voz diz a ela.

Que encrenca dos diabos. Ela está a quilômetros da cidade, e a propriedade da qual foi expulsa podia muito bem ser do próprio sujeito que a perseguiu. Outro buraco atinge o chassi do carro. Ela tira um pouco o pé do acelerador. A última coisa de que precisa é ter um pneu furado.

A essa altura, o sol já se foi. Os fotógrafos chamam esse momento de "hora mágica", porque o crepúsculo é fantasmagórico, nebuloso, um céu noturno ainda tingido de azul. E há algo mais — Cambry sempre jurou que podia sentir isso, apesar do ceticismo de Lena —, ela pode sentir eletricidade acumulada no ar. A crescente divisão entre positivo e negativo. Relâmpagos estão chegando.

Ela passa por outdoors do restaurante Magma Springs, e então por anúncios de uma loja de ervas — cujo slogan é "É Surpreendentemente Fácil Ser Verde" —, e se sente melhor. Ela conseguiu escapar ilesa. Enquanto a estrada serpenteia entre fileiras de árvores elevando-se nas colinas, ela vislumbra luzes vermelhas piscando no horizonte. Torres de rádio. O refúgio da civilização — e a pouca distância dela. Pessoas. Carros. Limite de velocidade. Aluguel. Dentistas.

Ela solta o ar — não havia percebido que estava segurando a respiração. Ela agora estava chegando à Rodovia 200, diminuindo a velocidade no entroncamento, quando ouve o som desagradável de uma sirene.

Ela espia pelo espelho retrovisor.

Ah, graças a Deus.

Uma viatura policial coberta de poeira se aproxima da traseira do Corolla, com as luzes da sirene ligadas. Ela encosta, como uma cidadã obediente, e o policial estaciona suavemente atrás dela. Preto e dourado eram as cores da viatura. Patrulha Rodoviária de Montana. A sirene cessa, mas as luzes permanecem acesas, piscando sobre os vidros dela.

Cambry odeia policiais. E odeia o fato de estar tão aliviada por ver um policial.

Mesmo no calor do momento, ela elabora com tranquilidade a sua história. Ela se certifica de que a mangueira e o recipiente de combustível estejam bem fechados e escondidos em sua mochila. Ela explicaria que havia saído numa caminhada para espairecer. Era apenas uma garota que gostava do contato com a natureza, com um carro cheio de bagagem psicológica, comunicando-se com os guardiões da vida após a morte, à beira de um colapso nervoso. Nada além disso.

O patrulheiro rodoviário sai do carro e deixa a porta aberta. Enquanto ele se aproxima do Corolla, emoldurado pelo crepúsculo, alguns detalhes chamam a atenção. Seu uniforme cáqui não está abotoado por completo, e a camisa está para fora da calça. A pele à vista está queimada de sol. Um binóculo balança numa corda presa em torno do seu pescoço. Seu rosto ainda está vermelho, porque no primeiro encontro entre os dois ele havia corrido como um louco para o lugar onde tinha estacionado a sua viatura.

O uniforme dele tem um nome costurado na altura do peito, visível agora que ele chega à janela do carro de Cambry.

CABO RAYMOND R. RAYCEVIC.

3.
LENA

— VOCÊ MANDOU A MINHA IRMÃ PARAR.
Ele arregalou os olhos.
— *Como?*
— Você a mandou parar — Lena repetiu. — No dia em que ela morreu. Um dia antes de você encontrar o corpo dela. Está no relatório.
Ele se mostrou surpreso — e então fez que sim com a cabeça.
— Não mencionei isso, Lena?
— Não.
— Mas eu poderia jurar que ti...
— Não, não mencionou.
— Puxa. — Ele deu de ombros, e então olhou para o gravador portátil, hesitante. — Você me disse para começar falando da noite em que eu encontrei o corpo dela. Sete de junho.
— Por que você a parou no dia anterior?
— Isso não está no relatório?
— Estou perguntando a você.
— Excesso de velocidade. — Ele observou a fumaça a distância. — Era noite, cerca de oito horas.
Lena sabia: eram na verdade 8h09 da noite.
— De repente eu vejo aquele Toyota azul passar ventando bem na minha cara, metendo o pé mesmo. Devia estar a uns noventa por hora.
Ela fez um aceno positivo com a cabeça, e se perguntou se "passar ventando" fazia parte do vocabulário da força policial de Montana. Mas era aceitável. Cambry abusava da velocidade ao volante. Estava sempre correndo, como se um tsunâmi estivesse em sua cola.

— Eu a detive — ele disse devagar, com arrependimento. — E... eu falei com ela.

Involuntariamente, Lena se inclinou para a frente e se agarrou a cada palavra. Sentiu uma pontada no estômago. Ela estava certa de que já sabia tudo o que ele ia dizer, mas ainda assim as palavras dele pareciam muito importantes, como se entrevistasse alguém que havia visto o espírito de Cambry. Lena tinha colocado num pedestal todas as pessoas da vida de Cambry. Ela até chegava a invejar os namorados de Cambry — a longa lista de caras terríveis que ela parecia colecionar como rolhas em um pote. Um traficante de cocaína (Tipo idiota n.º 11), um ladrão de cartões de crédito incrivelmente inepto (Tipo idiota n.º 6) e pelo menos um narcisista (Tipo idiota n.º 14, que andava com uma espada samurai e não parava de falar sobre o romance que estava escrevendo.) Sua irmã parecia ter fascinação por pessoas deploráveis, e ficava com elas durante o tempo que lhe conviesse.

Lena não achava isso justo, porque cada um deles — como o cabo Raycevic ali diante dela — conhecia segredos sobre a sua irmã que ela jamais conheceria. Todas aquelas pessoas terríveis. Ela agarrou uma mecha do próprio cabelo e a torceu, num puxão doloroso que a fez lacrimejar.

Raycevic continuou:

— Eu reparei imediatamente que ela estava morando no veículo por algum tempo. Bateria, roupas, sacos de dormir, mochila. Sujeira sob as unhas dela. Ela parecia cansada. Mas esse estilo de vida causa isso mesmo. Não saber de onde virá a sua próxima refeição... Bem, isso endurece uma pessoa.

Minha irmã sabia como tomar conta de si mesma, Lena pensou, mas não disse nada.

Sim, ela vivia fora do sistema. Mas não era nenhuma desvalida.

— Os olhos dela estavam vermelhos. Ela havia chorado. Perguntei se ela sabia que estava dirigindo rápido demais. Ela respondeu que foi um descuido. Desculpou-se muito. Acho que estava um pouco distante, como se algo a incomodasse e...

— Ela ficou se desculpando?

— Sim. Por quê?

Cambry era um camaleão social; era muitas coisas, para muitas pessoas, de algum modo tudo de uma vez — mas *deferência por figuras de autoridade* era algo que ela definitivamente não tinha. Quando estavam na sétima série, Cambry amarrou bem forte uma esponja de pratos com um barbante, para que a esponja secasse como uma bola compacta, e então retirou o barbante e jogou a esponja num vaso sanitário da escola. O encanamento do lugar teve de ser consertado. As férias de verão haviam começado dez dias antes.

— O que ela disse exatamente? — Lena perguntou.

— Ela... me disse que o porco do namorado dela a havia abandonado no meio de uma viagem pelo país. Deixou-a sozinha e quase sem dinheiro. Só lhe restaram alguns dólares. Ela estava tentando voltar para casa.

— Isso aconteceu meses antes. Na Flórida.

— Ela *mentiu* para mim. Eu acreditei. Antes eu soubesse disso, Lena.

Ela observou o rosto de Raycevic por detrás dos óculos escuros, buscando inconsistências na expressão de culpa dele. Não era profissional, mas era autêntico. Ele tinha uma atitude bastante defensiva e estava de fato ferido, como um ser humano deveria mesmo estar. Ele havia falado com uma garota desesperadamente perturbada momentos antes do seu suicídio; teve a chance de salvar a vida dela, e o que foi que fez?

— Dei uma advertência a ela.

— Não a multou?

— Ela só estava tentando ir para casa.

— Isso é tudo o que tem a dizer? Quem dera eu pudesse estar no lugar dela.

— Você? — Raycevic disse. — Não, sem chance. Nunca nem mesmo mandaram você parar o carro para averiguações.

Ela deu uma risadinha debochada. Mas ele estava certo. Lena nem ao menos sabia se alguma vez em sua vida havia infringido a lei, a menos que fizesse diferença ter bebido algumas poucas cervejas quando ainda era menor de idade ou ter ficado com alguns poucos livros emprestados da biblioteca. Mas como Raycevic poderia saber disso? *A não ser que tenha me investigado também?*

— E então — ele disse em voz baixa — eu deixei que ela seguisse o seu caminho.

— Um dia antes de encontrar o corpo dela debaixo da ponte.

— Isso mesmo.

— No dia em que ela se matou.

— Sim.

— Minutos antes da hora estimada para a...

— Está tudo no relatório.

— Não aconteceu mais nada? — Por alguma razão, Lena sentia prazer em fazer essa pergunta. Sua mãe costumava usar essa pergunta com as duas gêmeas, porém usava-a com muito mais frequência com Cambry: *Não aconteceu mais nada mesmo? Alguém simplesmente lhe pediu que você guardasse isso na sua mochila?*

O cabo Raycevic se afastou dela de forma abrupta, debruçou-se sobre o parapeito e olhou para baixo, para o fundo da ravina, como se o tempo tivesse recuado três meses e ele descobrisse de novo o corpo deformado de Cambry entre as pedras de granito. O grandalhão mordeu nervoso o lábio, como se estivesse prestes a revelar algo importante; mas mudou de ideia rapidamente.

— Não — ele disse. — Isso é tudo.

***

Sabem do que eu gosto mais nos policiais?
Eles têm de documentar tudo.
Depois que o legista determinou que a causa da morte foi suicídio, o Condado de Howard gentilmente me forneceu uma cópia digitalizada do boletim que o cabo Raymond Raycevic preencheu à mão, provavelmente momentos depois de ter parado Cambry por excesso de velocidade na Rodovia 200. O arquivo em PDF pode ser acessado aqui, caros leitores: HCEAS6919.pdf
Que coincidência, não é?
O mesmo patrulheiro rodoviário que parou minha irmã na estrada por excesso de velocidade acabaria encontrando o corpo dela debaixo de uma ponte remota que está ligada a uma estrada desativada, apenas vinte e quatro horas depois de tê-la multado. A vida pode ser tão estranha.
Estou tentando assimilar essa informação.
Vocês conhecem a história do empresário japonês sortudo? É uma história que pessoas terríveis gostam de contar como se fosse piada. Em agosto de 1945, esse empresário encontrava-se em Hiroshima, para onde havia viajado a negócios. Quando Little Boy — a primeira bomba atômica — foi lançada, esse homem sofreu queimaduras térmicas e teve cegueira temporária. O empresário foi uma de milhares de pessoas socorridas nos momentos horríveis que se seguiram; mas ele foi um dos mais sortudos, e apenas dias depois voltou para casa, para a sua família agradecida, várias centenas de quilômetros ao sul.
Em Nagasaki.
Bem a tempo de receber a segunda bomba.
Por alguma razão, eu tenho pensado bastante nesse pobre sujeito ultimamente. Acho que ele é um exemplo de quão aleatória a vida pode ser. Nós vivemos num mar turbulento de causas e efeitos. Coincidências acontecem a cada segundo. Elas não têm necessariamente um significado.
Como os sussurros fantasmagóricos da Ponte do Grampo incorporados a aplicativos de ruídos de estática — algumas vezes, ruídos são apenas ruídos.
Curiosamente, foi Cambry quem me contou a história da bomba atômica. Nós tínhamos onze ou doze anos, eu acho, e estávamos sentadas na cama dela. Eu me lembro que ela pôs para tocar várias vezes a música "(Don't Fear) The Reaper", da banda Blue Öyster Cult, porque ela adorava a parte em que

a Morte diz à mulher "*Nós poderemos voar*". Como se morrer conferisse superpoderes ou coisa assim. O quarto dela estava cheirando a abóbora, porque nós tínhamos acabado de esculpir caretas em abóboras. É bizarro perceber que sons e cheiros podem perdurar assim em nossa memória.

Eu sinto saudade até das coisas ruins. Saudade do apelido que ela me deu: ela costumava me chamar de Rata (eu não faço ideia de onde ela tirou isso, mas sempre achei um apelido curioso e até engraçado.) Tenho saudade do hálito de nicotina dela. Sinto saudade da impaciência que tomava conta dela quando algum evento em família se aproximava, como se ela estivesse sentada em lâminas de barbear, torturada pelas dúvidas e preocupações que o seu terapeuta chamava de *coral de fúrias*. Até os defeitos dela eram teatrais, como se tivessem sido inspirados por personagens da mitologia grega.

Nós éramos gêmeas idênticas. Mas não cópias, como as pessoas supõem.

Eu nos descreveria mais como um reflexo no espelho — onde a direita dela seria a minha esquerda, e vice-versa. Eu fui para a faculdade. Ela foi rebelde. Eu posso escrever um livro. Ela pode limpar um coelho. Eu vivo no mundo das ideias. Ela vive no mundo real.

Eu sou o que sou. Mas ela é a mulher durona que eu queria ser.

E agora ela se foi.

Dizer que ela está *morta* é cruel demais. Melhor dizer que ela *se foi*. Às vezes, eu gosto de dizer a mim mesma que ela *se libertou*.

Minha irmã sempre buscou a liberdade, não é? Bem, agora ela não precisa respirar. Ela não tem um corpo que precise manter. Ela não tem de ir ao dentista. Não precisa mais se preocupar com a temperatura nem com a pressão atmosférica. Ela pode ir para o lugar que bem entender.

Esqueça as praias, montanhas, florestas e cidades espalhadas pela Terra. Isso é para amadores. Eu gosto de imaginar Cambry em outro planeta, talvez uma lua congelada, observando os anéis de um colossal hélio gigante crescendo ao longo de plataformas de geleiras muito brancas. Ou caminhando pelos campos de lava amarela de Vênus, sem deixar pegadas na lama sulfurosa. Ou estudando os cristais cintilantes dentro do Cometa Halley enquanto ele voa a milhares de quilômetros por segundo através do nosso céu e de milhões de outros. Minha irmã pode ir a qualquer lugar. Eu espero que ela encontre o que está procurando. Seja lá o que for, espero que ela ainda pense em nós duas de vez em quando. Que pense em mim, na mamãe e no papai, e no vazio que deixou quando se foi.

Eu gostaria de poder parar de pensar em resolver o mistério que envolve a morte dela, desligar o incessante mecanismo de relógio dentro da minha cabeça e simplesmente *chorar a minha dor*. Mas há coisas demais me incomodando, invadindo os meus pensamentos. Talvez seja uma maldição, e agora que ela se foi, as suas fúrias acabaram se transmitindo para mim. Mas eu não acho que seja paranoia. Nesse caso existem pontas soltas que devem ser puxadas. Por exemplo, foi estranho o cabo Raycevic ter parado a minha irmã uma hora antes do seu alegado suicídio. Também foi estranho ele ter dito que ela se *desculpou muito* por ultrapassar o limite de velocidade. Cambry *jamais* agiria assim. Sem mencionar a evidência mais completamente irrefutável de todas: as ligações no celular dobrável dela.

Na minha opinião, isso deveria ter sido uma bomba.

Graças aos registros da empresa de telefonia Verizon, nós sabemos que a Cambry ligou para o 911 dezesseis vezes antes da sua morte. Todas as chamadas foram perdidas, porque não há serviço de celular entre Magma Springs e Polk City. Curiosamente, a primeira chamada registrada foi às 8h22 da noite. Treze minutos antes de Raycevic tê-la parado.

Eu não engulo isso.

Não consigo entender por que a minha irmã ligou dezesseis vezes para pedir ajuda antes de acabar morta, e absolutamente ninguém deu a mínima.

Só uma explicação para isso me parece plausível. Preparem-se, queridos leitores: vocês terão uma verdadeira surpresa quando tomarem conhecimento dessa minha explicação. Talvez não seja algo tão absurdo quanto estar presente nos dois exatos lugares onde ocorreram as duas únicas missões militares de lançamento de bomba atômica da história... Mas acreditem, está perto. Então fiquem comigo, e permitam que eu os conduza através desse mistério.

Que tal começarmos com a parte engraçada?

Aquele empresário japonês que eu mencionei há pouco — vocês pensaram que ele morreu em Nagasaki, certo? Pois ele sobreviveu também à segunda bomba. Teve uma vida plena e morreu em 2010. Que Deus o abençoe. E eu penso em Cambry, vinte e quatro anos e cheia de inteligência e mistério, e penso nos meus pais chorando no funeral de Cambry quando os desenhos dela foram exibidos numa projeção de slides. Ela sempre desenhou melhor do que as pessoas fotografavam.

Sim, a vida pode ser bastante estranha.

＊＊＊

— E QUANTO ÀS LIGAÇÕES DE CAMBRY para o número 911?

Raycevic respondeu como se estivesse acompanhando um teleponto:

— Ela sofria de transtorno de personalidade esquizoide não tratado, e estava claramente no meio de uma crise emocional. Quando lidamos com uma pessoa que esteja alimentando pensamentos suicidas, nós recomendamos fortemente a essa pessoa que telefone para o 911 imediatamente, e foi o que a sua irmã tentou fazer.

— Você acredita que ela tenha telefonado para o 911 por ter sentido ímpeto suicida?

Ele fez que sim com a cabeça.

— Dezesseis vezes?

— Não há sinal por aqui, desde as áreas de acampamento até Magma Springs e Polk City. Já implorei ao condado para que permita que a T-Mobile construa a sua terceira torre na...

— Mas dezesseis vezes?

— Você acha que eu me sinto bem com relação a isso? — O tom de voz dele se tornou sombrio. — No dia 6 de junho, mandei uma jovem com problemas parar no acostamento, e uma hora mais tarde essa jovem tirou a própria vida... Os sinais estavam ali, e eu não percebi. Esse foi o meu erro. Ouviu bem? Eu *falhei*. Você se deu ao trabalho de vir até aqui para me ouvir dizer isso? — Ele olhou para o gravador. — E para gravar?

— Dezesseis vezes — Lena repetiu.

— A promotoria do município investigou todas as possibilidades. Nós não temos nenhuma evidência de que alguém a tenha seguido. Ninguém falou com ela além de mim. Independentemente do que estivesse passando pela cabeça da sua irmã... os movimentos dela entre o momento em que a parei e a Ponte do Grampo foram realizados sem desvios, segundo as investigações. Nada mais é geograficamente possível. Sua irmã não conseguiu falar com um atendente da emergência ao telefone, e ela dirigiu até ficar sem combustível nessa ponte, e deu cabo da própria vida, e eu sinto *muito*, Lena, muito mesmo.

"Sinto muito, Lena." Outra expressão familiar, tão desgastada quanto um chavão. Foi seu chefe o primeiro a lhe dizer isso? Seu tio? Sua prima? Mas que importância tinha isso?

Lena não olhou para o policial. Não podia deixar que ele visse as lágrimas brotando em seus olhos. Ela voltou o olhar para a distante coluna de fumaça ao norte, uma agitação violenta elevando-se e se espalhando em trilhas. Agora parecia visivelmente maior. Talvez estivesse chegando mais perto, afinal de contas.

Raycevic observou a fumaça também, e suspirou.

— Se precisa culpar alguém — ele disse —, culpe a mim. Quem a perdeu de vista fui eu.

Ele respirou fundo. Lena se preparou. Sabia o que viria em seguida: *Não é sua cul...*

— Não é sua culpa, Lena.

Ali estava.

Clássico. Típico. Era só uma questão de tempo até que exibisse uma pérola tirada do premiado sucesso *Coisas que as pessoas dizem a você quando a sua irmã comete suicídio*. E lá estava. Lena desprezava essa atitude porque sugeria que a culpa era de Cambry. Claro. Por que tirar o sossego dos vivos culpando-os? Vamos culpar a pessoa que não está mais entre nós, que não pode se defender.

Isso deixou Lena profundamente aborrecida. Ela cerrou os punhos.

— Distúrbio de personalidade esquizoide é especialmente problemático — Raycevic continuou. — Alguém uma vez o explicou para mim. Não é uma enfermidade, uma doença com sintomas que você pode tratar. É como se você estivesse programado. É o que você *quer*. Você quer distância, quer deixar todos a um milhão de quilômetros de distância de você, quer romper toda conexão humana e apenas existir dentro das condições que você mesmo estipulou, em outro planeta. E essa solidão pode deixá-lo feliz por algum tempo. Então, um dia você descobre que precisa de ajuda, e não há ninguém pa...

— Eu estou *tão* cheia de ouvir sobre a doença mental dela — Lena disse.

Ele hesitou.

— As pessoas agem como se isso resolvesse o mistério todo: ela pulou de uma ponte porque era maluca. Por causa de um diagnóstico dado onze anos atrás, quando ela ainda era criança. Sim, minha irmã tinha problemas. Sim, ela era uma solitária. Mas eu a conheço, e ela *não era* uma suicida.

— Talvez você *não* a conhecesse — ele respondeu bruscamente, e essas palavras soaram como um insulto.

Ela sentiu o golpe. Não estava preparada para isso.

O policial pareceu perceber que havia se excedido, porque ele abrandou imediatamente a voz e se certificou de que o gravador registrasse a sua fala:

— Me desculpe, eu... Eu não quis dizer isso.

Ela não respondeu. Não disse nada.

"*Talvez você não a conhecesse.*"

— Se não se importa, Lena, tenho uma pergunta pra você. O que você está fazendo?

— Lidando com o meu luto.

— O que você está fazendo *realmente*?

Silêncio.

Ele se aproximou mais de Lena.

— Por que você fez essa longa viagem de Seattle até aqui? Por que simplesmente não telefonou?

Lena havia ensaiado uma resposta para essa pergunta inevitável, mas mesmo assim ela hesitou. Quem estava na defensiva agora era ela.

— Eu... Eu estou escrevendo um livro. — O embaraço fez o seu rosto todo enrubescer, e ela odiou isso. — Sobre a minha irmã. Sobre os últimos momentos dela no dia 6 de junho. Há muitas coisas a respeito da Cambry que eu não sei, mas quero contar a história dela. Com a sua ajuda.

Ele olhou para Lena com atenção.

— Quando éramos crianças, Cambry era a artista, e eu, a escritora. Cambry sempre me pedia para escrever uma história sobre ela. Eu nunca escrevi. Agora estou em busca de reparação, eu acho.

— Me perdoe se pareci insensível, Lena.

Ela sorriu.

— E eu peço desculpa por ter interrompido você, Ray.

Duas falsas retratações, ditas para serem registradas para a posteridade pelo gravador. Eles se posicionaram a dez passos de distância um do outro. Como pistoleiros num faroeste.

Quando olhava para o cabo Raymond Raycevic agora, era como se Lena visse dois homens diferentes. Ela o comparava a um carro esporte que um dos seus ex-namorados dirigia — bonito por fora, mas arruinado e queimado com cigarro por dentro. Os olhos dele estavam fundos e ele parecia esgotado. O estômago dele produzia um ruído estranho. Mas aqueles bíceps provavelmente levariam um cavalo a nocaute.

— Você parece cansado.

— Eu não durmo desde quinta-feira.

Lena esperou que ele acrescentasse um motivo para não ter dormido — *Insônia? Turno de madrugada? Roncos da mulher?* —, mas ele não disse mais nada. Isso era bom, aparentemente.

De onde estava, Lena podia ver dentro da viatura dele. O banco de trás estava rasgado e iluminado pelo sol. Havia padrões gravados no vinil castanho. Um deles em particular, atrás do banco do motorista, chamou a atenção de Lena. Ela se aproximou da janela para olhar e reconheceu um dinossauro desenhado à mão.

— Tem uns desenhos no seu carro.

— Quê?

Lena apontou o local.

— Alguém desenhou umas coisas no seu...

— Ah. Adolescentes.

Ele caminhou novamente até o Corolla dela. Suas botas estalavam ao pisar o chão. Ela permaneceu junto da janela traseira da viatura por mais alguns instantes, sem conseguir tirar os olhos daquele curioso desenho de dinossauro feito em tinta azul-cobalto. Ela já havia visto isso antes.

Não — ela já havia visto isso muitas vezes.

* * *

o cabo Raymond Raycevic não gostou de ver a garota perto do seu carro durante tanto tempo, espiando através do vidro da janela. O banco de trás estava vazio; então, o que é que ela estava olhando?

Ele começou a olhar também. Para Lena.

Ela é mesmo uma cópia perfeita da irmã.

Havia diferenças superficiais — Lena tinha cabelo longo e franjas, enquanto o cabelo de Cambry era curto, com rabo de cavalo. Lena tinha pele branca, e a de Cambry era bronzeada; a calça jeans de Cambry tinha sido desgastada e escurecida pela exposição contínua a poeira ressequida, enquanto a calça de Lena parecia ter saído ontem mesmo do armário. De algum modo, porém, debaixo de tudo isso eram a mesma pessoa. As duas tentaram com tanto empenho ser diferentes uma da outra, forjar as próprias personalidades — talvez isso tenha tornado ainda mais trágico o fato de que elas não podiam escapar uma da outra.

Jesus Cristo, ele pensou. Impossível não ficar maravilhado.

É como olhar para o fantasma da Cambry.

Lena não percebeu que ele a observava. Ainda estava espiando dentro do carro dele. Isso deixou Raycevic bastante desconfiado. Será que havia algo de condenatório no banco de trás do seu carro? Ele tentou se lembrar. O que poderia ter chamado a atenção dela ali dentro, em meio a treze anos de rasgos, cortes e manchas?

Não, senhor. Ele não gostou disso nem um pouco.

Ele precisava desviar a atenção dela.

— Tudo bem — ele disse, depois de um relutante suspiro. — Eu vou lhe contar a verdade.

* * *

— quê?

— Eu menti pra você, Lena.

Ela balançou a cabeça, certa de que havia entendido mal.

— Espero que me perdoe.

As palavras do policial fizeram o estômago de Lena se agitar. *Eu menti pra você...*

— Em Magma Springs, eu lhe disse que não podia imaginar como era perder um irmão... Mas a verdade é que eu posso imaginar, sim. — Ele se virou de costas para Lena e se encostou na amurada da ponte, e olhou para as montanhas cobertas por fumaça. — Eu tenho um irmão gêmeo.

Ela se aproximou mais dele, mas não muito.

— O nome do meu irmão era Rick, e ele sempre quis ser policial. Desde os cinco anos de idade, quando ele me prendia com algemas de plástico. Com dezoito anos, nós dois decidimos que seguiríamos o mesmo caminho e nos tornaríamos policiais. Fizemos a prova escrita, os exames psicológicos, os exames de aptidão física etc. Mas só eu obtive aprovação para ingressar na academia. Rick foi rejeitado. Isso ainda me causa surpresa, honestamente, porque eu acho que ele queria isso mais do que eu. Talvez ele tenha se prejudicado justamente por isso, por querer demais. Eu cheguei a me perguntar se quis ser policial apenas para seguir os passos dele. Sabe como é. Rick era o gêmeo mais velho, por dois minutos.

Lena se lembrava de que certa vez sua mãe lhe disse que ela era mais velha que Cambry por uma diferença de poucos minutos também. Não que isso importasse. Cambry e suas fúrias sempre pareceram mais velhas, mais duras, mais sábias.

Raycevic suspirou.

— Uma noite antes da minha partida para Missoula, Rick colocou uma espingarda doze debaixo do queixo.

Lena sentiu que deveria dizer alguma coisa. Mas não disse nada.

— Você acha que eu não sei o que você está passando por causa do suicídio da Cambry, e é verdade: eu não sei, porque cada um lida de maneira diferente com o luto e a culpa. Mas eu tenho alguma noção do que você está enfrentando. — Ele voltou a olhar para ela. — Você tem toda a minha solidariedade, Lena. E lhe faço um apelo: pare de perseguir o fantasma dela. Olhe para a frente, não para trás.

Ela olhou para a frente. Para ele.

— E foram quinze ligações — Raycevic disse. — Cambry tentou ligar para o 911 quinze vezes, de acordo com o cartão SIM.

Lena não disse nada. Tinha certeza de que haviam sido dezesseis ligações. Tinha mesmo?

— Algum encarregado deve ter cometido um erro quando estavam contando as ligações para você ao telefone — disse o policial. — Você recebeu a informação por telefone, não é?

Ela mais uma vez não disse nada.

O sol estava a pino agora. E as sombras haviam diminuído. O céu estava enfumaçado, denso. O vento havia cessado, mergulhando o lugar numa quietude tensa. Lena já estava com sede; seus lábios estavam rachados, e sua cabeça começava a doer. Ela agora se perguntava se Raycevic estava certo sobre as chamadas telefônicas. E se estivesse... A respeito de quantas coisas mais Lena poderia estar errada?

Um zumbido metálico interrompeu os pensamentos dela.

Raycevic reconheceu o ruído.

— Perdão, Lena. Me dê um segundo.

Ela olhou para trás — o som vinha da viatura policial. Talvez fosse o rádio dele. A janela da frente do veículo estava aberta alguns centímetros, e assim o som se transportou através do ar parado. E parecia ser assim com todos os sons. Cada folha da relva, cada passo, cada respiração.

Não. Cambry ligou para o 911 dezesseis vezes.

Eu vi os registros com os meus próprios olhos. Contei as linhas.

O policial se movimentou na direção da viatura num trote lento. Lena o observou enquanto ele se espremia dentro do carro e fechava a porta. Não se atreveria a perdê-lo de vista nem por um segundo.

Eu não estou louca.

Ela não se permitiria duvidar de si mesma. Sua cabeça dava voltas — o cartão SIM, o desenho do dinossauro no banco de trás da viatura, a surpreendente indiferença na voz de Raycevic quando ele sugeriu que Lena não conhecia a própria irmã gêmea. Nada se encaixava. Nada parecia sólido. Como uma boca cheia de dentes soltos.

Lena tentou pensar com clareza e se concentrar nos dados objetivos. Nos fatos, concretos e irrefutáveis. O tempo estimado da morte de Cambry foi 9h da noite.

Isso significava que no momento em que Raycevic mandou Cambry parar o carro, restava a ela menos de uma hora de vida.

4.
A HISTÓRIA DE CAMBRY

O polícia pergunta o nome dela.
— Cambry Nguyen.
O polícia pergunta como está o dia dela.
— Ótimo.
O polícia pergunta de onde ela é.
— De Seattle.
O polícia pede a carta de motorista dela.
Ela tira a carteira da mochila no banco do passageiro, ao lado dela. Suas mãos estão tremendo, e seus dedos estão praticamente paralisados.
— Não precisa ficar nervosa — o homem queimado de sol diz, pegando a carteira de habilitação dela. — Você não está encrencada. — Então ele se vira e caminha na direção da sua viatura preta. Ele se senta no banco do motorista com a porta ligeiramente aberta. Um pé fica para fora, pisando no acostamento de terra.
Ele está checando se você tem algum mandado de prisão.
Cambry sabe que a sua ficha está limpa — não exatamente imaculada, mas não há nada de significativo contra ela. Talvez ela devesse ter prestado queixa contra Blake na Flórida, mas a maior parte do dinheiro era dele. O revólver calibre 25 era dele *também, embora ela não tivesse certeza se Blake havia comprado a arma legalmente. Mais uma vez ela desejou ter consigo aquela arma.*
A situação não parecia real. Não ainda.
Junto com o anoitecer chega a friagem. Como um sonho que se transforma em pesadelo. O suor na pele de Cambry começa a ficar mais frio. Ela já se esqueceu do nome do policial; lembra-se apenas de que tem dois R.
Cambry o observa pelo espelho retrovisor. Ele não está usando o seu rádio, o que é estranho. Só está sentado lá, em silêncio, olhando para ela sob o frio crepúsculo azul. Através do para-brisa, o rosto dele não passa de uma sombra. Mas ele ainda

mantém um pé no chão, como se estivesse pronto para correr. Pronto para entrar em ação. Pronto para qualquer coisa.

Cambry coloca a mão direita no câmbio do Toyota. O policial não pode ver isso. Ela fecha lentamente os dedos em torno do câmbio.

Seria fácil engatar a primeira marcha imediatamente. O motor do carro ainda está ligado. Um simples movimento para baixo e pronto. Não seria a primeira vez que ela fugiria de um policial, tecnicamente. Ele perceberia na mesma hora, é claro, antes mesmo que ela acelerasse, porque os faróis traseiros dela piscariam.

Ainda assim... Você pode ir embora. Agora mesmo.

E ele iria persegui-la. Não é? Claro que iria — afinal, ela estaria fugindo de uma batida de trânsito. Cometeria um delito. Ele ligaria a sirene novamente, e ela seria uma criminosa em fuga.

Mas...

Pelo menos se conseguisse dirigir por mais tempo que pudesse, e o mais rápido que pudesse, Cambry encontraria testemunhas. Mesmo que fossem outros policiais. Ela até aceitaria ser arrancada do seu carro e algemada com um joelho em suas costas e o rosto no chão, contanto que isso acontecesse no próximo município. Contanto que não fosse o joelho dele *nas suas costas, no lugar em que estavam agora, sem testemunhas.*

Ela puxa o câmbio para baixo. Devagar. As engrenagens se mexem e giram dentro do sistema, produzindo um rangido.

Viver ou morrer. Você decide.

Ela prende a respiração.

Faça isso. Caia fora!

Cambry volta a olhar pelo espelho retrovisor — o policial não se moveu. Continua sentado em seu banco, observando-a, com as sombras cobrindo o seu rosto como um capuz.

De alguma maneira, Cambry sabe que ele não é um policial de verdade. De maneira nenhuma. É um impostor. Um imitador. Talvez tivesse assassinado algum pobre patrulheiro hoje mesmo, mais cedo. Talvez ele tenha acabado de limpar o sangue de um uniforme que não é dele, e de se sentar num carro que não é dele... E talvez eu seja a próxima vítima dele em sua aventura homicida.

Ela puxa a alavanca de câmbio mais para baixo.

E puxa mais. E mais um pouco. O mecanismo se enrijece, e a alavanca toca a parede invisível mais tênue em algum lugar dentro da estrutura. Chegou ao limite máximo, ela podia sentir isso. Uma leve pressão adicional, se ela movesse um músculo do seu pulso apenas, o carro entraria em movimento.

Se você não cair fora agora mesmo, vai morrer.

Essa ideia invadiu a mente dela como uma estranha e nítida certeza. O mesmo pressentimento indesejável que a fazia morrer de medo de tábuas Ouija, de per-

guntar se ela estava destinada a morrer jovem. Era uma estranha fobia — não necessariamente medo da morte, mas sim medo de ser amaldiçoada. *Por isso a coruja a havia incomodado hoje. Que trágico seria viajar tanto, desde Seattle até Fort Myers, e percorrer sozinha todo o caminho de volta, apenas para morrer na reta final, a dois estados de casa.*

Vozes insistentes faziam coro dentro da sua cabeça: "Cambry, faça isso. Faça. Ele vai matá-la agora se você não puser esse carro em movimento e...".

O tira está voltando.

Ela escuta os passos dele aproximando-se, pisando e triturando o cascalho quebradiço como casca de ovo. Ela retira a mão da alavanca de câmbio, com desgosto, sentindo o mecanismo retornar à posição neutra. O rosto de Cambry fica rubro de vergonha quando ela vê pelos espelhos do seu carro a figura do policial cada vez mais próxima.

É isso, Cambry. Você teve a sua chance. Seu destino agora está selado.

Dessa vez ele apoia o cotovelo no teto do carro, como se o veículo fosse dele. Ele está mais à vontade agora, mais confortável. Ele se inclina e devolve a Cambry a carteira de motorista, e quando pega o documento ela nota que o policial está usando luvas pretas. Ele já estava usando aquelas luvas antes? Ou tinha acabado de colocá-las?

— *Preciso que você saia do veículo, por favor* — *ele diz.*

— *Como disse?*

Ele se inclina mais, com o cotovelo ainda sobre o teto do Corolla. Cambry pode sentir o seu hálito frio agora. Com antiácido sabor morango.

— *Preciso que você desligue o motor, saia do carro e venha comigo.*

— *Por quê?*

— *Vou explicar. Venha comigo.*

Os dedos dela continuam nas chaves do Toyota, e as apertam com força.

Ele sorri.

— *Você não está encrencada.*

— *Eu sei.*

— *É procedimento de rotina, mais nada.*

O nome dele é Raymond Raycevic, de acordo com o bordado preto em seu uniforme. Ela decide que precisa memorizar isso, e sua boca se move, pronunciando o nome dele sem emitir som. Isso poderia ser útil, caso o nome pertencesse a um pai ou a um marido jogado dentro de uma vala. É um nome misterioso, que soa lírico nos lábios dela. Vagamente demoníaco.

— *Preste atenção.* — *O sorriso dele desaparece.* — *Eu já disse que você não está encrencada, Cambry.*

Cambry.

O nome dela soa diferente vindo da boca do policial. Isso causa sobre ela o efeito de um cubo de gelo entre as omoplatas. De alguma maneira, isso torna real a situa-

ção. Ele não é um alerta em sua mente, desprovido de corpo, que vozes lhe dizem para não temer. É um ser humano, com cerca de um metro e noventa e mais de cem quilos, um ser humano de pele e osso de pé diante dela, e pode ter a intenção de matá-la.

O policial começa a andar novamente. Ele caminha ao redor do para-choque do Corolla, examinando os pneus, olhando o veículo de cima a baixo como um vendedor de carros, até chegar à janela do passageiro.

— O que você está fazendo? — Cambry pergunta.

Ele não responde. Ele enfia um braço através da janela aberta, pega a mochila dela pela correia e a puxa para fora. Cambry tenta agarrar a mochila, mas ele é mais rápido.

— Ei, babaca! O que tá fazendo?

O policial abre o zíper da mochila, despejando o casaco e o equipamento de pesca de Cambry. Ele ergue o recipiente de combustível e o balança. Uma expressão de desaprovação se estampa em seu rosto. Ela já havia visto essa expressão antes, em professores e orientadores. Mas isso a irritava agora mais do que nunca, porque era fingimento óbvio.

— Ei, alguém anda roubando combustível em Magma Springs — ele diz, voltando para a janela de Cambry e exibindo diante dela a mangueira de borracha. — Uma jovem de passagem pela cidade, vivendo num carro de quatro portas. Isso vai dar o que falar na cidade.

— Em que tipo de cidade isso vira assunto? Só numa cidadezinha chata de merda.

— Isso é sério, Cambry.

— Furtar gasolina?

Raycevic fecha a cara e joga o recipiente de combustível no asfalto. Faz o mesmo com a mangueira de borracha.

— Saia — ele insiste, dessa vez gesticulando com mais ênfase.

— Não.

— Pra fora, Cambry.

Encurralada, ela parte para o ataque. Não pode evitar.

— O que você estava fazendo lá atrás?

— O que você disse? — ele retruca imediatamente, com uma voz tremendamente enérgica, como uma cobra que numa fração de segundo ataca e morde a mão que agarrou sua cauda.

— Você estava lá na mata — ela responde. — Fazendo alguma coisa com aquelas fogueiras. Então você me viu e me perseguiu. Me perseguiu até aqui. — Ela olha diretamente para o policial. — Por quê?

Ele não responde.

— O que significa isso tudo? Hein?

Ele suspira e começa a mexer em uma das luvas.

Tarde demais — quando as palavras já saíram da sua boca — ela se dá conta do que havia acabado de fazer. *Agora ele vai ter que me matar. Porque agora ele sabe*

exatamente o que ela testemunhou. Ele sabe que ela sabe que se trata de algo importante. Como uma perfeita idiota, Cambry havia proferido sua própria sentença de morte.
Agora ele não tem escolha.
As folhas dos pinheiros sussurram, sopradas pelo vento. Uma brisa atravessa as janelas abertas. A noite promete ser fria. Fria demais para o mês de junho.

— Eu vou explicar tudo — *Raycevic diz.* — Certo? É isso que você queria ouvir? Só tenho uma condição: não quero falar sobre isso aqui. Vamos então até a minha viatura, vamos nos sentar lá e eu lhe darei uma explicação detalhada sobre o que aconteceu lá atrás, e sobre o que você viu.

— E que tal você me seguir até a cidade? — *ela propõe.* — Você me explica o caminho que tenho de tomar até a delegacia, e eu vou dirigindo para lá. Você me segue até lá, e depois a gente pode conversar sobre tudo o que aconteceu.

Ele balança a cabeça numa negativa.

— Tudo bem, mas eu não vou sair do meu carro.

Ele balança a cabeça com mais vigor. Cambry percebe que ele retira a outra mão enluvada do teto do carro. Ela agora está na coronha da sua pistola.

— Eu preciso que você desligue o motor e saia do veículo, senhora.

— E eu preciso que você vá se foder.

— Cambry... — *Ele continua balançando a cabeça em movimentos tensos, curtos.* — Você precisa cooperar. Eu estou falando muito sério aqui. Vou contar até três.

— E depois o quê?

— Você vai descobrir — *ele responde.* — Se não sair do veículo.

— Você não é policial.

— Um — *ele começa a contar.*

O olhar dela se volta para a mão do homem, que repousa sobre a Glock preta no coldre em seu cinto. Ela tenta consertar as coisas.

— Escute. Eu só estou de passagem por aqui, a caminho de casa. Eu não pretendo contar a ninguém o que vi.

— Dois.

— Eu nem sei o que vi. — *Ela sente a sua voz vacilar.* — Tá bom? Por favor...

— Três. — *Ele desabotoa o coldre e fecha a mão em torno da arma.*

— Espere, espere! — *ela diz, levantando as mãos com as palmas viradas para a janela.* — Estou saindo. Tudo bem? Vou sair do meu carro e depois o acompanho. Você pode só... se afastar um pouco para trás, por favor? — *Ela faz um gesto indicando os pés dele.* — Para que eu possa abrir a minha porta?

Silêncio. A tensão se esfria.

Raycevic considera o pedido e faz que sim com a cabeça. Ele dá dois passos para trás.

— Obrigada.

Então Cambry Nguyen engata a primeira marcha.

5.
LENA

RAYCEVIC JÁ HAVIA FICADO TEMPO DEMAIS dentro da viatura. Lena não estava gostando disso.

Ele ainda estava falando no rádio. Segurava o pequeno receptor preto próximo da boca e, de vez em quando, olhava para ela através do para-brisa banhado pelo sol. Lena via os lábios do patrulheiro se moverem, mas não conseguia ouvir suas palavras. Ele havia fechado a sua janela para ter privacidade.

Lena acenou. Ele acenou em resposta, sorrindo num pedido silencioso de desculpa, como se dissesse "Estou quase acabando aqui".

Ela voltou a olhar para o horizonte nebuloso, e tentou se manter centrada. Até agora ela havia criado uma dinâmica ali, mas essa súbita interrupção acabou perturbando o seu ritmo.

Com quem ele está falando?

Ela não gostava disso. Nem um pouco.

Lena segurava o seu iPhone na mão direita. Não havia sinal na região, mas enquanto esperava ficou rolando suas mensagens distraidamente. Até chegar à mensagem final da sua irmã. A coisa mais próxima de um bilhete de suicídio que Cambry Nguyen se deu ao trabalho de deixar para o mundo.

Lena normalmente não acordava com os ruídos do seu celular, mas por alguma razão essa mensagem a havia acordado depois da meia-noite, em 8 de junho, como se carregasse energia negativa. Ela se lembrava de ter aberto bem os olhos quando o celular soou, e de ver o brilho azul da tela projetado no teto. Então rolou para o lado e, com a visão ainda embaçada, leu as últimas palavras da irmã:

> Por favor, me perdoe. Eu não posso viver com isso. Espero que você consiga, policial Raycevic.

Na ocasião, Lena leu essa mensagem uma vez.

Então rolou para o lado e voltou a dormir.

Não lhe havia ocorrido a hipótese de suicídio. Esse tipo de coisa acontecia com outras pessoas, com outras famílias. Em sua mente confusa, ela supôs que o texto se destinasse a outra pessoa. "Policial Raycevic" talvez fosse o apelido de um dos namorados aproveitadores de Cambry, no Kansas, ou na Flórida, ou no Sri Lanka, ou seja lá em que diabo de lugar a irmã se encontrasse. Tratava-se apenas de um instantâneo sem contexto do mundo nômade da irmã. A mensagem era um pedido de desculpa? Uma piada qualquer? Uma ameaça sutil? Talvez todas as três possibilidades, já que se tratava de Cambry.

Naquela manhã, Lena dormiu até as dez horas. A próxima ligação que recebeu foi da sua mãe, sufocando-se em meio às lágrimas. A Patrulha Rodoviária de Montana havia entrado em contato com ela.

Lena nunca contou a ninguém que havia ignorado a mensagem de Cambry no meio da noite. Ela afirmava que só havia encontrado a mensagem mais tarde.

E isso não importava — no momento em que Lena recebeu a mensagem, Cambry já estava morta fazia mais de vinte e quatro horas. Ela havia digitado a mensagem minutos antes da sua morte, e tentou enviá-la da Ponte do Grampo, zona sem sinal de celular. A mensagem permaneceu armazenada na caixa de saída do celular dela até mais tarde, quando paramédicos transportaram o seu corpo. Dentro do bolso ensanguentado, encostado à perna fria, o celularzinho dobrável Nokia surrado de Cambry — praticamente sem bateria — enviou um sinal para uma torre à 1h48 da madrugada e disparou para a irmã dela uma espécie de mensagem de vinte bytes direto do seu túmulo.

Apenas para ser ignorada.

Por mais humilhante que essa situação tenha sido, Lena se sentiu contente porque a irmã, de quem estava distante, pensou em escrever para ela. De algum modo, foi um alívio para Lena saber que ainda era importante o suficiente para merecer uma mensagem final. Mesmo que fosse uma mensagem tão bizarra e suspeita como aquela.

Principalmente a última sentença: *Espero que você consiga, policial Raycevic.*

Como assim?

Qual era o significado disso?

Ninguém sabia o que fazer com essa mensagem. Por que fazer um bilhete de suicídio com uma mensagem para um passante aleatório que a fez parar para averiguações uma hora antes da sua morte? Por que não havia nem uma palavra para a sua família chocada, para as pessoas do seu próprio sangue que ela deixou para trás e que agora sofrem tanto? Por que nenhuma explicação, absolutamente *nada*? No funeral, seus pais sorriram estoicamente e deram o seu melhor para permanecerem firmes, mas Lena viu na mensagem enviada por Cambry um insulto pessoal. Um dedo do meio dissimulado.

Enigmas não importavam. Tudo o que Cambry tinha de dizer, tudo o que Lena mais desejava, era um simples *Eu amo vo...*

Uma batida interrompeu os pensamentos dela.

A porta do carro.

Raycevic estava voltando. Finalmente. Ele estava diferente agora, exibindo um grande sorriso forçado.

— Me desculpe pela demora.

— Tudo bem. — Ela esfregou os olhos.

— Esse rádio é como a minha mulher — ele comentou, forçando uma risada gutural. — Chia o dia inteiro, o tempo todo. Cara, eu ouviria esse som nos meus sonhos, se por acaso eu conseguisse dormir.

Ele repuxou os lábios numa careta engraçada. Como se a tensão que havia se instalado nos últimos minutos tivesse se evaporado, e ele tivesse novamente se tornado o homem jovial e simpático (se bem que mentalmente precário) que ela havia conhecido no restaurante Magma Springs.

— Com quem você estava falando?

* * *

A UM QUILÔMETRO E MEIO DE DISTÂNCIA, um homem oculto pelas sombras segurou o seu receptor de rádio por um considerável momento antes de colocá-lo de volta no gancho com um clique. Ao lado de uma nota escrita à mão.

Lena Nguyen. Pte Grampo

Ele hesitou, e então acrescentou:

DESARMADA

* * *

— COMUNICAÇÃO COM A CENTRAL — Raycevic respondeu tranquilamente. — O vento mudou. O incêndio Briggs-Daniels está agora avançando nessa direção, e tudo ao sul da I-90 precisa ser evacuado. É melhor a gente encerrar o dia por aqui. Considera respondidas as suas perguntas?

— Acho que sim, no geral.

Ele parou a cerca de dois metros dela e ergueu as duas mãos, dando de ombros num gesto exagerado. Seus músculos se contraíram sob as mangas da roupa.

— Tem alguma coisa contra policiais, Lena?

— Como disse?

— Policiais. Eu. Os tiras. — Ele deu tapinhas no peito volumoso, produzindo um "clique" ao fazer isso, como se fosse feito de algum tipo de metal. O sorriso dele lhe causava repugnância, como se Lena sentisse insetos rastejando por sua pele. — Eu sou um dos tiras bons.

— Tenho certeza de que sim.

— Isso tem a ver com essa coisa de Geração Z? Parece que está na moda odiar policiais.

— Eu respeito policiais, Ray.

— Mesmo?

— Meu tio foi patrulheiro em Oregon. — Lena o fitou diretamente nos olhos. — Ele foi a pessoa mais amável e decente que já conheci na vida. Ele me contou certa vez que os motoristas costumavam mostrar o dedo do meio para ele na estrada. Eles o viam como um soldado, um fardado, não como um ser humano. Tem muita gente assim. Gente nervosa, desrespeitosa. Eu acredito sinceramente que ser policial é o trabalho mais difícil que há no mundo.

Ele sorriu, embaraçado.

— Obrigado pe...

— É com *você* que eu tenho um problema, Ray.

O sorriso dele desapareceu.

Alguma coisa nessa atitude — o modo como Raycevic parecia ligar e desligar suas expressões — fez Lena se lembrar da coleção de bonecas Barbie que Cambry teve na infância. Em vez de brincar com as bonecas, Cambry usava peróxido de hidrogênio para derreter o rosto delas até transformá-los em lama de plástico escurecido, e depois as colocava nas prateleiras como pequenos manequins de loja sem rosto. Era assustador. Lena nunca soube por que a irmã fazia isso.

O sorriso de Raycevic logo retornou, um tanto trêmulo. Ele recorreu novamente ao seu teleponto:

— Se você precisar falar com mais alguém do meu departamento, ou se não confia em mim, Lena, não tem problema. É um direito seu. Você está enfrentando uma perda terrível. Sua irmã tinha problemas mentais. — Ele colocou ênfase em *problemas mentais*, e observou a expressão no rosto dela à espera de uma reação. — Cambry estava padecendo de uma dor inacreditável. Dor que ela jamais compartilhou com ninguém. E ela fez uma escolha infeliz.

Ele está brincando comigo. Tentando jogar sal na ferida.

Lena se recusou a morder a isca.

Eles se encararam, e Lena tentou encontrar os olhos dele através dos óculos escuros robóticos.

— Nós ainda não terminamos de conversar sobre o nosso assunto de antes. Então você a parou às oito horas?

— Sim.

— Mas você pediu a ela que entrasse em sua viatura?

— Não.

— Ela nunca esteve fisicamente *dentro* do seu carro?

— Correto — foi a resposta dele, com um grande sorriso gentil.

Lena olhou de relance para o lado esquerdo, a fim de assegurar que seu aparelho ainda estava gravando. Mas sem perder Raycevic de vista nem por um segundo. Ela mantinha o homem armado firmemente vigiado, e havia posicionado o corpo num ângulo de noventa graus em relação ao dele para ter o máximo de mobilidade.

Ele estava esperando. Sim, era hora de arreganhar os dentes e atacar. As delicadezas já não serviam mais. De qualquer maneira, tudo não passara de encenação, desde o momento em que ela o havia encontrado pela primeira vez naquele dia, no restaurante.

— A minha irmã era uma artista — Lena disse. — Ela é brilhante. *Era* brilhante. As pessoas não conseguem fotografar tão bem quanto ela desenha, porque qualquer celular pode reproduzir uma imagem, mas a Cambry capta a verdade de uma imagem.

O sorriso de Raycevic começou a se evaporar de novo.

— Havia um desenho que a Cambry costumava fazer, uma coisa muito particular. Era o desenho de um dinossauro, um desses menores, do tipo do velociraptor, só que amigável e expressivo, entende? Como o Garfield.

Ela fez uma pausa, a fim de dar a Raycevic um instante para que ele se manifestasse de alguma maneira. Mas ele não fez nenhum gesto.

— Ela desenhava esse dinossauro desde os tempos da escola primária, quando manifestou a vontade de ser desenhista. Minha irmã até deu um nome para ele: Dinossauro Bob. E mais tarde, na adolescência, ela desenhava e gravava esse dinossauro em tudo. Por isso é que agora, com a minha irmã viajando de um ponto a outro do país e retornando, eu não tenho a menor dúvida de que ela desenhou e entalhou o dinossauro em dezenas de banquetas de bar, troncos de árvore e banheiros por todo o país.

Nova pausa para testar os nervos do policial.

— Então me diga, Ray: por que o Dinossauro Bob está gravado no assento traseiro da sua viatura?

6.
A HISTÓRIA DE CAMBRY

Há algo de estranho na maneira como o patrulheiro a observa enquanto ela acelera em fuga. Ele se mostra surpreso diante da simulação dela, mas não está em pânico. Ele não grita. Não saca a arma nem atira em seu vidro traseiro. Tudo o que ele faz é olhar enquanto ela se afasta em meio a uma nuvem de poeira, uma figura reduzida no espelho retrovisor dela. E então ele se vira e retorna tranquilamente para a sua viatura.

Ele vai perseguir você, Cambry.

Isso é uma certeza. Ele virá atrás dela. A perseguição está apenas começando. Porém nesse exato momento, às 8h23 da noite, Cambry está viva, o seu pé está colado ao acelerador, o motor está a mil, e ela sabe que tem uma chance de lutar. Quando o seu Corolla está parado num estacionamento, Cambry é vulnerável como um pássaro no chão. Mas quando Cambry Nguyen está em movimento, a história é bem diferente. De Glass Beach até Everglades, da areia branca à neve branca, o mundo é repleto de possibilidades, porque movimento é vida.

Sim, movimento é vida literalmente, nesse momento.

Puta merda.

Ela tem vontade de esmurrar o volante. Está tremendo, com os nervos em frangalhos. Arrepios tomam conta do seu corpo. Sim, sim, sim, tudo isso aconteceu mesmo.

O que eram aquelas fogueiras? Aquelas quatro fogueiras ritualísticas que Raycevic estava controlando? Ela anda pensando nelas, pensando demais, e tem um palpite agora. Elas revelam um quadro maior — como quando se monta um quebra-cabeça. O binóculo do policial, sua pele queimada de sol, seu desespero para apanhá-la antes que ela fuja e desapareça no mundo.

Ele está logo atrás de você.

Sim, claro, lá vem ele. Nenhuma surpresa nisso. O Dodge Charge preto do cabo Raycevic surge em seu espelho retrovisor. Ele a alcança sem dificuldade, e agora se mantém atrás dela numa perseguição agressiva. O carro dele parece dançar colado em sua traseira; a grade dianteira dele está muito próxima, a uns três metros de distância. Tão perto que se ela pisasse no freio nesse momento provocaria uma batida feia. Ela considera essa possibilidade.

A estrada se abre em asfalto. Move-se por entre pinheiros e o prado, atravessa colinas inertes. Os marcadores de curva brilham diante dos faróis dela, indicando a aproximação de uma curva fechada à frente. Ela pisa de leve nos freios, deixando que os faróis de Raycevic se aproximassem ainda mais.

Bater não será nada bom para mim, ela pensa. Raycevic provavelmente adoraria ver o seu Corolla rodopiar sem controle e se espatifar contra uma árvore. O trabalho dele estaria terminado. Ele poderia ir para casa.

O pressentimento a invade mais uma vez.

Ele sabe o meu nome. Quanta informação se encontra armazenada na base de dados da polícia? É como nos filmes? O endereço de Cambry nunca foi atualizado — ela se mudava tanto, e tão rápido —, mas se as suas contravenções e multas estiverem lá, então o cabo Raycevic sabe que os pais dela moram em Olympia, Washington. Se falhasse em capturá-la esta noite, então ele poderia fazer a eles uma visita e matá-los no lugar dela. Ou fazer deles reféns.

Cambry ainda não avistou outro motorista.

Ela verifica se há sinal em seu celular dobrável — nada ainda. A estrada está vazia, mas talvez ela possa entrar em uma via de acesso à interestadual, que é paralela. Com certeza haverá outros motoristas na I-90. O pensamento de ter testemunhas por perto é reconfortante. Um tira psicótico não se atreveria a tentar nada sob os olhares de outras pessoas, não é?

A menos que ele as mate também. Talvez ele faça isso.

Uma ondulação vermelha e azul surgiu atrás dela. O policial ligou a barra de luzes da viatura. E então o som de uma sirene. Não era como o som de outras sirenes que ela já havia escutado — era agudo demais, muito intenso, como um eco saído de um pesadelo. Talvez a adrenalina estivesse afetando os seus sentidos.

Ela também se sente estranhamente ofendida. Você pensa que eu sou idiota?

Cambry põe o braço para fora da janela e mostra o dedo para Raycevic. Em resposta, a sirene cessa abruptamente.

A princípio isso causa satisfação, como se fosse uma resposta sensata. Mas a sensação desaparece rapidamente. Ele estava só fingindo. O cabo Raycevic — se é que esse é mesmo o seu nome — tentava uma última vez bancar o patrulheiro rodoviário, apelando para o senso de responsabilidade dela como cidadã cumpridora da lei. Talvez isso funcione com outras pessoas. Não com Cambry. Então ele desistiu desse recurso.

Contudo, a barra de luzes continua ligada. O flash azul e vermelho dá a ele mais iluminação periférica para persegui-la pela região escura. A constante e im-

placável luz estroboscópica penetra nos pensamentos de Cambry, dando-lhe dor de cabeça. Ela abaixa o espelho retrovisor a fim de diminuir a claridade.

Eles dirigem em silêncio por três ou quatro quilômetros.

Cambry vai a noventa por hora — cerca de cento e trinta nas retas, sempre que possível. Quer dirigir mais rápido, mas a estrada está muito escura e irregular, cheia de subidas e descidas. As curvas surgem de repente em meio à penumbra. E o Dodge de Raycevic continua firmemente colado à sua traseira, ainda cerca de cinco metros de distância do para-choque dela. Com um farol de cores vivas, pulsando silencioso numa redoma de vidro.

Mas Cambry não para. Não vai parar. Ela não é estúpida, e compreende o perigo. Tenta pensar um passo à frente. O que esse policial vai tentar em seguida? Vai ter de obrigá-la a parar. Ele pode tentar bater nela, fazendo o seu carro rodar sem direção na estrada. Ou talvez emparelhe com ela e atire em sua janela. Faça ele o que fizer, vai ter de fazer rápido, porque ela logo sairá da zona sem sinal de celular e ligará para a polícia. Para a verdadeira polícia.

O tempo está a seu favor, Cambry. Ela se dá conta disso com uma estranha empolgação. Tudo o que você tem de fazer é continuar dirigindo.

A próxima curva logo aparece — uma faixa inclinada, difícil — e ela é obrigada a pisar no freio e diminuir a velocidade para setenta quilômetros por hora. Ela odeia ter que fazer isso. O carro puxa um pouco, dificultando as coisas. Um pneu bate em uma faixa sonora da pista, produzindo uma forte vibração.

Continue em frente, fique viva.

Cambry agarra o volante com mais força. Ela volta a acelerar assim que sai do trecho difícil, e a viatura logo atrás dela faz o mesmo.

É loucura, mas ela está começando a gostar da coisa toda. Sim, o tempo está absolutamente a favor de Cambry, não a favor dele. Tudo o que ela precisa fazer é continuar dirigindo como se a sua vida dependesse disso. É uma perseguição, mas ela pode escapar. Porque no final das contas, mais uns poucos quilômetros e ela se depararia com outro motorista, ou com as luzes cintilantes da próxima cidade, ou entraria numa área em que teria sinal de celular.

De repente, a luz da gasolina começa a piscar.

PARTE 2
O HOMEM DE PLÁSTICO

7.

Cambry Nguyen sabe, por experiência própria, que sem o trailer de Blake, o seu Corolla ainda pode rodar aproximadamente cinquenta quilômetros depois que a luz de alerta de combustível se acende. Essa é a distância máxima que ela já havia arriscado até agora. De Fort Myers até Fargo, ela sempre observava com muito cuidado os seus mapas, prestava atenção à sua localização e nunca se afastava muito de um centro populacional. Fosse pagando alguns dólares num posto de gasolina, fosse tirando gasolina de um ou outro tanque com seu sifão, ela jamais permitia que o seu tanque ficasse vazio tão longe da civilização. Mas ela não imaginava que um babaca qualquer fosse arrancar sua mochila pela janela do carro.

Cinquenta quilômetros. Esse era o limite com que Cambry trabalhava.

Polk City fica sessenta e sete quilômetros à frente, segundo a placa que ela acaba de ver. Uma diferença de dezessete quilômetros. Ela se pergunta quanto dura o tanque reserva de um Toyota Corolla 2007.

Cinquenta quilômetros. E mais dezessete.

Cambry olha fixamente para o símbolo de combustível na reserva piscando no painel. Ela sabe que dirigir até Polk City é uma aposta arriscada. Se estiver errada — por um quilômetro que seja — seu carro vai morrer no meio do nada, e o homem a pegará indefesa na estrada. Uma faca não vai salvá-la. Ele vai atirar nela, ou estrangulá-la, ou estuprá-la. Fosse o que fosse que ele já planejava fazer quando pediu a ela que saísse do carro, cerca de vinte minutos atrás.

Mas talvez... *Talvez o sinal de celular retornasse antes que ela completasse sessenta e sete quilômetros. Isso é provável, já que Polk City é um centro populacional. Mas isso não resolverá o seu problema de combustível. Realizar com sucesso uma ligação para o 911 não a ajudará se ele a matar na mesma hora.*

— Merda. — Ela dá um soco no volante.

O carro do policial continua colado ao dela. Com o tanque cheio de combustível.

Não, *o tempo não está a meu favor. Ela sente o seu peito se apertar.* Não mesmo.

O tira desliga a sua barra de luzes atrás dela. Outra encenação deixada de lado. Será que estava interferindo em sua visão noturna? De qualquer modo, é um alívio para os nervos de Cambry. Agora, tudo está mais simples e mais direto: apenas a noite escura, os faróis e o asfalto.

Ela tenta pensar. Já se passou um minuto desde que viu a placa que informava a distância até Polk City; então, essa distância agora havia diminuído para pouco mais de sessenta e cinco quilômetros. O próprio carro era um relógio em contagem regressiva — *queimando o seu suprimento limitado de combustível, sem parar, minuto a minuto.*

Pense!, *ela repreende a si mesma.* Pense um pouco. Essa é uma aposta ruim.

Cambry pode continuar dirigindo os sessenta e tantos quilômetros restantes até Polk City, e completar todo esse percurso, se tiver sorte. Ela não sabe quanto combustível reserva tem. Suas chances de sucesso podem ser de cinquenta por cento. Ou podem ser significativamente piores.

Magma Springs!, *ela se lembra de repente. A trinta e dois quilômetros de distância. Talvez uns quarenta, agora? Logo atrás dela. Ela não vai encontrar sinal de celular lá — pelo menos não até que esteja bem no meio da região principal da cidade — mas sem dúvida tem gasolina suficiente para chegar a Magma Springs. É uma cidade aproximadamente do tamanho de Polk City, talvez até maior. Deve contar com um departamento de polícia, ou um supermercado, um posto de gasolina ou algum lugar com pessoas reunidas em seu interior. Pessoas que podem servir de testemunhas.*

— Tudo bem, então — ela sussurra.

Se você virar e voltar em sentido contrário...

— Tudo bem, tudo bem.

Outra curva difícil se aproxima — mas dessa vez ela mantém a velocidade em cento e dez quilômetros. O mundo fica inclinado como uma pista de corrida. Moedas chacoalham no console. Ela manobra para evitar a faixa sonora e quase invade a pista contrária.

Quando ela termina o trecho de curva, o Dodge preto continua em seu encalço. Os faróis da viatura iluminam o vidro traseiro dela. Como havia acontecido na última curva. Raycevic é um motorista treinado para realizar perseguições; sabe exatamente como esse tipo de perseguição se desenrola, e não se distancia dela nem por um centímetro.

Ela se prepara para agir. Não havia pensado bem no que faria ainda. Mas sabe o que precisa fazer. Continuar seguindo rumo a Polk City é um erro. Ela precisa dar meia-volta e retornar para Magma Springs, que é uma aposta mais segura e com metade da distância. Ela tem que pisar no freio e dar a volta. E fazer isso sem ser apanhada. Sem levar um tiro. Sem ser lançada para fora da estrada.

Cambry toma uma decisão: vai contar até três e então entrar em ação. Como fez Raycevic quando ficou de pé ao lado do carro dela com aquele sorriso largo, com antiácido sabor morango no meio dos dentes, e a mão sobre a sua Glock.

— Um. — *Seu pé paira sobre o pedal do freio.*

A agulha do velocímetro se aproxima de cento e catorze quilômetros. Ela não pode diminuir agora, porque ele perceberia e diminuiria também. E se fizesse a virada muito devagar, ele aproveitaria a chance e a jogaria para fora da estrada. Ela vai ficar vulnerável ao fazer essa manobra e passar ao lado da viatura do policial.

Cambry imagina o seu carro chocando-se contra as árvores, capotando e se transformando numa bola de fogo.

— Dois. — *Ela range os dentes. Sua dor de dente retorna.*

Você está indo rápido demais.

Não, ela está indo rápido o bastante.

E se ele bater na sua traseira por acidente? E atirar você para fora da estrada?

É um risco, mas um risco aceitável. Melhor do que ficar sem gasolina a dez quilômetros de Polk City, no meio da estrada com um psicopata armado em seu encalço. É a melhor chance que já teve até agora. Isso é fato, ela diz a si mesma enquanto os faróis de Raycevic avançam sobre o seu campo de visão.

Três?

O medo a impede de dizer a palavra. Está presa em sua garganta como um engasgo. Mas ela se força a dizer, força os lábios a se abrirem para articular a palavra:

— Três!

Cambry pisa no freio.

Foi algo parecido com lançar a âncora de um navio em pleno movimento. Um impacto de sacudir o cérebro, mas sem batida. O ensurdecedor guincho metálico das pastilhas de freio travando o movimento. O cinto de segurança se estica e a aperta, expulsando o ar dos seus pulmões.

Um facho de luz oscila — o carro do policial dá uma violenta guinada para a esquerda. Seus faróis altos brilham tão intensamente quanto a luz do sol, e Cambry tem a nítida sensação de que ele não vai conseguir se desviar dela rápido o suficiente, que vai atingir a sua traseira e causar um grande acidente. Mas nada acontece — ele não bate no carro dela. Seu Corolla se contorce para a direita, derrapando na direção do acostamento e sobre o cascalho — ela agora luta para segurar o volante e não perder o controle do carro —, ainda deslizando para o lado com as rodas travadas. Em seguida, outro brusco impacto a empurra contra o seu assento, fazendo tombar ruidosamente o cooler no assento de trás — e então uma serena tranquilidade. Seus faróis apontam para os pinheiros escuros.

O carro está totalmente parado.

Não há tempo para descanso. Ela se ajeita para a frente em seu assento, sentindo o odor pungente de borracha queimada, puxa o volante para a direita e põe o carro em movimento novamente (o guincho distante dos freios do Dodge corta o ar, numa resposta enfurecida). Cambry toma, então, o sentido leste da pista, completando a sua virada total.

Um giro de cento e oitenta graus, a mais de cento e dez por hora.

— Puta que pariu.

Até as suas fúrias ficam impressionadas: Nada mau, garota.

Ela tira o cabelo dos olhos, acelerando. A estrada se abre diante dela. Seu caminho rumo a Magma Springs, à civilização, à segurança.

Cambry acerta novamente a posição do seu espelho retrovisor — Raycevic tenta manobrar o carro desajeitadamente, e vai desaparecendo na escuridão. Cinquenta metros. Cem metros. O tempo de reação dele foi bem mais lento do que ela esperava. Será que ele estava no rádio ou coisa parecida? Cambry o havia apanhado totalmente desprevenido. Ela havia feito a única coisa que o policial não seria capaz de antecipar numa perseguição de vida ou morte: pisou no freio.

Ela estima que acabou ganhando uma vantagem de cerca de meio quilômetro quando vê os faróis de Raycevic retomando a perseguição atrás dela. Pequenos pontos de luz distantes.

— Vá se foder — ela murmura.

Que sensação boa. É uma pequena vitória, mas parece monumental. Ela mudou de direção, e segue agora para uma cidade que fica mais perto. Já é alguma coisa. Ela pega a curva que havia feito anteriormente — agora uma curva à esquerda — e os faróis do veículo que a persegue desaparecem momentaneamente atrás da inclinação do terreno. Ela havia ganhado uma distância considerável, e agora o seu perseguidor se desdobrava para conseguir alcançá-la. Coma a minha poeira!

Ela passa rapidamente por uma placa com os dizeres MAGMA SPRINGS 35.

Ainda melhor do que ela esperava! Ela tinha combustível mais do que suficiente para percorrer trinta e cinco quilômetros. Portanto, tinha boas chances de alcançar o seu objetivo. Chances melhores do que teria se insistisse nos sessenta e sete quilômetros para Polk City. Bem melhores. Mas ela ainda teria que enfrentar um perseguidor armado durante todo o caminho até Magma Springs; e esse homem seria capaz de começar a atirar nela caso se desesperasse. Cambry ainda não tinha um plano para isso.

Alguns segundos se passaram, e os faróis do policial ainda não haviam reaparecido na curva atrás dela. Uma outra ideia ocorreu a ela subitamente.

Você pode se esconder.

O policial está seguindo as luzes de freio dela, que ele deve enxergar como pequenos pontos vermelhos a distância. O resto da região está agora mergulhada na mais completa escuridão. Quando o contato visual fosse bloqueado pelo terreno, ela poderia sair da estrada e desligar todas as suas lanternas, e deixar que Raycevic passasse por ela em velocidade.

Faça isso, Cambry.

Os faróis dele reaparecem. Ainda estão distantes. Mas aproximando-se.

Certo. Na próxima curva.

Ela precisaria de uma via de acesso, ou pelo menos de um pedaço plano de terra, senão acabaria batendo em alguma vala. Isso não seria nada bom. E também precisaria tomar cuidado com o rastro de poeira que deixasse. Os faróis do carro dele poderiam captar algo desse tipo quando ele passasse.

Cambry passa por uma clareira à sua esquerda — grama alta e algumas árvores. Rápido demais para ver a tempo.

— Maldição. — *Isso também teria funcionado. Porém o policial ainda estava ao alcance da vista; ele a seguiria para fora da estrada.*

Na próxima! Sem pensar duas vezes, *ela promete a si mesma.*

A próxima curva está perto agora. É a mesma curva perigosa pela qual ela se lembra de ter passado minutos atrás. Por pouco não foi parar no meio da mata por causa desse trecho.

O cabelo de Cambry está sobre seus olhos novamente. Ela o empurra para o lado. O ponteiro do velocímetro oscila entre cento e trinta e cento e quarenta. Um controle ineficaz de combustível, mas necessário nesse momento. Seu motor ruge sob o capô, sugando avidamente o suprimento limitado de combustível.

Em sua última passagem pela maldita curva, minutos antes, Cambry viu que era possível atravessá-la a oitenta por hora sem sair da estrada. Dessa vez ela tentaria a noventa. Ela precisaria de cada segundo de sua vantagem na dianteira para tirar seu carro da estrada em segurança e escondê-lo na escuridão, dando ao rastro de poeira alguns segundos cruciais para baixar. E sem deixar vestígios óbvios.

Ela já decidiu passar para a pista contrária para fazer a curva mais ampla possível. Uma colisão frontal é o que menos lhe mete medo. A estrada se curva bruscamente debaixo dela, uma difícil guinada à direita, e ela luta para controlar a direção. Os pneus cantam de novo, batendo na faixa sonora e produzindo um ruído semelhante ao de uma motosserra bem nos ouvidos dela. Ela sente os seus dentes cerrados vibrarem. Mais uma vez, os troncos de pinheiro nodosos passam em sequência diante dos seus faróis, um carrossel luminoso de imagens paradas. Qualquer um deles poderia fazer o seu carro explodir em chamas. Eles parecem estar bem perto — a alguns centímetros de distância apenas. Cambry continua torcendo o volante para a direita, o mais que pode, enquanto o Corolla de duas toneladas tem bastante resistência aos esforços dela, e a curva prossegue fechada, mais e mais curva, mais e mais árvores...

E então, de repente, a estrada volta a ficar reta.

Cambry faz uma manobra de compensação e retoma a sua rota, voltando à sua pista. Ela bate novamente na faixa sonora. Outra vez um ruído muito agudo e o estrépito do cascalho. Mas ela continua em frente, ainda correndo velozmente, depois de sobreviver à curva infernal. Não importa que tenha usado a pista contrária para conseguir isso. É claro que se outro motorista viesse em sentido contrário, teria sido suicídio e também assassinato; mas nada disso importa, absolutamente nada, porque é apenas uma possibilidade que não se concretizou. Ela continua viva.

Os faróis do veículo de Raycevic surgem novamente em seu espelho retrovisor. Nesse momento, o policial está provavelmente diminuindo a velocidade para fazer a mesma curva. Cambry tenta calcular quanto tempo terá.

Você tem vinte segundos. No máximo.

Ela olha por todo lado à procura de um terreno gramado, de um pedaço de terra plana, qualquer lugar onde possa se esconder na escuridão ao sair da estrada — e em sua afobação ela quase deixa passar algo ainda melhor.

Uma estrada alternativa.

Em um pequeno acesso secundário poeirento, cheio de marcas de erosão. Uma placa branca com letreiro desbotado — ESTRADA FECHADA — atrai as luzes dos faróis dela para um portão de metal fechado. Está cada vez mais perto, à sua esquerda.

Ela vira o volante. Ainda está a oitenta quilômetros.

Quinze segundos agora.

Seus pneus travam e rangem novamente. O som áspero do atrito da borracha contra o asfalto. Cambry torce para que as janelas do policial não estejam abaixadas — caso contrário ele certamente ouvirá esse barulho, mesmo a meio quilômetro de distância e ainda dentro da curva, e saberá que ela está parando.

Investir contra o portão é suicídio, então ela o contorna, batendo em um grande arbusto, que se arrebenta contra o para-choque com o impacto de um tiro e então explode numa nuvem de folhas crespas. O carro sacode fortemente no terreno acidentado, e moedas são arremessadas do console. O cinto de segurança pressiona a sua clavícula mais uma vez. Seus espelhos estão fora de alinhamento agora. Porém Cambry logo está de volta à pista, completando o seu desvio, deixando para trás a barreira com o portão, ainda avançando.

Dez segundos.

Pedregulhos se chocam ruidosamente contra o chassi. Há árvores e plantas rasteiras nos dois lados da estrada. Um rastro de poeira bloqueia a visão da sua janela de trás, e tudo o que se vê é o brilho vermelho das suas lanternas traseiras. O carro bate em um buraco, num forte solavanco.

Ela continua dirigindo, avançando. Aumentando cada vez mais a distância em relação à estrada principal. Para que o seu plano funcione, ela precisa estar longe o suficiente da rodovia para que o policial não aviste seus faróis. Ela também vai *precisar apagar os faróis, é claro, ou ele a perceberá em sua visão periférica imediatamente. Mas quando?*

Cinco segundos.

De qualquer modo, ela sabe que é um risco. Se ela parar perto demais da estrada, Raycevic vai vê-la e a seguirá. Se ela continuar dirigindo e esperar tempo demais para apagar as luzes, ele também a verá. Cambry vira o pescoço para trás e olha na direção da rodovia, através de um manto de poeira, tentando ver os faróis da viatura reaparecerem em algum ponto da curva. Mas ela sabe bem que se conseguir vê-lo agora será tarde demais.

Zero. Acabou o tempo.

Não. Ela ainda não está longe o bastante da estrada principal.

Pare o carro.

Ela passa por cima de outro buraco, e a batida na estrutura de metal produz um barulho irritante. Cambry ainda não pode parar. Falta muito pouco agora. A vegetação é muito baixa e esparsa, e as árvores são finas. A varredura dos faróis de Raycevic revelaria o Corolla escondido em meio à relva baixa.

Pare o carro, Cambry. Desligue os faróis.

Ela espera mais um segundo. E mais um.

Pare, pare, pare!

Então ela finalmente pisa no freio e gira a chave, desligando o motor. Ela apaga as luzes, e tudo mergulha na escuridão. Naquela fração de segundo, na curva fechada da Rodovia 200 atrás dela, surgem os faróis do carro do obsessivo policial, como dois pontos no meio do nada, como duas estrelas cadentes.

Cambry prende a respiração.

Ela espera, protegida pela escuridão. Seu rastro de poeira a alcança e continua subindo para além dela, salpicando o teto do Corolla. Ela vê, distantes, os faróis do carro do policial completarem a curva. Seus faróis altos percorrem o campo, e as luzes predatórias alcançam a pintura azul do veículo dela, revelando sua forma em detalhes implacáveis.

Cambry sente um nó no estômago quando o interior do carro se ilumina em torno dela. Por um instante, o painel do carro, o volante, seus punhos cerrados — tudo se iluminou tão terrivelmente quanto um dia ensolarado.

E então a escuridão volta.

Ele chega ao fim da curva e entra na parte reta da estrada. Cambry pode ouvir o rugido distante do seu motor. Ele está dirigindo rápido, compensando o tempo perdido.

Ela sente os pulmões arderem. Tem medo de se mexer.

Subitamente, as luzes traseiras da viatura iluminam de vermelho-vivo a estrada atrás delas. Raycevic diminui a velocidade quando se aproxima da estrada secundária. Ele reconhece a placa e o portão. Deve estar familiarizado com a área. Tentando não entrar em pânico, Cambry segura a chave na ignição. Ele já a viu.

Agora, cada segundo que ela esperar será perda de tempo. Se ligar o carro e sair novamente em velocidade, talvez ainda possa preservar um pouco da sua vantagem. Se o seu esconderijo já foi descoberto, por que esperar? Por que deixar o seu tempo se consumir como um pavio aceso?

O carro do policial se aproxima do portão, diminuindo ainda mais a velocidade. Enquanto Cambry observa os seus movimentos, uma voz em sua mente avisa: "Ele te viu. Vai virar à esquerda. Vai virar à esquerda e virá atrás de você".

O veículo do policial para completamente.

Silêncio.

Bem... Por essa eu não esperava.

Os dedos dela estão firmemente colados à chave do Toyota agora; um simples giro e o carro entraria em ação de novo. Seus dedos apertam a chave com tanta força que a mão começa a formigar. Ela relaxa um pouco a pressão nos dedos.

Ele está parado agora, bem no meio da Rodovia 200, a cerca de cem metros da posição de Cambry. A apenas poucos passos do portão. O motor está ligado. Os faróis estão acesos.

Cambry observa tudo através da janela traseira. Ainda não tem coragem de se mover. Seus pulmões ardem dentro do peito como balões. Ela começa a ficar zonza, seus pensamentos começam a se dispersar, mas ela não se permite respirar. Não pode fazer isso. É a lógica do pesadelo: se Cambry respirar, ele a verá.

Mais um momento torturante se passa, e nada acontece.

Então a porta da viatura se abre, em silêncio e com espantosa leveza, e Cambry deixa escapar o ar que estava retendo. Ela se engasga, como se tivesse ficado tempo demais debaixo d'água e agora chegasse à superfície para respirar.

O policial sai do carro. É uma silhueta negra contra os faróis do próprio veículo. Apesar da distância, Cambry pode distinguir os mesmos detalhes de que se lembra: a aba do chapéu dele. Seus ombros enormes. Seu peitoral inflado. Ele é um cara grande, quase um fisiculturista, e parece ainda maior de perfil. Ser perseguida por um homem com as proporções do Incrível Hulk fazia o seu sangue gelar.

Cambry diz a si mesma que está escondida, que não pode ser vista. Ele só poderia enxergá-la na escuridão se tivesse um dispositivo de visão noturna.

Será que ele tem um dispositivo desses? Um dispositivo infravermelho?

O policial deixa a sua porta entreaberta e anda a passos largos até a parte de trás do veículo. Está apressado. Ele abre o porta-malas e se inclina para baixo. Em meio à escuridão, sua silhueta mergulha na luz vermelha dos faróis traseiros — tornando-se ela própria vermelha como um demônio — antes de sumir de vista mais uma vez.

Ele não a vê. Não pode vê-la.

Não é mesmo? Uma sombria escuridão domina toda a paisagem. Árvores esporádicas e vegetação irregular. Cambry desejou poder mergulhar nessa paisagem. Simplesmente fundir-se a ela, com carro e tudo, como se escorregasse para debaixo da lama escura.

O policial reaparece. E novamente é banhado pela luz vermelha dos faróis, e mais uma vez lembra a figura de um demônio musculoso. Ele agora carrega uma arma. Cambry não entende de armas de fogo. Esse ano ela atirou algumas vezes com a pistola de bolso de Blake, apenas o suficiente para parecer minimamente ameaçadora caso eles fossem assaltados numa área de camping. Porém, mesmo de longe ela tem certeza de que o que Raycevic carrega é um rifle de assalto.

Ele segura a arma com facilidade, como se fosse uma vassoura. Caminha até a porta do carro entreaberta, e para ao lado dela. Olha para a esquerda, e então para a frente. Para a esquerda e para a frente. Ele está olhando para o portão trancado — talvez tenha visto o arbusto que ela derrubou — e tentando imaginar a direção que Cambry teria tomado. Seus movimentos são bruscos, aleatórios. Nervosos.

Ele não tem certeza.

Cambry permanece imóvel em seu carro. Ainda segurando firmemente a chave do Toyota. Só seria preciso dar uma volta na chave e as luzes do seu carro se acenderiam como um outdoor em Las Vegas. Abrir a porta e escapar a pé também não é possível — se fizer isso, a luz do teto a denunciará. Ela está presa dentro do próprio carro.

A adrenalina de ser caçada, de ter de se esconder, agita-se no estômago dela. Não é uma sensação inteiramente ruim. Cambry se lembra de que era imbatível no pique-esconde quando garotinha. Até mesmo em locais fechados. Ela retirava com cuidado os sapatos e pisava silenciosamente no chão de meias. Ela era capaz de escapar de Lena e das outras crianças durante horas a fio, mudando de lugar, entrando e saindo de armários, arrastando-se de quarto em quarto na casa dos primos como se fosse um fantasma. Havia algo de excitante em não ser encontrada.

Entretanto, o policial continua esquadrinhando a distância à procura dela. Binóculos de nada servem nessa escuridão. Ele apoia o seu sinistro rifle no ombro enquanto procura, pronto para atirar. Graças a Deus ele não tem um dispositivo de visão noturna.

Cambry percebe que ele precisa decidir entre duas alternativas: continuar na rodovia ou virar à esquerda e entrar na estrada fechada. Ele tem cinquenta por cento de chance de acertar. Cambry tem cinquenta por cento de chance de escapar. Tudo se resume em tirar a sorte na moeda, sob um agitado céu negro. A atmosfera está carregada de eletricidade. Ela pode sentir isso.

A chave do Toyota queima entre os seus dedos. Sua mão treme. A expectativa está acabando com os nervos dela, e provavelmente acabando com os nervos de Ray-

cevic também. Ele está desperdiçando tempo. Ele sabe disso. Ela sabe disso. Tudo depende da escolha do policial.

Por favor, faça a escolha errada. Por favor, fique na rodovia!, *ela pensa, cheia de esperança.*

E então ela entende. Enfim ela percebe, só agora percebe. A compreensão chega em minúsculas pernas rastejantes, como um inseto debaixo de uma porta. Sim, agora ela compreende. Esse tira, Raymond Raycevic, estava destruindo um cadáver lá naquela remota propriedade. As quatro fogueiras, *envolvidas por pirâmides de pedra, destinavam-se a conservar calor. Como pequenos fornos. Para queimar ossos humanos até virarem pó. Ele estava cremando um corpo, um pedaço de cada vez.*

O estômago de Cambry se contorce. Ela sente um gosto azedo na garganta.

Esse policial, o cabo Raymond Raycevic, é um assassino. E Cambry havia invadido o local que ele usa para descartar evidências. E testemunhado tudo — o assassino em plena ação. Por isso, ele agora precisa desesperadamente eliminá-la, antes que ela revele tudo a alguém e arruíne o seu segredo. É isso. Tem de ser isso. É a única explicação plausível para o que está acontecendo.

Ele coloca o rifle no banco do carro e entra novamente em seu Dodge. E bate a porta com força, numa clara demonstração de raiva. O som chega até Cambry uma fração de segundo depois, um barulho de batida seca retardado pela distância. As luzes de condução da viatura mudam quando o carro entra em movimento. Essa é a hora. O momento da verdade.

Por favor, fique na rodovia.

O veículo começa a se mover na direção da estrada fechada. Cambry quer cobrir os olhos, quer desesperadamente desviar o olhar.

Não, não! Não, por favor...

Raycevic continua em frente na Rodovia 200. Ele passa pela placa branca, passa pela estrada secundária, pelo arbusto esmagado e pelo portão trancado. Passa pelo local onde Cambry está escondida. Ela não acredita, a princípio. Não pode acreditar.

Sim, ele está indo embora!

Ao vê-lo afastar-se, Cambry vibra, gritando e engasgando ao mesmo tempo. Toda a sua tensão acumulada acaba por explodir, como um balão inflado, furado por uma agulha. O sangue flui para o seu rosto. Uma sensação de prazer toma conta dela. Sim, foi cara ou coroa. Mas ela escolheu coroa, e ele escolheu cara, e com a ajuda de Deus ela foi a vencedora...

Um relâmpago atravessa o céu.

Ele irrompe de ponta a ponta no horizonte, irregular, fendendo o céu em rachaduras de fogo silencioso. Por uma fração de segundo, cada centímetro da planície se ilumina, como se cada pedra e cada árvore tivesse sido radiografada por um duplo clarão. E por um horrível instante, até o interior do Corolla de Cambry fica todo iluminado.

Na rodovia, o policial pisa no freio bruscamente, cantando pneu.

Enquanto ele manobra para dar meia-volta e dirigir até o portão a fim de continuar a perseguição, Cambry leva um longo e atônito segundo para compreender o que aconteceu. O que aconteceu do nada, contra todas as possibilidades. Ela gira a chave na ignição e liga o carro novamente.

— Isso só pode ser brincadeira, caralho!

8.
LENA

— VOCÊ ESTÁ ESCONDENDO ALGUMA COISA — ELA DIZ AO POLICIAL.
— Como disse?
— Você me ouviu, Ray.
Ele ficou olhando para Lena, sem ação. Não esperava por essa pergunta.
— E quer saber? Não faz mal. Porque eu também não fui inteiramente honesta com você. — Lena olhou para o carro da irmã. O gravador em cima do capô, os encaixes brancos da fita cassete girando. Ela sentiu a temperatura mudar, e o sol escureceu atrás de uma parede de fumaça. Tinha de escolher as palavras com cuidado, porque elas não poderiam ser retiradas. — Algo não me cheira bem. Faz três meses. Em parte, foi por isso que eu o localizei, Ray. E arranjei esse nosso encontro.
— A investigação...
— Não deu em nada — ela disse em voz baixa.
Por um longo momento, o cabo Raycevic não falou nada. Ele a contemplou sob a implacável luz do dia, mas distraidamente, como se estivesse tentando se lembrar do que precisava comprar no mercado. Por fim ele disse, com os olhos semicerrados:
— Conte-me tudo, Lena. Não sou um detetive, mas pode me explicar tudo o que está incomodando você.
— Você primeiro. Você não explicou o detalhe do Dinossauro Bob.
— Mas eu já expliquei. Nem todas as pessoas que detenho ficam algemadas. Os mais jovens, eles desenham coisas no vinil...
— Mas como o dinossauro *da Cambry* foi parar lá?
— Quer me fazer dizer isso? — Ele puxou do rosto os óculos escuros e esfregou os olhos com a ponta dos dedos. — Eu não quero dizer isso, porque não quero parecer um imbecil na sua gravação.

— Um pouco tarde para isso, Ray.
— Tentarei ser o mais delicado possível. Já ouviu falar de um programa da Nickelodeon chamado *A vida moderna de Rocko*? Pois bem: um dos personagens é um camaleão verde. Eu esqueci o nome dele. Mas é muito parecido com o dinossauro. Cinco anos atrás, algum delinquente de catorze anos em Polk City riscou no meu assento um personagem de um desenho do Nickelodeon, e se esse personagem se parece com o Dinossauro Bob para você, isso significa simplesmente que o personagem da sua irmã não era original. *Sinto muito.*

— A sua memória é ótima.
— Eu estava dando um exemplo.
Não dê um segundo de trégua a ele.
Lena apontou para o Corolla da irmã.
— Vê aquele amassado grande no para-choque da Cambry? Como se ela tivesse batido numa árvore pequena ou coisa do tipo?
— Sim. E daí?
— Isso não estava lá na última vez em que olhei.
— É mesmo? — ele respondeu. — E quando foi isso, Lena?

Essa pergunta a atingiu como uma punhalada. Ela não respondeu — porque a resposta era *faz mais de um ano*. Treze meses. Num churrasco em família. E elas mal se falaram na ocasião. Cambry estava bêbada e mal-humorada, e Blake (Tipo idiota n.º 17, ou talvez n.º 18) não parava de agarrá-la, numa atitude constrangedora. Além do mais, carros sofriam dano o tempo todo. Um amassado não provava nada.

Raycevic estudou a reação dela. Ele sabia que a havia atingido em cheio.

Gêmeos deveriam ser próximos, não é? Inseparáveis, com o mesmo DNA, como imagens refletidas. Mas Lena e Cambry haviam crescido como dois pássaros presos dentro de uma pequena casa de noventa metros quadrados, e quando fizeram dezoito anos lançaram-se no mundo em direções absolutamente diferentes.

— Não há conspiração — Raycevic continuou, empertigando-se. — A investigação seguiu o seu curso. Aconteceu num final de semana, por isso o médico-legista demorou para chegar à conclusão de que foi suicídio, e a Homicídios já tinha examinado minuciosamente a minha lavanderia, e vasculhado cada centímetro do veículo da Cambry, e do meu, em busca de impressões digitais suspeitas, sinais de luta, pelos ou fibras diferentes, *absolutamente qualquer coisa que...*

— As pastilhas do freio estavam gastas.
— Ela dirigiu até a Flórida...
— As pastilhas foram mencionadas no relatório. Lembra-se?

— Lena, preste atenção. — Ele parecia triste. — Esse tipo de coisa está além da minha alçada. Eu não tenho o relatório diante de mim. E por mais que eu quisesse tê-lo, não sou um detetive...

— *Desgaste recente nas pastilhas de freio do veículo* — Lena disse. — Abre parêntese, fecha parêntese. Como se ela tivesse pisado bruscamente nos freios, como se alguém a perseguisse e ela estivesse tentando fugir.

— Ou talvez ela tenha se deparado com um coiote.

— Eu acho que sei por que você não é detetive — ela retrucou.

Não havia vento nem sons ambientes para preencher o silêncio constrangedor. Então Lena seguiu em frente e tratou de preencher ela mesma o silêncio, com algo que havia custado a dizer o dia inteiro:

— Eu não acredito que a minha irmã tenha se matado.

— Você precisa aceitar que ela se suicidou.

— Ela não se suicidou. — Lena lutou contra o tremor em sua voz. Ela odiava isso. Soava infantil, como se ela estivesse à beira das lágrimas. — Eu conheço a Cambry. Conheço a minha irmã. Num nível celular.

O policial estava perto o suficiente agora para tocar o braço dela.

— Lena, ela...

— *Pare* de me chamar de Lena. Você não me conhece.

Ele ficou pasmo. Como se tivesse levado um tapa.

Lena respirou fundo. Não tinha a intenção de falar com aspereza — levantar a voz sempre lhe pareceu uma admissão de fraqueza. A força é silenciosa, a insegurança é estridente; e a voz dela havia ecoado alto através do vale. Mas ela não podia parar agora. Estava apenas começando.

— Mais uma coisa. Somente um dos cadernos de Cambry foi encontrado no carro dela. Ela ficou na estrada por nove meses, de Seattle até Fort Myers e durante quase todo o percurso de volta. Então deveríamos ter centenas de desenhos — feitos com tinta, com lápis, com tudo.

— Talvez o namorado dela tenha levado o material embora.

— Eles se separaram em Fort Myers. Os desenhos que se perderam são de depois da passagem pela Flórida.

— Você examinou cada página?

— Pode ter *certeza* de que sim. — Ela olhou para Ray com firmeza. — Ela desenhou na Califórnia, no Texas, na Louisiana. O Píer de Santa Mônica, montanhas, plataformas de petróleo, cabeças de crocodilos...

— Ela parou de desenhar depois da Flórida. Ou se livrou dos cadernos, jogou fora.

— Minha irmã nunca faria isso.

— Tem certeza?

— Sim.
— Total certeza?
— Ela jamais se livraria dos seus desenhos, Ray.
— Ah, é? — Ele fez um ruído de estalo com os lábios. — Porque ela se livrou *de si mesma*.

Silêncio.

Ela o observou, prestando especial atenção aos olhos dele — esperando por outro sinal de horror, arrependimento, justificativa. Piadas podem ser infelizes. Isso não era piada. Ele estava *sorrindo*. A intenção dele foi ferir. E feriu.

Então é assim que vai ser, ela pensou. *Tudo bem.*

Ela também exibiu um sorriso forçado, duro como granito.

— Tem uma coisa que não faz sentido pra mim, Ray. Algo que me faz acreditar que você sabe mais do que está me contando. Sabe o que é?

Ele esperou.

— Essa ponte é assombrada. É o que dizem na internet. Às vezes é chamada de Ponte do Suicídio. É famosa por quatro ou cinco pessoas que saltaram dela, nos anos 1980.

— Você já me disse isso.

— Pois é. Trinta minutos atrás. E você me disse que nunca tinha ouvido falar nisso. Mas em seu relatório você mencionou a expressão "Ponte do Suicídio" quando se referiu a essa ponte. Foram as suas palavras exatas. Você acrescentou mais algumas bobagens melosas a respeito da história trágica da ponte, e expressou o seu sincero desejo de que tenha sido a última vida perdida aqui.

A expressão no rosto do policial não mudou.

— Um bom espetáculo esse seu — ela disse. — Mas você exagerou.

Raycevic nem piscou.

— Você mentiu para mim, Ray. Você mais uma vez men...

— Eu não menti pra você *nenhuma* vez hoje! — ele retrucou com irritação, e a sua voz soou distorcida, como o rugido de um animal ferido. Lena deu um pequeno passo para trás. — Então eu... eu sou obrigado a me lembrar de cada uma das lendas locais? Há um portal para o inferno no Cemitério de Magma Springs. Johnny Cash supostamente cagou no banheiro do nosso minimercado uma vez. Depois que escrevi o relatório eu me esqueci de uns detalhes sobre essa ponte, que eu conheço pouco.

— Você a parou na estrada — Lena sussurrou. — Pouco antes do horário da morte dela. Uma hora antes.

— Tem alguma coisa a me dizer?

— E depois, no dia seguinte, você *encontrou o corpo dela*...

— Você tem *alguma coisa* a dizer, Lena? — Ele subiu o tom de voz, ainda mais irritado. — Porque se tiver, é melhor falar de uma vez. Eu não tenho paciência pra brincar de mistério.

Ela o encarou. As palavras estavam lá, na ponta da sua língua. Mas tudo mudaria se as pronunciasse. Não teria volta depois que fizesse isso. Toda a situação poderia sair de controle. Ela havia ensaiado para esse momento por semanas. Meses. Tinha praticado na frente do espelho, no chuveiro, na estrada… E agora estava ali, com a língua paralisada e um olhar vazio.

Raycevic agora estava mais perto dela.

— Diga, Lena.

Ela podia sentir o hálito dele. Antiácidos sabor morango. E também um odor adocicado, ruim, como o de pessoas que têm acúmulo de bactérias nas gengivas. Lena podia ver o tártaro nos dentes dele.

— Vamos, Lena. Fale. — Ele se aproximou ainda mais. E seu tom de voz havia mudado: agora era intimidador.

Mas as palavras continuavam presas na garganta dela.

— *Diga!*

* * *

Ele a matou.

Eu tenho certeza disso. Certeza absoluta. Mais certeza do que jamais tive em toda a minha vida, caros leitores.

O cabo Raymond Raycevic, um veterano altamente condecorado da Patrulha Rodoviária de Montana, com dezessete anos de serviços prestados, assassinou a minha irmã, Cambry Nguyen, em 6 de junho deste ano. Ele atirou o corpo dela da Ponte do Grampo para fazer parecer que foi mais um estranho caso de suicídio, como os que aconteceram nesse mesmo lugar décadas atrás. Ele não pôde ocultar as coincidências — como o fato de tê-la parado na estrada para averiguações pouco antes da morte dela — mas conseguiu controlar todo o resto. Os tecidos moles do corpo dela foram pulverizados no impacto com as rochas em velocidade de queda livre. Nenhuma evidência forense foi recuperada em seu carro, não havia nada de incriminador em seu celular dobrável, que ela pouco usava, e não havia sinais de homicídio. Apenas mais uma pessoa desmotivada e perdida, sem gasolina e no meio de lugar nenhum, dando fim à sua vida num impulso trágico. Todos engoliram essa história — mas eu não.

ELE A MATOU.

Sim, caros leitores. É disso que trata esta postagem, do início ao fim. Neste *post* não vamos falar sobre o blog *Luzes e Sons*, nem sobre mim e o meu luto, nem sobre os fantasmas sussurrantes da Ponte do Suicídio.

Vamos falar do assassinato de Cambry.

Minha irmã não se matou no último trecho da sua viagem pelo país, saltando aleatoriamente de uma ponte mais ou menos famosa. Sua alegada doença mental não é uma motivação nem uma justificativa, como acontece com frequência quando pessoas com problemas são vítimas de crime.

A mensagem de texto suicida? Eu acredito que seja falsa.

Sim. Falsa.

Aqui está uma captura de tela — 1384755.jpg. Recebida ao meio-dia e quarenta e oito, dia 8 de junho. Minha mãe, meu pai e todos nós lutamos para encontrar sentido nisso, e ninguém questionou a autenticidade das últimas palavras dela. Mas quando a dor do luto se atenuou, eu comecei a pensar nesse assunto mais seriamente.

"Por favor, me perdoe", ela me escreveu na mensagem. "Eu não posso viver com isso. Espero que você consiga, policial Raycevic."

Me desculpem, mas que merda é essa?

Há um bocado de esquisitice pra abordar aqui. Eu nem sei por onde começar.

1 — Não é a linguagem da Cambry. Não é nem mesmo uma imitação decente da linguagem dela. Eu conheço a minha irmã. Essa mensagem foi escrita por outra pessoa. Alguém fingindo ser uma mulher de vinte e quatro anos — e fracassando miseravelmente.

2 — É clichê. Podem acreditar no que esta leitora voraz e futura autora (esse dia vai chegar) lhes diz. As primeiras duas frases são as mais insossas e menos imaginativas jamais escritas num bilhete de suicídio. Só faltou um "*Adeus, mundo cruel*".

3 — Foi especialmente elaborada para livrar a barra do "policial Raycevic".

Pois é.

Vou explicar essa última parte.

Se você supostamente encontrou o corpo de uma mulher debaixo de uma ponte, mas você também foi, comprovadamente, a última pessoa a vê-la viva numa blitz de trânsito, você se torna o principal suspeito. Para neutralizar essa suspeita, por que não reformular a história e fazer a própria vítima citar você como a pessoa que tentou (e não conseguiu) ajudar? "Oh, policial Raycevic, que pena... Você não percebeu que eu estava prestes a me matar, mas você tentou!"

Assim você deixa de fazer parte da lista de suspeitos para se transformar num herói atormentado, agora amaldiçoado por ter de viver carregando essa culpa. Você perdeu a sua chance, Ray. Você poderia ter ajudado a salvar a vida de uma jovem suicida naquela estrada remota se — SE — tivesse prestado mais atenção aos sinais. Hein?

Como esquema para encobrir os fatos, não consigo decidir se é brilhante ou idiota. Talvez um pouco dos dois. De qualquer maneira, funcionou. Todos acreditaram.

Sim, queridos leitores: isso significa que o próprio cabo Raymond Raycevic digitou a mensagem de suicídio no celular dobrável da Cambry. Ele inventou aquela obra-prima da literatura, encontrou o meu número na lista de endereços da minha irmã e deixou a mensagem na caixa de saída dela para que me fosse enviada mais tarde.

Conclusão?

<u>Ela</u>

<u>Não</u>

<u>Se</u>

<u>Matou.</u>

"Pessoas que cometem suicídio vão para o inferno." Eu me lembro que a nossa mãe nos disse isso certa vez, depois de uma maratona particularmente brutal de catecismo. Não sei se ela ainda acredita nisso — que a sua filha esteja queimando num lago de fogo neste exato momento. Mas isso confere à minha missão uma urgência poderosa e cristalina: vou resgatar a Cambry do inferno.

Amanhã eu vou pegar o assassino dela.

Eu sei o que estou enfrentando, e sei que a acusação que faço aqui é grave. Ao que tudo indica, o cabo Raymond R. Raycevic tem um histórico impecável de serviços prestados. No ano passado, ele resgatou duas crianças de um trailer em chamas. Foi considerado um herói quando matou um fugitivo num tiroteio na I-90, salvando a vida de um delegado. No ano de 2007, ele pulou nas águas do Sun River e tirou uma idosa de dentro de um automóvel afundando. Oficialmente, ele é o próprio Jesus Cristo (um Jesus atirador, por assim dizer). E eu sou obrigada a admitir: Raycevic se mostrou um sujeito decente quando falei com ele por telefone. Até mesmo autêntico. Se ele for um inseto, então é um inseto que sabe bem como se passar por ser humano. Eu imagino que ele seja adorável... Até a pele humana que esconde o inseto se romper.

De mais a mais, por que ele deveria se preocupar? O caso está encerrado, o relatório já foi feito, o corpo da Cambry foi cremado, e ele continua trabalhando nas suas patrulhas ou coisa que o valha. Amanhã vou vê-lo em pessoa, e vou lhe fazer as perguntas que têm me corroído por dentro há meses. Ele não sabe que eu sei. Ele nem desconfia que vai ser atraído para uma armadilha amanhã. Ele vai ter uma bela surpresa, queridos leitores.

Vou fazê-lo confessar o assassinato da Cambry.

Eu tenho um plano.

* * *

RAYCEVIC SE DEU CONTA de uma coisa.

— Você está me gravando.

— Não me diga, Ray.

Ele piscou. Uma expressão de surpresa surgiu em seu rosto, como se ele estivesse processando informação nova. Pelo visto, ele havia se esquecido do gravador que registrava zelosamente cada palavra, cada suspiro, cada pausa. Será que ele já havia se incriminado? Difícil dizer. Mas ele sem dúvida tinha dado a impressão de que agia como um valentão intimidador.

Porque ela se livrou de si mesma.

Isso poderia liquidar uma carreira. Poderia se tornar viral. Mas Lena estava atrás de revelações maiores. E ver aquele grandalhão perder o chão a encheu de satisfação. Ele a havia subestimado, e agora pagava caro por isso. Ele se afastou, dando mais espaço a Lena. Ela não queria que o policial se aproximasse demais, não queria ter de aguentar o seu hálito fétido de morango. E também não o queria perto o bastante para agarrar a garganta dela.

Sua panturrilha bateu em alguma coisa — no para-choque do seu Corolla.

Não. No Corolla *da Cambry*, sempre e por toda a eternidade.

Ela contornou o carro e pegou o gravador. Colocou-o próximo do seu peito de forma protetora.

— Você está me gravando porque acha que eu tenho algo a ver com a morte da sua irmã. É isso?

Ela fez que sim com a cabeça.

— Sim, é isso.

De algum modo, isso pareceu um anticlímax. Durante meses ela se imaginou acusando-o energicamente, articuladamente, como uma promotora realizando uma acusação devastadora diante de um tribunal estupefato. Mas Lena havia perdido a coragem em algum momento, e ele acabou tomando o controle da conversa. Ele era um homem grande demais, e havia ficado *tão* perto dela!

E ainda estava perto. Ele passou a língua nos dentes demoradamente, como se mastigasse tabaco. Olhou para Lena — e ela tentou parecer destemida, como a heroína de um filme de ação. Depois olhou na direção do gravador.

— Desligue isso — ele disse finalmente. — Daí poderemos conversar.

— Não.

— Desligue.

— Não mesmo.

— Desligue, *por favor.*

— Acha mesmo que pedir "por favor" vai ajudar?

— Estou fazendo uma oferta a você — ele disse. — Você desliga esse gravador e eu lhe digo o que quer saber. As coisas que vou lhe dizer não podem ser gravadas.

— Isso não é negociável — Lena respondeu. — O gravador fica.

O policial ergueu a palma da mão calosa no ar.

— Eu posso pelo menos... ver o que está usando para me gravar?

— Você deve achar que eu sou uma estúpida.

— Se você quiser a verdade...

— Ei! Não chegue mais perto. — Raycevic estava se aproximando de novo. Ele parou no meio do caminho, como se estivessem brincando de estátua. Havia raiva em seus olhos.

Eles ficaram cerca de dois metros de distância um do outro. Quem estivesse de passagem e os visse nesse momento pensaria que o que acontecia ali era apenas uma batida de rotina: um patrulheiro e uma pessoa que havia sido parada por uma violação qualquer. Lena, então, se afastou dele mais alguns passos, movendo-se ao redor do Corolla. Fez isso não apenas para ficar mais longe dele, mas também para ter uma alternativa de fuga caso ele a atacasse.

Ele apenas observou a movimentação dela.

As intenções de ambos estavam claras agora. Lena respirou fundo. O gravador estava colado ao seu peito agora, girando os carretéis da fita cassete. Ela agora desejava ter se expressado melhor, acusando-o de verdade. De maneira contundente, espetacular. Não simplesmente respondendo *Sim, é isso* à pergunta dele. Seria o grande momento de Lena — o grande momento de Cambry —, eternamente registrado para os tribunais e para a história... se ela não tivesse sucumbido ao medo do palco e cedido o controle a Raycevic. Como uma menininha assustada.

"Medrosa", ela disse sobre si mesma. E isso foi gravado.

Nada acontece do modo como você planeja.

Na última noite que passou em seu apartamento em Seattle, Lena sonhou com Cambry. Um sonho comum, não um pesadelo. Sem tripas expostas, sem sangue coagulado, sem horror — apenas um momento face a face. Isso foi absolutamente importante para Lena. Havia tantas perguntas a fazer. Tanto para dizer. Foi a chance que ela teve de dizer à irmã que a amava, e que sempre a amou e a admirou, apesar da distância que as separava; e que sentia muito por tudo o que havia feito.

No sonho, porém, Cambry a ignorou, e se recusou até mesmo a olhar para ela. Virou-se de costas para Lena, piscando e derramando lágrimas. Mal-humorada, inconsolável, distante. Como se estivesse sem jeito.

"*Vá, Lena.*"

Quando Lena tentou tocar no braço dela, Cambry se encolheu. E não fez contato visual.

"*Vá*", ela insistiu com irritação. "*Vá agora, por favor.*"

Lena não entendeu.

"*Apenas vá.*"

Isso não fazia sentido para Lena. Por que "vá"? Por que agora? Elas finalmente estavam juntas por um momento obscuro, mas de alguma maneira Cambry e as suas fúrias não queriam estar ali. Sua irmã sempre foi inquieta. Mesmo na morte ela preferia estar em outro lugar.

"*Você tem que ir agora.*" A voz de Cambry se tornou mais ríspida. "*Vá.*"

Sem amor. Sem ternura. Apenas uma fria impaciência.

"*O seu tempo está se esgotando.*"

E então terminou.

O sonho se evaporou.

Lena acordou sozinha na escuridão, antes de o sol nascer, num frustrante desalento. Com uma dor de cabeça forte. Sentia-se rejeitada. Como se esse fosse o equivalente espiritual de "*Desculpe, liguei para o número errado*". Cambry não queria mesmo falar com ela. Nem mesmo agora. Nem mesmo como espírito.

Nem mesmo na imaginação de Lena.

Antes de partir em viagem, Lena digitou o sonho em seu blog. A caminho de Montana, ela deu ao sonho absurdo uma nova forma, transformando-o numa narrativa. A atitude de Cambry não significava apatia; significava apenas que algo a envergonhava. Culpa, talvez, por deixar sua família sem uma conclusão? No fim das contas, isso não importava. Lena se convenceu de que no sonho o espírito atormentado da irmã a impelia (*Vá, Lena*) a ir sem demora para a Ponte do Grampo (*O seu tempo está se esgotando*) a fim de confrontar seu assassino e vingá-la.

E era exatamente onde Lena estava.

E onde o policial estava também. Ele continuava a observá-la em meio ao irritante impasse em que se encontravam. Alguma coisa granulada se movimentava entre eles, como poeira levada pelo vento.

Eram cinzas.

Ele olhou para o gravador em poder dela e suspirou.

— É verdade.

— O que é verdade?

— Eu segui a sua irmã. No dia 6 de junho.

Ela sentiu um nó no estômago.

O cabo Raymond Raycevic passou a língua pelos lábios secos e falou pausadamente, para que cada sílaba fosse registrada de maneira clara pelo gravador.

— Eu parei a sua irmã, Lena. Mas não por excesso de velocidade.

Ele silenciou por um momento, para que o impacto das suas palavras pudesse ser absorvido.

Lena o odiava. Odiava o seu poder sobre ela. Odiava a si mesma por se submeter a isso.

— Cambry viu algo que não devia ter visto — ele prosseguiu. — Quando parei o veículo dela, pedi-lhe que me acompanhasse para que eu pudesse protegê-la. Mas ela não acreditou em mim. Eu tentei acalmá-la. Não queria fazer uso da força para detê-la, mas estava pronto para fazer isso se fosse necessário. Eu disse a ela que contaria até três, e então ela concordou em me acompanhar e entrar na minha viatura.

Ela não faria isso. Lena sabia que não. Cambry não faria isso.

— Ela me olhou nos olhos e disse que sim, que sairia do carro, e pediu que eu me afastasse um pouco para que ela tivesse espaço para abrir a porta do veículo. E eu fiz isso. — O lábio dele se curvou numa expressão de desgosto. — Ela pisou no acelerador e fugiu.

Agora sim! Essa é a Cambry que eu conheço! Por um momento, foi como se a sua irmã gêmea estivesse viva de novo, revelando novas surpresas, e Lena sentiu um doloroso aperto no peito.

— Eu persegui a sua irmã, mas não sou o vilão nessa história, Lena. — Raycevic falou com brandura, e parecia quase abatido agora. — Você nunca considerou essa possibilidade seriamente, não é?

Mais cinzas se dispersaram entre eles, como se fossem pólen.

— Então você admite que a perseguiu? — ela perguntou.

— Sim. Tentando *salvar a vida dela*.

9.
A HISTÓRIA DE CAMBRY

Cambry estima que a luz indicadora de baixo nível de combustível tenha ficado acesa durante cinco minutos. É difícil avaliar o tempo com a adrenalina nas alturas, durante uma perseguição frenética através de estradas montanhosas traiçoeiras; porém, segundo o relógio digital do Corolla, são 8h35 da noite agora, e fazendo um cálculo aproximado do consumo de combustível ela conclui que lhe restam vinte e cinco minutos de gasolina. Talvez um pouco mais, se tiver sorte. Mas ela já não conta com a sorte — não depois daquele relâmpago.

Nove horas. É quando eu morro esta noite.

Mais um raio cruza o céu com um clarão.

Ela espera o trovão, mas ele não vem. A expectativa deixa seus nervos à flor da pele. Sua boca está seca. Suas pálpebras parecem papel. O ar noturno entra pela janela aberta do carro, soprando frio.

Agora são 8h36 no relógio. Faltam vinte e quatro minutos.

É melhor que essa estrada leve à interestadual.

A vida dela agora depende disso.

Seguir por esse caminho é a sua única saída. Se resolver voltar, está morta. Ele pegaria aquele rifle no seu banco do passageiro e a encheria de balas. Mesmo que ela consiga realizar outro vertiginoso giro de cento e oitenta graus, provavelmente não conseguiria passar por ele rápido o bastante. Ela morreria com buracos de bala no rosto.

Essa estrada leva à interestadual, certo? Ela estudou os mapas locais no acampamento Dog's Head, e sabe que a I-90 corre paralela à Rodovia 200, separada por dezesseis quilômetros de colinas de granito e planície. Quais são as probabilidades de que a estrada seja sem saída?

Melhor apostar as suas chances nisso do que passar por ele. E por aquele rifle.

Cambry segura o volante com mais força ainda e mantém o curso. Ela não conta com um plano para se safar, mas com um pouco de sorte esse caminho a levará à I-90, e a interestadual terá tráfego constante. Movimento. Mesmo numa região como a do Condado de Howard. Tráfego significa testemunhas. E cercado de testemunhas esse policial em sua cola precisaria de uma história e tanto para matá-la a tiros.

Ainda assim...

Ele provavelmente está tramando alguma coisa, neste exato momento.

Esse policial deve ter uma arma reserva, isso é quase certo. Se ele é do tipo que queima evidências, é bastante provável que tenha *uma arma fria dentro do porta-malas para plantá-la perto do corpo crivado de balas de Cambry. Ou mesmo uma arma de ar comprimido, autêntica o bastante para tornar justificável uma reação imediata e letal. Ela não sabe quem ele é de fato, nem o que quer dela; de qualquer modo, subestimá-lo seria um grande erro. Cambry se lembra bem do sorriso largo e falso dele. Doce envenenado.*

E ele está se aproximando, ganhando terreno. Os penetrantes faróis dianteiros da viatura dele brilham cada vez mais intensamente no espelho retrovisor de Cambry.

Que Deus me ajude a tomar a decisão certa. Com base em seu conhecimento de geografia, ela sabe que são relativamente baixas as chances de que essa estrada fechada não tenha saída. Mas e quanto a outros obstáculos? Nesse caso, os riscos são bem maiores. A estrada pode sofrer uma inundação, ou então ser bloqueada por um desabamento. Ou pode levar a uma ponte destruída. Qualquer um desses cenários a forçaria a parar, e parar significaria morrer.

A estrada está fechada por algum motivo, Cambry.

Ela faz os cálculos mentalmente. Se a estrada estiver livre (o que é uma aposta), a distância até a interestadual não deve passar de dezesseis quilômetros. São mais dezesseis da interestadual até o centro da cidade de Magma Springs, seu destino original. Mesmo supondo que ela não encontre outro motorista (improvável) e que o sinal do celular não retorne até que ela esteja no centro da cidade (também improvável), ainda assim ela ficaria bem.

Você vai ficar bem. Contanto que você se mantenha no caminho e não desvie de novo.

E contanto que a estrada não esteja bloqueada à frente.

Tentar se esconder na saída da via principal lá atrás havia custado a Cambry alguns minutos e quilômetros de vantagem — sem mencionar que a havia desviado para um novo curso. E isso deu a Raycevic tempo para apanhar seu rifle no porta-malas. Então, tudo somado, foi uma tentativa malsucedida. Mas valeu a pena correr o risco. Além do mais, quem pode prever relâmpagos?

Talvez ele possa. Seja ele quem for.

Cambry se lembra de uma história de Halloween que a fascinava quando ela era adolescente. Ela contou essa história a Lena diversas vezes, e sempre que a contava acrescentava algum detalhe diferente. Mas em sua essência a história é assim:

um jovem está festejando o Carnaval com os amigos, até que se separa do seu grupo para ir fazer xixi numa viela — onde, para o seu grande horror, ele esbarra com a figura esquelética do Anjo da Morte. Mas que merda, não é? O jovem sai correndo da viela, em pânico, dirige até o aeroporto de Nova Orleans, voa para um continente qualquer, então aluga um carro lá e dirige centenas de quilômetros, mais longe, mais longe, cada vez mais longe, até que o carro morre; e depois de sete dias escondendo-se na tundra coberta de neve, ele se refugia na caverna mais funda, escura e remota que pode encontrar.

O Anjo da Morte está lá, esperando para tomar a sua alma.

O jovem então lhe pergunta: "Como foi que me encontrou?".

O mais estranho é que o Ceifador parecia igualmente surpreso: "Me disseram que você estaria aqui. O que você fazia no Carnaval?".

Ninguém pode fugir do destino.

Nem mesmo você, Cambry.

Os faróis do carro de Raycevic crescem atrás dela. O rugido poderoso do motor dele se intensifica, transformando-se em algo brutal, primitivo, devorador de carne. Isso provoca calafrios nela. Ela o considera mais do que um homem, e isso é um erro. Ele não é uma criatura sobrenatural. Ele não assombra essas estradas como um demônio sobre rodas. Ele é apenas um homem, um homem que foi flagrado por ela enquanto fazia algo ilegal; e agora esse homem está atrás dela para encobrir o seu segredo. Um homem pode ser ludibriado. Um homem pode ser iludido. Até mesmo barganhar é possível com um homem. Embora ela não esteja disposta a tentar.

Cambry pensa em seus pais. Em Lena. Ela tenta imaginar o rosto deles. Não os vê já faz mais de um ano.

O carro dela bate em outro buraco — um forte solavanco, um eco metálico. Cambry ainda está a mais de oitocentos quilômetros de casa, tecnicamente — se é que existe um lugar em Washington que ela possa chamar de casa *—, mas desde novembro ela não estava tão próxima. De certa maneira, ela estava mais próxima do que nunca.*

A viatura se aproxima ainda mais do Corolla, e seus faróis altos projetam uma longa sombra do carro de Cambry contra a pista. Por um momento, ela vislumbra a forma projetada da própria cabeça, e a sombra oscila para a direita quando o carro de Raycevic começa a emparelhar com o dela pelo lado esquerdo.

Cambry vira o pescoço a fim de olhar para ele. Lutando contra a claridade que a ofusca, ela vê a silhueta dele, negra como a noite. A janela dele está aberta. Seu cotovelo esquerdo está sobre a porta. Na mão dele, pendendo para fora da janela, ela avista algo que não consegue identificar devido ao bombardeio de luzes; mas não importa, porque Cambry já sabe exatamente do que se trata.

Ele quer ficar lado a lado com você. Para atirar em você.

Ela está a minutos da interestadual agora, por isso o policial vai ter de agir. Mesmo que tenha de começar um violento e descuidado tiroteio de carro. Ele precisa detê-la, precisa evitar a qualquer custo que ela chegue à civilização.

Cambry pisa mais fundo no acelerador. O motor ruge.

O vulto negro dentro do Dodge Charger também acelera. Logo atrás dela, o motor de oito cilindros ruge em furiosa resposta, exalando um cheiro de óleo queimado e monóxido de carbono. Balançando-se do lado esquerdo dela, como se estivesse tentando ultrapassá-la. Ela sabe que não pode vencer essa disputa.

Cambry abaixa a cabeça, posicionando-a bem perto do volante. Mas isso não adianta muito, porque se ela se abaixar demais para evitar ser baleada pela sua janela, não conseguirá enxergar a estrada que se aproxima. Além do mais, quem disse que as balas não vão simplesmente atravessar a porta? Isso não é um filme. É a vida real, onde a morte chega sem aviso e sem razão. Como provavelmente aconteceu com a pessoa que Raycevic havia enfiado, pedaço por pedaço, naquelas quatro fogueiras que estava alimentando.

São 8h41 agora. Dezenove minutos para viver.

Ela tem medo de olhar para trás novamente, mas mesmo assim olha.

Ah, meu Deus, ele está tão perto! *Ele grita algo na direção dela, mas o barulho e o vento entre eles abafam a sua voz. Cambry não pode ouvi-lo, e mesmo que pudesse, ela sabe que não passa de mentira. Palavras apenas. Ela não pode confiar em nada do que esse policial diz, porque ele tem uma Glock na mão.*

Para descarregar nela.

— Me deixe em paz! — *ela grita ao vento.*

Talvez ele ouça. Talvez não. Ele mais uma vez grita alguma coisa para Cambry, tirando uma das mãos do volante e colocando-a ao lado da boca, aberta em concha; mas a voz dele não é páreo para o ronco dos dois motores e o uivo produzido pelo deslocamento do ar. Mesmo assim ela consegue distinguir algo — palavras simples, algumas sílabas apenas. Algo como "encoste" *ou coisa do tipo.*

— Me deixe em paz! — *ela grita em resposta. Mais alto.* — Por favor!

Ela acelera novamente, mas de nada adianta. O Dodge Charter dele é mais rápido. Ele se aproxima mais, e agora está quase emparelhado com o Corolla. Será que ele está tentando encurralá-la? Ela pode ver a arma mais claramente agora, na mão dele, apontada para ela através do para-brisa. Cambry se pergunta por que ele não atirou nela ainda, nem pôs uma bala no seu pneu para tirá-la da estrada e acabar com ela de vez. Não havia testemunhas ali. Não havia carros nem casas. Só a floresta silenciosa e indiferente.

Ele grita de novo, uma palavra apenas, e como está mais perto ela quase consegue ouvi-lo. Quase.

Ele parece dizer: "Por favor".

Por um breve instante ela se pergunta — e se ele não estiver tentando matá-la? Afinal, não tinha atirado nela ainda. Talvez algo mais esteja em jogo, algo além da sua compreensão, e ele seja simplesmente um cara tentando salvá-la de uma situação inusitada.

Ele grita de novo. Dessa vez ela escuta: "Não quero machucar você".

Agora o pé de Cambry oscila sobre os pedais: acelerador ou freio? Raycevic a está alcançando, apenas a um metro dela. Em alguns poucos segundos, os dois carros estarão exatamente um ao lado do outro, e eles poderão virar a cabeça e fazer contato visual através das janelas. Os vidros estavam abaixados.

Ele está mentindo.

Então, num estalo, ela enfim compreende: Raycevic precisa atirar nela de um ângulo específico. Ele não pode simplesmente abrir um buraco no seu para-brisa, porque ainda tem seu emprego de policial e dirige um veículo oficial, e seria difícil explicar uma coisa dessas para o seu sargento. Não; ele precisa se posicionar exatamente ao lado dela para atirar, através da janela aberta do lado do passageiro. *Por isso é que a janela está aberta. E é por isso que ele quer emparelhar — para desferir um tiro limpo, sem obstáculos.*

Ele agora está praticamente lado a lado com o Corolla. Segurando a sua pistola, que está apontada para ela.

No desespero da perseguição, Cambry implora:

— Por favor, por favor!...

Os dois veículos passam por outra corcova na pista. O solavanco faz o corpo de Cambry saltar, e em seguida mergulhar novamente no assento. O impacto a faz morder a língua e quase perder seus óculos. Agora são 8h43. Mas ela viu alguma coisa.

Puta merda.

Bem à frente — sim, ela sabe que viu isso —, um par de faróis traseiros vermelhos subindo pela estrada. Mais ou menos a um quilômetro de distância. É difícil ter certeza da distância no escuro. Tudo o que ela sabe é que avistou a traseira de outro veículo, na mesma estrada em que se encontra. Viajando na mesma direção. Não muito longe.

Deus meu, lá está. Lá está a testemunha.

10.
LENA

— Salvá-la de quê?

— Desligue o gravador. — Raycevic virou a cabeça na direção do gravador, como se soubesse que estava sendo observado. — Desligue, e eu te conto.

— Nada feito.

— *Desligue!* — ele insistiu, com voz impaciente.

— Você está ment...

— Lena, eu não sou o vilão. — Ele juntou as mãos em oração. O grandalhão estava a ponto de se humilhar. — Sim, eu persegui a sua irmã no dia 6 de junho. Sim, eu menti sobre isso no meu relatório... Mas tive uma boa razão para fazer isso. Ela estava voando baixo, quase a cento e quarenta, fugindo apavorada. Nós corremos em alta velocidade por essa estrada sinuosa. Eu não consegui pará-la. E ela não confiava mais em mim.

Mentiras. Ele provavelmente mentia em tudo o que falava.

— Eu também não confiaria em você, Ray.

— Eu tentei pará-la, mas não consegui. Então... — Ele tossiu, e hesitou por um instante. — Eu puxei minha arma para ela. Não para atirar nela. Foi só uma tentativa para obrigá-la a parar.

Puxa, por que será que ela não confiava em você?, Lena teve vontade de dizer. Mas não conseguiu formar as palavras. Era assombroso estar na presença de alguém que acompanhou os últimos momentos de vida da irmã. Mesmo que fosse um mentiroso. Ela se viu esperando as palavras dele, inclinada a ouvi-lo — porque queria, de uma maneira doentia, sim, queria acreditar que Raycevic estava dizendo a verdade.

— Você a perseguiu. Puxou uma arma para ela. Mas como ela morreu?

— Ela se matou.

— Que bobagem. — De novo essa conversa.

— Ela pulou dessa ponte, e bem na minha frente...
— É mesmo? E ela também escreveu aquele bilhete de suicídio? *Espero que você consiga, policial Raycevic?*
— Escreveu.
— A minha irmã não escreve dessa maneira.
— Escreve sim, Lena. Você é que não a conhece.
— Está mentindo. Você já se incriminou. — Ela falava quase sem pausa para respirar. Estava disparando perguntas mais rápido do que Raycevic podia responder. Sua cabeça começou a doer; era o início de uma enxaqueca. — Tudo bem. Você tentou proteger a minha irmã de quem?

Raycevic desviou o olhar.

Ele se recusou a olhar nos olhos de Lena. Ela quase agarrou o ombro compacto dele e o sacudiu para que ele voltasse a encará-la. Assim como Cambry agiu em seu sonho ("Vá, Lena"), todos tinham as respostas, mas se recusavam a revelá-las. Era exasperante estar tão perto da verdade.

— Você não entende — ele disse. — Eu estou lhe dando uma última chance. Não a estou ameaçando. Você ainda pode ir embora, nesse instante. Apenas vá.

"Apenas vá", *o* espírito de Cambry sussurrou ao ouvido de Lena. "Lena, vá. Por favor, vá."

— Vá embora da Ponte do Grampo. Siga em frente, viva a sua vida, deixe a sua irmã no passado e honre a memória dela. Não há nada de bom para você aqui. A verdade vai te devastar. — Ele passou a língua nos lábios. — Vamos seguir nossos caminhos, eu o meu e você o seu, e deixemos tudo como está. Pense bem, tente me escutar.

— Eu não vou partir.
— Você *precisa* partir.
— Eu *não posso*.
— Vá embora — ele insistiu. — Eu imploro!

Ele estava *implorando* a ela.

As palavras que Raycevic escolheu acabaram empolgando Lena, pois conferiram a ela uma posição de poder sobre esse homem fardado; e ela se arrependeu imediatamente da resposta que deu, que soou como uma provocação:

— Eu só saio daqui morta.

***

ESSE É O PLANO, LENA.

O cabo Raymond R. Raycevic respirou fundo pelo nariz, e voltou a sua atenção para a paisagem no lado oeste da ponte. Em um dia claro e ensolarado, era possível enxergar para além de Magma Springs até Watson County, e traçar uma linha fina do rio Silver até o lago Saint Byron.

Hoje não era um dia claro. Fumaça marrom aderia às montanhas como nuvens de chuva ácida, sombria e venenosa. A visibilidade mal chegava a um quilômetro. O ar cheirava a carvão. O incêndio Briggs-Daniels estava mesmo vindo na direção deles — ele não havia mentido sobre isso —, mas a essa altura Lena não acreditava em nada do que ele dizia. Paciência. Ele havia tentado, não havia? Ela foi avisada. Ele tinha dado a ela todas as chances para ir embora, para desistir da sua busca e ir para casa.

Ela estava mesmo determinada.

Raycevic queria que Cambry nunca tivesse enviado aquele maldito texto de suicídio antes de morrer. Isso havia desencadeado dezenas de reações, derrubando centenas de peças de dominó, algumas das quais ainda estavam tombando três meses depois. Tudo por causa de uma mensagem de texto. Um erro.

E agora, por causa desse erro, tinha de lidar com essa abelhuda: a Lena.

Se só vai sair daqui morta, então que seja.

Ele devia ter farejado a armadilha desde o primeiro e-mail. Nenhum psicólogo na face da terra aprovaria que uma cliente rastreasse o tira que descobriu o cadáver da sua irmã, viajando até o local exato do suicídio dela, mergulhando em detalhes repulsivos. Perguntando sobre sangue e entranhas. Desde o início Lena se mostrou alerta demais, preparada demais para quem não tinha segundas intenções. Diabos, até a linha de assunto do e-mail foi suspeita — *A morte da minha irmã em 6/6* —, tão estranhamente formal e imparcial quanto um convite para uma festa.

Raycevic fitou o horizonte nebuloso. Não conseguia encarar Lena. Olhar para ela era mais do que ele podia suportar. Como ela devia se achar esperta. Tão satisfeita com o próprio desempenho. Que arrogância! A mulher esperava mesmo atraí-lo para cá e gravar a sua confissão, sem problemas?

Você não sabe de nada, ele pensou, com uma ponta de simpatia. *Pobre garota aflita.*

O pior é que Raycevic havia provado que ela estava certa, depois de permitir que ela o atraísse para a sua armadilha na Ponte dos Grampos. Ele andava distraído devido aos acontecimentos da quinta-feira dessa semana. Não conseguia dormir direito, e sua guarda estava baixa. Mas isso era problema dele. Porém a arrogância é um pecado mortal — Ray sabia disso muito bem —, e Lena logo aprenderia isso por si mesma.

Porque ela já estava caminhando para uma armadilha também.

As próprias colinas do Condado de Howard já eram uma armadilha — as torres de celular mais próximas se dividiam entre Polk City e Magma Springs, e eram de primeira geração. Não havia sinal em lugar nenhum nessa estrada. E com certeza não havia sinal na Ponte do Grampo. Quem pretende caçar um lobo precisa escolher uma área que lhe seja vantajosa. Você não entra de cara limpa no covil escuro do bicho para desafiá-lo para uma discussão. Esse foi o primeiro erro de Cambry — *não, de Lena*, ele se corrigiu. Erro de Lena. Ele precisava parar de fazer isso.

Diabos, quem trouxe mais armas para a Ponte do Grampo hoje? A sua arma de serviço era uma Glock 19 com três carregadores de reserva. Ele tinha uma Taser. Spray de pimenta. Uma .38 escondida no tornozelo. E sua arma de gente grande, uma AR-15 guardada no porta-malas. E mesmo que não tivesse nenhum desses brinquedos, Ray era um cara grande e forte, um verdadeiro "armário". Ele poderia erguer essa pequena garota asiática com uma só mão e esmagar seu crânio contra o pavimento. Nem teria graça.

E Lena estava armada com o quê? Com um *gravador*. Nossa, que medo.

Era do conhecimento de todos que a Ponte do Grampo não tinha sinal de celular, por isso Ray sabia que era impossível para Lena gravá-lo em alguma engenhoca conectada à internet. Ele só precisava se preocupar com a porcaria do gravador analógico, um aparelho ultrapassado e desajeitado. E que estava logo ali, bem perto dele.

Um gravador podia ser esmigalhado.

Por tudo isso, ele na verdade podia confessar qualquer coisa nesse aparelho. Não precisava ser tão cauteloso. Contanto que destruísse o aparelho — e também o corpo de Lena —, ele ficaria bem.

O problema era Lena.

Não a vadiazinha propriamente dita, mas o rastro que ela havia deixado. Mesmo com todo o estardalhaço criado em torno do incêndio Briggs-Daniels, havia testemunhas em Magma Springs que podiam ligar Lena a Ray. Lena era sem dúvida meio solitária, assim como Cambry, mas não era estúpida. Ela certamente havia contado para outras pessoas da sua vida — amigos, colegas, família — o que tinha planejado. Para onde estava indo. Com quem se encontraria, e por quê.

Um desaparecimento não cairia nada bem. Ele seria o suspeito número um. De novo. Era humilhante demais, em plena licença remunerada de sete dias, ter que aturar uma pentelha de Missoula xeretando em sua vida. Não que a sua vida fosse uma maravilha. Sua mulher, Liza, mal falava com ele — se bem que ele preferia assim, honestamente. Ele odiava ter que olhar para Liza. Sempre que a encontrava, ele jurava que podia ver mais uns dois ou três quilos de banha balançando sob os braços ou debaixo do queixo dela. Então era melhor nem olhar para ela.

Ele considerou a possibilidade de se virar e surpreender Lena nesse exato instante, agarrá-la pelos ombros e atirá-la por cima da grade da ponte. Ele poderia ser capaz de inventar uma boa história para isso. Uma mulher atormentada decide juntar-se à irmã gêmea na morte cometendo suicídio exatamente no mesmo lugar, abalando o pobre policial que a levou até lá. Enfim, coisas de gente pertencente à Geração Z... Essa ideia bem que o agradava, mas esse era o problema. Era uma história conveniente demais. Não resistiria ao escrutínio de...

— Ray? — ela chamou atrás dele. — Nós podemos continuar?

Ele não olhou para trás. Não podia. Jesus, como odiava essa garota. Odiava a sua voz presunçosa e seca. Odiava ser pressionado por ela.

Ele respirou fundo mais uma vez e decidiu: não haveria corpo. E ele arranjaria um álibi mais tarde. Lena Nguyen se tornaria uma das pessoas desaparecidas. Por mais graciosamente poético que fosse chutar o traseiro convencido dela lá para o fundo da Ponte do Grampo e testemunhar que ela havia planejado o suicídio o tempo todo, isso seria um erro simplesmente. Ele precisava ser prático. Corpos eram notícia. Sem corpo, sem manchete.

Sim, atirar nela seria o melhor a fazer.

Aqui e agora. Como disse Rodney Atkins: "Se você estiver atravessando o inferno, não pare".

— Ray? Dá pra ser *hoje* ainda, por favor?

Ele colocou a palma da mão na coronha quadriculada da sua arma de serviço. Respirou fundo mais uma vez. Contemplou o horizonte enfumaçado. Sentia-se melhor agora.

Ele se viraria e cuidaria dela rapidamente. Sem explicações. Devia isso a Lena. Sim, era verdade que ela havia arruinado o dia de Ray. Ela era o pedaço de bosta que havia caído na tigela de cereais dele para coroar uma semana particularmente horrível. Mas não era culpa dela. Ela estava *reagindo*, assim como ele. Lena era uma alma perdida que o sofrimento havia lançado ao ar como um pião, e agora ela havia aterrissado em algo que provavelmente não seria capaz de entender.

E Ray tinha de reconhecer: *Poucos homens teriam colhões para confrontar o lobo em seu próprio covil como ela fez.*

— Você é uma figura — ele disse. — Sabia?

Atrás dele, Lena não disse nada.

— Mas você cometeu um erro — ele prosseguiu, abrindo discretamente o seu coldre com o dedo polegar. — Se tudo isso for verdade, se eu sou realmente um assassino, se matei Cambry a sangue frio, então você é uma completa idiota por ter vindo sozinha comigo até aqui. E por me confrontar *sem uma arma pa...*

Ele foi interrompido por um estalo metálico.

***

LENA NGUYEN SEGURAVA UMA BERETTA nove milímetros px4 storm com ambas as mãos, apontada diretamente para a cabeça do cabo Raycevic.

— Parece que o idiota aqui é você — ela disse.

Os olhos dele se arregalaram. Ele ficou boquiaberto. Com uma estúpida expressão de surpresa estampada na cara, como se acabasse de descobrir que haviam rebocado o seu carro. Em seu mundo torto, essa arma devia ter se materializado do nada na mão dela, como mágica, e não do coldre de cintura escondido de Lena, onde havia ficado o dia inteiro.

Roupas largas... Quem diria. *Bela manobra.*

Ela havia passado as duas últimas horas com a pistola presa à parte de baixo das costas como um tumor, pegajosa de suor, e agora a arma estava finalmente nas mãos dela, apontada para Raycevic.

A palma da mão do policial ainda estava imóvel sobre a sua arma. O botão do coldre havia sido aberto. Isso era perigoso.

— Levante as mãos — ela ordenou com voz hostil.

Ele ainda estava de costas para ela. Não por desafio nem por resistência; apenas abobalhado. Por essa ele não esperava. Talvez ele tivesse esquecido que tinha ao lado da mão uma arma de fogo perfeitamente funcional. Ou talvez ele só estivesse esperando uma chance.

— *Agora*, Ray.

Ele finalmente levantou as mãos.

A Glock que ele carregava na cintura era a principal preocupação de Lena. Com o coldre aberto, no intervalo de um segundo, ele poderia pegar a arma e atirar. Ela considerou a possibilidade de se aproximar do policial e tirar ela mesma a pistola dele do coldre; mas nesse caso ela ficaria ao alcance dele, e vulnerável a uma reação. Raycevic devia ter uns cinquenta quilos a mais que ela, e situações reais de combate em sua memória muscular. Policiais são treinados para o confronto.

Ela resolveu que mandaria o próprio policial entregar a arma.

— Junte as suas mãos fechadas. Atrás da cabeça.

Com má vontade, Raycevic fez o que lhe foi ordenado.

— Agora vire-se.

Ele se virou, com os dedos entrelaçados atrás da cabeça raspada. A expressão embasbacada havia se abrandado, e agora era de embaraço. Ele provavelmente estava torcendo para que ela o revistasse. Devia ser humilhante demais ficar sob a mira da pistola de uma civil de vinte e quatro anos.

Lena considerou — mais uma vez — aproximar-se do policial enquanto estava de frente para ele e arrancar-lhe a Glock. Mas era muito arriscado. Os bíceps dele pareciam jiboias. E ele se movia rápido para um cara do tamanho dele.

Raycevic era perigoso demais.

— Abaixe-se — ela disse. — De joelhos.

— Vai atirar em mim.

— Não se você se abaixar.

Ele hesitou por um momento, olhando para o horizonte coberto de fumaça, como se estivesse extraindo forças desse cenário, e então abaixou-se no concreto. Com as mãos ainda unidas atrás da cabeça, ele colocou os joelhos na estrada penosamente. Primeiro o esquerdo, depois o direito.

Lena acompanhava cada movimento dele, mantendo-o sempre na mira da Beretta. Com o dedo indicador no gatilho. Ela sabia que essa seria a parte mais perigosa.

— Agora, Ray — ela disse em tom monocórdico —, quando eu mandar, você vai abaixar lentamente a sua mão direita até a sua arma. Você não vai se virar. Não vai olhar para mim. Bem devagar, vai erguer a sua arma usando dois dedos, e vai segurá-la como se fosse uma fralda cheia de merda. Depois vai atirá-la por cima da grade da ponte, lá pra baixo. — Ela se agachou enquanto falava, mantendo-o cuidadosamente na mira a três metros de distância.

Ainda ajoelhado, Raycevic parecia perplexo.

— Você não vai mesmo...

— O quê?

— Não vai tomar a minha arma, não é?

— É uma Glock.

— E daí?

— Eu odeio Glocks.

— *Sério?*

Lena reprimiu um sorriso de satisfação. Ray havia feito várias suposições sobre ela hoje, sem dúvida — e com certeza nem tinha desconfiado de que ela entendesse de armas.

O grandalhão suspirou. Ele parecia zonzo, enjoado. Havia sofrido um enorme e repentino revés. Ainda estava desorientado por ter sido dominado e por perder o controle da situação.

Lena estava pronta. Com a Beretta apontada direto para a espinha dorsal de Raycevic. Ela posicionou os cotovelos de modo a formar um triângulo isósceles entre os seus braços — motivo pelo qual essa posição de tiro recebia o nome de "isósceles". A ponta do seu dedo indicador tocava delicadamente o gatilho. Ela apertava a pistola com força suficiente para imprimir a empunhadura da arma nas palmas das mãos. *Uma empunhadura boa e firme proporciona um tiro bom e firme*, era um dos lemas do clube de tiro Sharp Shooters.

Uma gota de suor caiu no pavimento.

Ela respirou fundo. Soltou o ar.

— Agora, vamos lá — ela instruiu. — Devagar.

A mão direita do policial ajoelhado moveu-se para baixo, na direção da sua cintura. Ele deu um piparote na proteção de couro do coldre — já desabotoado —, num movimento instintivo, fácil.

— Ei. *Eei!* Mais devagar...

E ele levantou a arma pela coronha, pendurada entre o dedo indicador e o polegar, exatamente de acordo com as instruções que recebera. Logo a arma ficou visível — uma coisa maciça, preta, de ângulos retos. Lena realmente detestava Glocks.

— Jogue isso lá pra baixo.

Ainda sem olhar na direção de Lena, ele levantou a arma e balançou o punho. A pistola girou por cima do gradil da Ponte do Grampo e, depois de viajar pelo ar por um instante, bateu secamente sessenta metros abaixo.

Três segundos, Lena pensou. Ela estava contando.

Será que a Cambry ainda estava consciente quando Raycevic a jogou da ponte? Se estava, ela sentiu três segundos inteiros de horror durante essa queda livre.

— Posso ficar de pé agora? — ele perguntou.

— Não. — Ela observou o cinto de Raycevic. — Jogue o seu Taser também. E o seu spray de pimenta. E essa coisa aí que parece um bastão.

— Ah, pelo amor de Deus!

— E as suas chaves. Não vamos esquecer as suas chaves.

Um a um, todos os itens do equipamento de trabalho do cabo Raycevic desapareceram sobre o gradil deteriorado e despencaram no solo lá embaixo. Agora havia apenas uma arma a temer, e Lena a controlava — a menos, claro, que houvesse outra arma na viatura de Raycevic. Ela não tinha visto nenhum rifle nem espingarda entre os assentos da frente da viatura, mas podia haver alguma arma no porta-malas. Foi esse o motivo de ela querer se livrar também das chaves dele. Elas voaram para o fundo da ponte por último, com um leve tilintar.

— Que chaveiro grande aquele seu. — Lena assobiou. — Uma daquelas chaves era da sua casa?

— Sim. Você já terminou?

— Não. Eu gostaria que você cantasse uma canção para mim.

— Vá se foder.

— Você conhece alguma da Katy Perry?

— Você acabou de cometer um crime grave aqui — o policial disse. — Eu vou me mexer.

— Tudo bem. — Lena ajustou a empunhadura da arma. — Mas mantenha as mãos levantadas, atrás da cabeça. E se der um simples passo na minha direção, Ray, eu juro por Deus que te mato.

— Não faz diferença. Você já atacou um policial. — Ele se voltou para Lena, fuzilando-a com os olhos. — Vão virar você pelo avesso no tribunal. Ninguém vai dar a mínima pra sua irmã esquizofrênica morta. Você vai ter que responder por crime com uso de arma de fogo. Sabe o que significa isso, não sabe? Espero que você não tenha feito planos para os próximos quinze anos. Espero que você não queira *votar* depois. E agora?

— Você canta "Firework" da Katy Perry.

Ele deu uma cusparada no concreto entre os dois. O cuspe acertou o chão pesadamente, uma bola de muco.

— Eu não vou para a prisão — ela disse. — Você vai.

Ele bufou de raiva, com o rosto vermelho sob a luz do sol.

— Então é assim que vai ser, Lena? Esse é o seu plano? Quer que eu lhe conte uma história sob a mira de uma arma? *Eu não matei a sua irmã!*

— Você continua dizendo isso.

— Ela se matou.

— Você a *assassinou*, Ray. Às nove da noite do dia 6 de junho.

— Não, eu não fiz isso. Mas já começo a me arrepender de não ter feito.

— Quer que eu lhe meta uma bala?

— Vá em frente! — Ele bateu no peito.

Lena esperava que a verdade já tivesse aparecido a essa altura. No início, ela havia imaginado que o assassino de Cambry tentaria negociar com ela, ou até mesmo implorar. Mas Raycevic continuava desafiador. Com raiva.

Uma dúvida insistia em incomodá-la: e se Ray estivesse dizendo a verdade? *E se ele não fosse realmente o assassino da sua irmã?*

Ela pensou em Rick, o irmão gêmeo de Ray. Uma historinha bastante conveniente. Talvez Rick não tivesse de fato se matado aos dezoito anos de idade. Um tiro de espingarda calibre 12 destroça uma cabeça humana, desfigurando-a, e pode tornar impossível a identificação até mesmo por registro dentário. Talvez Rick ainda estivesse vivo e sob a *proteção* de Ray. O tal Rick sempre desejou ser policial, e acabou rejeitado pela academia... Então, diabos, e se ele roubou o carro e o uniforme de Ray certa noite e saiu por aí se passando por tira? Daí acabou levando a fantasia longe demais e matando Cambry, e agora o pobre Ray Raycevic, bom sujeito que era, lutava para abafar o caso?

Improvável? Sim. Mas não mais improvável do que a história oficial. Ou do que as duas bombas que aquele pobre japonês levou na cabeça em uma semana.

O pior era que, se fosse verdade, então o assassino de Cambry ainda estava à solta.

Lena havia pesquisado Raycevic na internet amplamente nas semanas que antecederam o encontro de agora — ela sabia sobre a extensa família dele no Arkansas, sobre suas opiniões banais sobre a melhor arma para matar coiotes, e outras informações gerais — mas o irmão dele jamais surgiu, jamais foi mencionado.

E agora Lena estava ali para investigar.

— Ei, escute... — O cabo Raycevic passou a língua pelos lábios. Ele olhou para a arma nas mãos dela, e depois para a estrada fendida da ponte entre os dois. Então seus olhos se ergueram, como se uma ideia acabasse de lhe ocorrer. — A que distância você diria que estamos um do outro?

Lena então se deu conta de que Raycevic estava de pé.

Mas ele estava ajoelhado apenas alguns instantes atrás. *Como foi que ele fez isso?*

— Acho que dá uns... três metros, talvez? — Ele se fez de bobo. — Não acha também que nós estamos a uns três metros um do outro, mais ou menos?

— Vá direto ao ponto.

— Em nosso treinamento nos ensinam a *doutrina dos três metros*. Trata-se do seguinte: digamos que um suspeito esteja armado com uma faca. E que eu tenha uma arma de fogo. Se esse suspeito estiver a três metros de mim, ele oferece um perigo iminente à minha vida.

— Porque a sua pontaria é uma merda?

— Eu fui um dos vencedores do torneio regional de tiro de precisão com a minha AR-15 no ano passado — ele respondeu friamente. — Não, Lena. Porque armas de fogo não têm o poder de parar pessoas tão rapidamente como você vê nos filmes. Você sabe disso, não sabe? Já atirou com essa Beretta antes, suponho? Você certamente não roubou essa arma do armário do seu pai pra brincar de casinha. Sabe como carregá-la e como descarregá-la? O que fazer quando ela trava? Onde fica a trava de segurança?

Ela não disse nada.

O policial a fitou com os olhos semicerrados.

— Você abriu a trava de segurança, certo?

Lena continuou calada.

— Levar um tiro não faz a vítima voar para trás e desabar no chão, como nos filmes — ele prosseguiu. — Primeira lei de Newton: a força é igual ao recuo da arma na mão do atirador. Então, se um suspeito com uma faca toma a decisão de me apunhalar, eu posso atingi-lo fatalmente várias vezes enquanto ele cruza a distância de três metros entre nós, e mesmo assim ele pode cortar a minha garganta antes de sucumbir aos ferimentos.

Ele examinou os três metros entre os dois, mexendo acintosamente os lábios. Estava exagerando o ato de contar os passos que o separavam dela.

Depois voltou a olhar para ela, e falou mais devagar, num sussurro ameaçador.

— Eu não tenho mais a minha Taser. Mas sou bem forte. Mais do que imagina. E pode apostar, Lena, sou capaz de quebrar o seu pescoço apenas com as minhas mãos. Mesmo que você me dê três tiros antes que eu a alcance, ainda assim vou partir a sua espinha entre os meus dedos antes de me esvair em sangue. A menos que você consiga acertar meu coração ou o meu cérebro. Pense nisso, Lena. Você consegue atingir um alvo em movimento, e com essa rapidez?

— É, as duas bolinhas são alvos bem pequenos, mas acho que consigo — Lena respondeu.

— Jesus Cristo, *puta que pariu!*...

— Mas posso garantir que um balaço bem no meio das suas pernas eu acerto.

— Está brincando com fogo, garota.

— Espero que sim — ela disse, fazendo mira e fechando o olho direito.

Lena pôs a mira frontal da Beretta em foco nítido, e deixou que a mira traseira e Raycevic ficassem embaçados. Ela sabia que a chave era a mira frontal. Esse pequeno bloco preto. Uma estranha verdade da arte de atirar, e talvez da vida — para acertar o seu alvo, você deve mantê-lo fora de foco.

— Você está blefando. Precisa de mim, Lena. Vivo. — Ele olhou para baixo, na direção do cano da arma. — Porque você precisa saber o que eu sou. Não pode atirar em mim. Você gostaria de atirar, mas não pode e não vai. Essa pistola que está apontando para a minha cabeça é só uma ameaça vazia.

Ela viu o sorriso dele aumentar.

— Você precisa desesperadamente da informação que está aqui. — Ele pressionou a ponta do dedo indicador na têmpora. — Isso ainda me dá uma vantagem, porque eu sei que, aconteça o que acontecer, você não vai ter coragem de puxar esse ga...

Lena puxou o gatilho.

***

O TIRO ATINGIU RAY COMO UMA ENSURDECEDORA explosão de ar pressurizado. Uma explosão de calor e pó chamuscado em suas bochechas, chacoalhando os seus dentes, arqueando os seus tímpanos.

Então acabou, ele pensou: a garota tinha acabado de matá-lo. Simplesmente havia explodido o seu cérebro por toda a Ponte do Grampo para que secasse sob o inclemente sol de verão. Tudo estava acabado, uma total aniquilação. Ele não havia apenas falhado: havia falhado miseravelmente. Ninguém ajudaria o seu pai a se lembrar dos medicamentos que devia tomar, nem explicaria à sua mulher o que havia acontecido, nem encobriria todos os seus segredos — como o cadáver do garoto apodrecendo no fundo do seu poço —, enquanto os neurônios em seu cérebro se manifestavam uma última vez e uma lembrança aleatória brilhava: *Um calçado de criança*. Vermelho e branco, com duas tiras de velcro...

Não. Ele rejeitou essa ideia. *Eu sou um cara do bem*.

Então ele bateu o joelho no concreto e se viu com a palma de uma mão estendida, nos ouvidos um som parecido com o pio de um pássaro. E depois do violento barulho da arma de Lena, um estranho e metálico som chegou aos ouvidos dele. Como um... *tapa?* Ele não encontrou outra maneira de descrever isso.

O policial olhou para cima, com os olhos marejados, piscando para expulsar a pólvora queimada, e viu Lena ainda numa postura de tiro rígida, mirando por cima dele e mais além. Então ela atirou novamente, mais duas explosões ensurdecedoras, rápido como um duplo clique no mouse.

De novo Ray se encolheu de medo.

Ele percebeu que Lena não estava mirando nele — ela não tinha mirado nele no primeiro tiro também — quando ouviu mais dois nítidos "tapas" metálicos. Os mesmos sons que ele não conseguira identificar.

Esses sons vinham de trás dele.

Ainda apoiado em um joelho, Ray se virou quando os ecos pararam, a tempo de ver uma placa de um metro quadrado, com os dizeres PONTE NÃO INSPECIONADA, ainda balançando em cima do seu poste, como se o vento a estivesse movendo. A placa ficava na entrada da ponte, logo acima da famosa estrutura retorcida, a uma distância de cerca de cinquenta metros. Longe demais para enxergar os buracos de bala de pequeno calibre que sem dúvida haviam perfurado a placa.

Ela havia atirado na placa.

A cinquenta metros de distância.

Três vezes, em rápida sucessão: *slap, slap, slap*.

Raycevic olhou para Lena — de novo — e ela voltou a abaixar a arma, apontando-a direto para ele. O tímpano direito dele ainda ecoava furiosamente. O primeiro tiro dela, desferido antes que ele por reflexo caísse de joelhos, havia passado perto. A bala devia ter passado a centímetros da sua orelha direita. Isso poderia resultar em danos permanentes de audição nesse ouvido.

Mas na verdade Ray não estava muito preocupado com isso. Ele ainda não acreditava no que tinha acabado de testemunhar. Estava paralisado de espanto. Não conseguia compreender como essa garota vietnamita de ossos pequenos e aparência frágil tinha acertado um alvo três vezes, a uma distância de metade de um campo de futebol. O *dobro* da distância para um tiro eficaz de pistola.

— Sim — ela disse. — Eu sei onde fica a trava de segurança, babaca.

A mente dele estava acelerada: *Onde foi que ela...*

— A próxima bala vai atravessar os seus bagos, Ray. Nada mal pra uma *ameaça vazia*, não é?

Ele se odiava por demonstrar medo, por enfraquecer a sua própria teoria dos três metros e por hesitar diante do súbito tiroteio dela, apesar de todo o seu treinamento. Mas ainda assim estava maravilhado com Lena, de queixo caído.

Com todos os demônios, onde foi que ela aprendeu a atirar assim?

* * *

Surpresa: eu tenho um novo *hobby*.

Preciso explicar, caros leitores, que eu sempre tive certa familiaridade com armas de fogo — nosso pai insistiu, para o desgosto da nossa mãe, que as suas filhas gêmeas aprendessem a atirar e a limpar uma Ruger 10/22 — mas depois do bizarro suicídio da Cambry e do colapso emocional que sofri como resultado disso, eu me vi extremamente necessitada de amparo.

Algumas pessoas encontram Jesus.

Eu encontrei a prática de tiro.

Mergulhei de cabeça nisso. Vendi a minha televisão e gastei novecentos dólares numa pistola — uma Beretta 9 milímetros Px4 Storm. Memorizei o manual. Assisti a vídeos explicativos no YouTube. Associei-me a um estande de tiro onde mulheres praticam de graça em dias úteis. Cara, eu agarrei a oportunidade com as duas mãos.

Em pouco mais de dois meses, eu calculo que tenha disparado umas dez mil balas nesse estande. Talvez mais.

No balcão de atendimento, você pode comprar alvos de papel em tamanho grande por cinquenta centavos cada: zumbis vacilantes, assassinos do tráfico segurando reféns peitudas, o sempre odiado Jar Jar Binks, personagem do *Star Wars*. Mas o meu alvo favorito é "O Baralho de Cinquenta e Duas Cartas". É exatamente o que parece ser: um conjunto de baralhos dispostos em uma grade. Eu o prendo com fita adesiva e o mando para a marca de oito metros, coloco quinze balas no carregador para dezessete, e então, lenta e sistematicamente faço sequências de cinco disparos em cada carta, uma de cada vez. Três cartas e recarrego. Duzentas e sessenta balas por dia.

Todos os dias, sem falhar, um novo baralho de 52 cartas.

No início, na primeira semana, eu lutei para acertar os alvos escolhidos. Mas persisti. Reconheci meus hábitos ruins e os corrigi. Continuei nessa rotina de perfurar papel de segunda a sexta, cinco tiros por carta, três cartas por pente. Na terceira semana eu vi, orgulhosa, meus agrupamentos de tiro encolherem para o tamanho de uma uva. E na nona semana os meus buracos de bala quase sempre se tocavam, como pequenos trevos de papel chamuscado.

E isso foi apenas a prática com munição real. Treinei o dobro disso — talvez o triplo — com munição falsa. Pratiquei acionamento de gatilho atirando com cartuchos plásticos descartáveis muito mais vezes por dia dentro do meu apartamento, até que as pontas dos meus dedos ficassem esfoladas e com bolhas.

O segredo da boa pontaria é apertar o gatilho sem permitir que o corpo antecipe o estampido. O disparo deve surpreender até o próprio atirador. Do contrário, os seus músculos se distendem pela expectativa, você se encolhe, hesita, e essa hesitação contamina o tiro. É como jogar basquete ou aperfeiçoar as suas tacadas no golfe — é tudo questão de hábito. Eu pratico com munição falsa toda manhã depois de acordar, tomo o ônibus para ir trabalhar, atiro com munição de verdade depois do trabalho e antes de ir para casa, pesquiso sobre a morte de Cambry por algumas horas no final da tarde, treino mais algumas centenas de vezes com munição falsa, e depois desabo exausta na cama, com a alma enferma e o estômago vazio. De segunda a sexta. E de novo. E de novo.

Certa vez eu dei um tiro no meu próprio queixo com munição falsa.

Só para fins de pesquisa, queridos leitores! Só isso.

Eu admito que estava curiosa a respeito da sensação que isso causa. A respeito do que teria passado pela cabeça de Cambry se ela realmente considerou o suicídio na beira da Ponte do Grampo, segurando-se pelos dedos na borda afiada da aniquilação. (No fim das contas, isso se assemelha a qualquer outro tipo de gatilho. O corpo humano sabe quando está sendo enganado, eu acho.)

No início, eu pensava nisso como um *hobby*, mas serei honesta: não há diversão nessa empreitada. Estou me lixando para a arte ou para o esporte. Eu experimentei algumas armas — uma Glock, que detestei, e uma SIG Sauer, que gostei, mas que não pude adquirir — antes de escolher a Beretta, que me serviu como uma luva. Para mim, atirar é uma atividade mecânica, tanto quanto encarar a rotina de trabalho. Seja lidando com papelada às duas, seja abrindo buracos em papéis às seis, tudo parecia ser a mesma coisa.

Eu tive noites ruins.

Semanas ruins.

Para ser honesta, esses três meses foram terríveis.

Mas a cada minuto que passava eu me convencia mais de que esse estranho que telefonou para a minha família, esse cabo Raymond Raycevic, estava envolvido na morte da Cambry. Eu percebia isso no texto de suicídio dela. Percebia isso na *voz* dele. De algum modo eu sabia disso. Essa convicção cresceu em mim dia após dia. Era o motivo que me fazia levantar da cama pela manhã, beber uma garrafa térmica de café preto, e praticar com munição falsa ao lado do espelho do banheiro, para que eu pudesse fingir que meu reflexo era Cambry observando-me, encorajando-me a continuar praticando, a continuar apertando o gatilho. Era a minha tábua de salvação em meio à escuridão: minha irmã não se matou, porque *alguém a havia matado*. E cada buraco que eu abria nas cartas de baralho com uma 9 milímetros, cada clique que minha arma fazia quando golpeava a munição falsa me tornava mais forte para quando chegasse o momento de acabar com o filho da puta.

Por Cambry.

Não há palavras para descrever a importância de se entregar a alguma atividade, *seja ela qual for*. Se eu não tivesse abraçado essa causa, não sei o que teria feito. Caçar fantasmas, talvez? Pintar?

E ainda assim, mesmo nas noites ruins — quando os trens fazem barulho demais e os lençóis ficam úmidos de suor e eu não consigo dormir —, eu não posso imaginar nada pior do que me deslocar até Montana apenas para descobrir que eu estava errada. Para descobrir que esse pobre sujeito, o Raymond — que nesse momento pode estar aplicando uma multa por aí ou coisa parecida —, é só um cara normal e temente a Deus, e não o monstro secreto que eu me convenci de que ele é. Para descobrir que a Cambry realmente dirigiu até aquela ponte remota, deixou o carro ligado com o tanque vazio e saltou por cima do gradil para a morte, incorporando-se novamente a um vago universo de estrelas mortas.

Há noites em que isso me apavora. Não me deixa dormir.

Sim, eu posso estar errada.

Minha convicção é profunda, sólida como uma rocha — mas a verdade é que só amanhã eu poderei saber com certeza. Quando estiver frente a frente com ele. Na própria ponte de onde Cambry supostamente saltou.

Mas eu não vou para esse encontro desarmada. Ele vai me subestimar — especialmente no começo, quando eu aparecer com um ridículo gravador velho e ultrapassado –, mas eu não vou subestimá-lo de modo nenhum. Se eu estiver certa, ele é um homem com a competência de um policial e a selvageria de um criminoso. Por isso, a minha Beretta vai ser de inestimável ajuda. E vai valer a pena ter visto meus dedos sangrarem de tanto praticar com essa arma.

Todo esse falatório sobre armas não é para me gabar. Eu agora tenho uma pontaria respeitável, mas não tenho treinamento formal. Nunca participei de um tiroteio. Não sei jiu-jítsu nem nada parecido. Não me transformei numa heroína com poderes incríveis de uma hora para outra. Mas um sofrimento como o meu deixa você à deriva, sem nada, à procura de um demônio contra o qual lutar. Acho que tenho sorte, então, por ter encontrado o meu; e ele parece cada vez mais real.

Cambry: eu prometo que amanhã vou pegá-lo, não importa de que maneira. Vou armar para ele. Vou fazê-lo confessar para o mundo inteiro o que ele fez com você no dia 6 de junho, e o que ele é na realidade.

De uma coisa eu sei: ele não é policial.

Ele é um inseto do tamanho de um homem que rastejou para dentro de um uniforme. Por mais condecorações que tenha, ele esconde um ato monstruoso e é uma desgraça para cada homem e mulher de coragem com um distintivo. Ele é um erro que precisa ser consertado.

Eu vou pegá-lo, mana.

***

ELA ME PEGOU.

Ray sabia que estava definitivamente numa grande enrascada. Mantido sob a mira de uma pistola, e sob o sol severo da tarde. Tudo o que ele falou havia sido gravado. Sua Glock, sua Taser, suas chaves — tudo no fundo da ravina. Ele não podia alcançar o rádio em seu veículo, nem a AR-15 em seu porta-malas. Mas ele ainda tinha uma última esperança: uma arma escondida no tornozelo. Um revólver .38 Special de cano curto, com cinco tiros, num coldre bem apertado contra a sua meia, já pegajoso de suor.

Lena não sabia disso.

Ela havia se afastado mais dele, e agora estava a uns seis metros de distância, com a pistola apontada para ele. Ray percebeu que ela estava mais relaxada agora. Com os cotovelos dobrados. A sua descarga de adrenalina estava se dissipando. Você não pode dar o máximo de si o tempo todo, afinal. Seu corpo não permite isso. Mais cedo ou mais tarde, Lena teria de baixar a guarda, e nem a sede de vingança por Cambry mudaria isso.

Não tem nada de especial nela, Ray concluiu, com o estômago roncando. *Ela não é como a irmã. Não é uma sobrevivente. Não é uma assassina. É só uma garota confusa com uma arma.*

Apesar da sua postura, das suas palavras duras e até da sua habilidade no tiro, Lena estava totalmente perdida na situação. Ela não tinha a menor ideia a respeito de nada. Não sabia quem era Cambry. Não sabia com que Cambry havia se deparado. E também não sabia sobre o revólver no tornozelo dele — ela *definitivamente* não sabia.

Se soubesse, o revólver já estaria lá no fundo da ravina, com o resto do seu equipamento.

Ray só precisava levantar a barra da calça e pegar a arma. Um movimento que levaria cerca de um segundo. E precisaria de mais um segundo para se agachar, mirar e atirar. Lena era uma atiradora formidável, sem dúvida, mas tudo o que ele tinha de fazer era atirar antes dela.

Eu só preciso de uma chance. Ele a observou.

Lena deu outro passo para trás. Parecia ansiosa, enjoada. Palidez no rosto. Tremor crescente nas mãos. Como alguém que estava embalado ao máximo e começa a desacelerar. Ela provavelmente havia assassinado muitos alvos de papel — mas e na vida real? Na vida real, o inimigo respondia ao fogo.

— Alguma coisa errada? — Ray perguntou.

Ela não respondeu.

— E aí? — Ele não conseguiu resistir. — O seu plano acaba aqui?

Em vez de responder, a jovem fez algo inexplicável. Afastou a mão esquerda da arma e passou a segurá-la apenas com a direita (nesse momento, Ray pensou em pegar seu .38 Special, mas não o fez), e levou a mão esquerda ao seu cabelo solto. Ela enrolou uma mecha em torno do dedo indicador e o torceu, num movimento brusco.

Ele tinha visto Cambry fazer exatamente o mesmo movimento, naquele mesmo veículo, três meses antes.

Elas realmente são gêmeas, ele pensou.

Ray sabia que não devia se incomodar com uma coisa dessas — afinal, enrolar o cabelo nos dedos era um tique nervoso comum, como roer as unhas —, mas ainda assim ele se sentia estranhamente em desvantagem numérica. Como se a garota morta de junho e a garota viva diante dele fossem a *mesma pessoa*, de algum modo, unidas contra ele. Duas contra um. Para puni-lo por seus pecados. Ele pensou no garoto morto em seu poço e engoliu em seco.

Lena voltou a segurar a Beretta com as duas mãos.

O .38 de Ray parecia mais pesado em seu tornozelo agora. Vida ou morte chegariam em poucos e terríveis segundos. Ele treinou mentalmente os seus passos: cair de joelhos, puxar a perna direita da calça (*um segundo*), agarrar o punho do revólver e tirá-lo do coldre (*dois segundos*), apontar para ela, mirar num ponto em seu peito, apertar o gatilho (*três segundos*) e... bem, mais nada. Se errasse seria o seu fim.

Suas chances eram razoáveis. Se ele e Lena estivessem num estande de tiro, provavelmente os agrupamentos de tiro dela nos alvos de papel seriam mais condensados que os dele. Mas a vida real não é um estande de tiro. Há confusão, fadiga, adrenalina, medo. Seus dedos suam. Bate sol em seus olhos.

Ele já podia ver isso acontecendo. O cano da arma dela tremia. Os antebraços de Lena estavam acusando cansaço. Ela não era exatamente feita para isso. Quanto mais essa criatura magrinha mantivesse a sua posição, mais a sua precisão seria prejudicada. Ela estava vulnerável.

Raycevic resolveu provocá-la mais um pouco.

— Você tem um blog, não é?

Lena pareceu ligeiramente surpresa.

— *Luzes e Sons*. Coisa de nerd. Você avalia videogames baseados em texto, romances de ficção científica sobre naves espaciais, filmes de terror bizarros. Confissões de uma pessoa que trabalha no comércio. Estou certo?

Ela piscou.

Toquei num ponto fraco, ele pensou. *Bom.*

— Ficou surpresa? — Ele deu um sorrisinho. — Você me pesquisou. Eu tinha de pesquisar você também.

Ele estava esperando que Lena mexesse no cabelo de novo. Então ela baixaria a guarda, e ele sacaria a sua arma. Lena perderia instantes preciosos para recuperar a sua posição de tiro e revidar com precisão. Tiques nervosos são uma beleza. Eles tornam as pessoas previsíveis.

— Você não tem muitos amigos, tem? — Ele perguntou, ainda provocando. — Ou um namorado?

Ela não respondeu.

— Não sai muito do seu apartamento?

Nenhuma resposta.

— Ansiedade social, talvez? — Ele girou os ombros fingindo alongar-se, soltando-se para alcançar a arma. — Você tem vinte e quatro anos. Tem formação superior. Especializou-se em inglês. Você trabalha em uma loja de produtos eletrônicos que está à beira da falência, ganhando um salário mínimo, e passa as tardes sozinha na frente do seu computador, dando duro pra manter um blog que ninguém lê. E a sua irmã viajava e tinha experiências reais, no deserto branco, no Monte Rushmore, nos Everglades, nas praias de vidro. Você a invejava, não é? — Ele olhou atentamente para o rosto dela, imaginando a cratera de sangue que o seu .38 Special abriria ali. — A propósito, você não sabe quem Cambry realmente era. Você nem faz ideia.

Depois de despejar tudo isso sobre ela, Raycevic parou, à espera de uma reação.

Mas ela continuou impassível.

Tudo bem. Ele continuou:

— Quer saber? Quando chegamos aqui, eu achei que você fosse só uma travada deprê que nunca deu nem umazinha na vida. Fiquei com pena de você. Eu queria de verdade ajudar você a encontrar alguma paz aqui para o seu luto. Isso antes de saber que você tinha um plano e uma arma. Mas você mencionou que queria... detalhes, hum? Sim, você queria detalhes sangrentos, não é?

Ele deu a ela algum tempo para que respondesse. Mas ela não respondeu.

— Sim, foi o que você pediu. Você quis saber como ficou o corpo de Cambry lá embaixo, nas pedras. E eu não lhe dei detalhes a esse respeito porque não teria sido apropriado. Mas nós já passamos dessa fase. Agora tanto faz; quem liga? — Ele olhou para a arma na mão de Lena. — A sua irmã parecia *derretida*, Lena.

O lábio inferior dela estremeceu levemente, e sua mandíbula mais levemente ainda — mas ele percebeu.

— Em queda livre, Cambry se deslocou a mais de trinta metros por segundo. Quando se chocou com o granito sólido, a desaceleração para zero basicamente tornou cada órgão do corpo dela dez mil vezes mais pesado que o normal. Então, mesmo que ela ainda tivesse forma humana... Bem, é como ser despedaçado num nível celular. É uma aniquilação total. Os órgãos dela rebentaram e vazaram. O cérebro se dissolveu. Todos os ossos cheios de fraturas. Debaixo da pele dela, grandes balões marrons de sangue empoçado.

Lágrimas brilharam nos olhos de Lena. Ela fez menção de mexer no cabelo — mas então mudou de ideia, e voltou a segurar a arma com as duas mãos.

O coração de Ray bateu mais forte. *Mexa logo nesse cabelo!*

Ele estava pronto para sacar a sua arma. Seu polegar e seus dedos apertavam o ar em antecipação.

— A testa de Cambry estava esmagada, como uma laranja pisada — ele disse, voltando a pressioná-la. — Ela tinha insetos na boca. Os globos oculares dela estavam empapados; tinham explodido para fora das órbitas, e ficaram cobertos de filamentos, vazando lágrimas de sangue. As moscas cavaram ali, botaram ovos.

Lena escutou tudo sem reagir, como uma pedra. Não disse uma palavra. Não deu a mínima.

E ela parecia exatamente igual a você, Ray quase acrescentou.

Ele sabia que suas palavras a estavam afetando. Todas as suas palavras deixavam uma marca em Lena. Algumas deixavam cortes. Ela estava quase fraquejando; logo cederia e voltaria a mexer no cabelo de novo. Ray já estava pronto para agir.

Você se meteu com a pessoa errada, ele pensou enquanto a observava. *Sua garota estúpida, coitada de você. Pensa que é o lobo aqui, só porque pode atirar.*

O .38 em seu tornozelo implorava para sair, e estava mesmo prestes a ser libertado. Lena ajustou sua postura de tiro mais uma vez, e a mão de Ray quase se moveu na direção da arma. Quase. Ela estava tentando lutar contra o seu tique — tentando — mas não podia resistir ao apelo da sua própria natureza. Ela precisava torcer o cabelo de novo. Era um conforto para os seus sentidos, era a sua fraqueza — e hoje seria a causa da sua morte.

Eu vou arrancar fora essa sua cara metida! Assim que eu puser as mãos no meu rev...

— Espere aí. Você ainda tem as algemas, não tem? — Lena olhou para o cinto dele. — Vamos lá, seu bundão, algeme-se.

***

LENA FICOU SURPRESA — O POLICIAL PARECEU repentinamente desapontado. Ele olhou para baixo, para a sua calça, e depois voltou a olhar para ela. Com uma estranha e furiosa expressão de descrença.

Lena se sentiria melhor com esse gorila algemado. Ele era perigoso demais, mesmo sob a mira de uma arma. Ela apontou a Beretta para o rosto dele, tentando disfarçar o tremor em seus braços.

— Eu disse *algeme-se*. Devagar.

A raiva nos olhos dele se intensificou. Lena sentiu um arrepio de medo. Em resposta, ela curvou mais o dedo sobre o gatilho. Ele viu.

Então a mão direita dele se moveu na direção do seu cinto, e Lena voltou a gritar para que ele se movimentasse devagar. Ray abriu duas argolas de metal. Elas retiniram ligeiramente, fazendo aquele som conhecido que sempre fazem na televisão.

— Algeme as suas mãos nas costas — ela ordenou. — Não na frente.

— Eu preciso me ajoelhar — ele disse, gesticulando na direção do tornozelo. — Para colocar as algemas nas costas, vai ser mais fácil se me agachar e...

— Nada disso. Faça de pé mesmo.

Raycevic a fuzilou com o olhar novamente.

— Pra hoje. — Ela fez pontaria com a Beretta.

Por um longo momento, Raycevic segurou as algemas prateadas em uma mão, como se estivesse tentando desesperadamente pensar em algo mais para dizer. Em alguma maneira de ganhar tempo. Então, relutantemente, ele fechou uma algema em torno de um pulso e dobrou o braço atrás das costas. Depois colocou seu outro pulso nas costas, e ouviu-se novamente o som de algema se fechando.

— Pronto. Está feliz agora?
— Não — ela respondeu. — Vire-se.
— Como é?
— Vire-se. Quero ver se as duas mãos estão algemadas.

Raycevic balançou a cabeça com ar de tédio. Então, com relutância, virou-se para mostrar os seus dois pulsos atrás das costas. Como ela esperava, apenas o pulso direito estava algemado. A outra algema estava na palma da mão dele.

— Achou mesmo que isso funcionaria?
— Eu precisava pelo menos tentar. — Ele sorriu de modo negligente.
— Vá tentando.
— Repita isso.
— *Vá tentando?*
— O modo como você diz isso... a Cambry falava exatamente assim.
— Algeme a sua outra mão agora, Ray.

Ele se virou de lado para que Lena pudesse observá-lo enquanto ele colocava a algema no pulso esquerdo. Mas a tentativa dele falhou.

— E-eu... não posso fazer isso com as mãos nas costas. Preciso que você me ajude a fechar a algema...
— Tá falando sério, Ray?

Depois de mais uma pausa, o policial desistiu do fingimento. Mais uma encenação tentada e descartada.

Não tem problema, Ray. Continue me subestimando.

— Eu precisava tentar — ele repetiu, dessa vez sem o sorriso. Com o polegar direito, ele fechou a algema em torno do pulso esquerdo. Em seguida, estendeu os braços volumosos para mostrar que estavam de fato algemados. — Feliz?
— Quase lá — Lena respondeu, relaxando o aperto das mãos na arma e deixando os músculos descansarem. Seus dedos formigavam. — A propósito: Tudo aquilo que você disse sobre o estado do corpo da Cambry... Por mais horríveis que sejam essas imagens, como entranhas liquefeitas e olhos que explodiram para fora das órbitas, os meus pesadelos foram ainda piores. Então eu te agradeço, Ray. Obrigada por chamar a atenção para o monstro que há em mim.

— Cuidado com aquilo que você deseja.

Mais cinzas se espalharam entre os dois, trazidas pelo vento silencioso em movimentos rápidos e passando perto dos olhos. Lena piscou, num ato reflexo.

Mas Raycevic não piscou. Ele a fitava com frieza, enquanto as cinzas se acumulavam em seus ombros como neve apocalíptica.

— Se atirar em mim, Lena, nunca saberá o que aconteceu com a sua irmã.

— Eu já sei.

— Ah, você sabe?

— Você confirmou minhas suspeitas. Quando mentiu para mim.

— Mesmo? Até onde eu sei, a única pessoa que está apontando uma arma é você, Lena. — Com os olhos semicerrados, ele fitou a distância enfumaçada. — E se alguém por acaso passasse e nos visse aqui, acharia essa nossa situação atual bastante parecida com um atentado contra um policial.

— Ainda bem que você trancou o portão.

— Pois é — ele disse com um olhar sombrio. — Ainda bem.

Para nós dois, você quer dizer, ela pensou de si para si.

Não importava que eles estivessem conversando agora. Era apenas ar e som. Se ela baixasse a guarda por um único segundo, Raycevic aproveitaria a chance e daria uma cabeçada nela, chutaria a pistola das suas mãos e lhe esmagaria o crânio com sua grande bota. Mesmo algemado ele poderia matá-la. Sem a menor piedade. Como havia matado Cambry. Ela imaginou o rosto da irmã amassado — *como uma laranja pisada*.

Sim, tudo era mesmo real. Havia acontecido de verdade.

Lena jamais admitiria uma coisa dessas para Raycevic, mas nas últimas semanas ela havia alimentado uma esperança íntima e infantil: a de que quando ela chegasse aqui, na Ponte do Grampo, os mitos da internet se tornariam realidade. Ela veria um espírito ou ouviria vozes sussurradas. O véu que separa o passado do presente seria fino aqui, e sua irmã não teria partido. Não realmente. Talvez Cambry estivesse revivendo as suas horas finais nesse exato segundo, e sua história estivesse se desenrolando paralelamente à de Lena como um reflexo.

A esperança é um veneno. Lena sabia disso.

Ela respirou fundo, soltou o ar longamente e tentou pensar com mais clareza. Não havia fantasmas. Nem ecos do passado, nem mensagem do além-túmulo. Só um homem culpado olhando para ela.

— Você está mesmo escrevendo um livro sobre a sua irmã? — Ray perguntou.

— Estou.

— Por quê?

Lena sabia que não tinha de responder. Mas mesmo assim ela respondeu, e dessa vez não teve energia para mentir.

— Me incomoda que outras pessoas contem a história de Cambry. Quando ela morreu, foi como se deixasse de ser uma pessoa e se tornasse uma espécie de patrimônio público. Ela se tornou uma solitária perturbada que entrou em depressão e se atirou de uma ponte. Se alguém pode ou *deve* contar a história dela... esse alguém sou eu.

Lena achou que fosse explicação suficiente. Mas ele ainda estava esperando. Então ela contou a parte difícil:

— Minha mãe é católica praticante. E ficou com o coração partido, porque acredita que Cambry está no inferno. Porque ela cometeu... você sabe.

— Sim, claro.

— Então é isso. — Lena sentiu o rubor invadir o seu rosto. — Isso é tudo, parece. Eu... eu acho que só queria provar para a minha mãe que a filha dela não foi para o inferno.

— E aqui está você.

— Aqui estou eu.

Silêncio.

Lena não gostou de desabafar para ele. Sabia que estava apenas dando a ele munição para que a ferisse depois. Mas ela tinha a estranha sensação de que ele estava triste por sua irmã também. Como se também tivesse alguma ligação com Cambry.

De qualquer maneira, ela não havia contado toda a verdade ao policial.

Depois do funeral, Lena havia ido à casa dos seus pais em Olympia para levar o jantar a eles e percebeu que as fotografias de Cambry tinham sumido. Algumas paredes e estantes ainda estavam vazias, com marcas deixadas pela poeira. No início, Lena supôs que tivessem mudado os retratos de lugar, ou mandado colocar molduras novas; mas nas semanas seguintes os retratos não reapareceram. Sua irmã havia deixado em todos eles algo mais profundo do que o sofrimento normal de ter, amar e perder. Eles nunca a *tiveram*, para começar. Cambry estava sempre em movimento, sempre olhando para a próxima montanha, e agora estava infinitamente além do Texas ou da Flórida. E para piorar, sua morte impunha um dilema religioso indigesto: se o Deus deles existisse, então a sua filha já estaria queimando no inferno. Se não existisse, ela teria desaparecido no nada, virado pó. O que era pior?

Naquela noite, sua mãe bebeu vinho demais, e agarrou o braço de Lena com tanta força que chegou a deixar marcas de dedo nele. E disse à filha, com olhos trêmulos: *Você é minha filha, Lena, e eu te amo. Você é a minha única filha.*

É deprimente tornar-se filha única da noite para o dia.

Nesse momento, Lena decidiu que não iria somente capturar o assassino da irmã. Também contaria a história de Cambry. Era uma história importante demais para ser contada por qualquer um. Lena daria à mãe e ao pai uma versão da filha que eles poderiam amar. Da qual poderiam se recordar. Uma versão que não roubasse dinheiro de suas carteiras, que não fosse presa por furtar em shopping centers, que não fedesse a maconha e cigarro nem se mandasse de casa aos dezoito anos para nunca mais entrar em contato com eles, e que não os deixasse de uma vez por todas, de uma forma tão cruel e abrupta.

A verdadeira Cambry estava por aí, em algum lugar. Lena a encontraria. A qualquer custo.

Raycevic a observava com atenção. Lena se arrependeu de se abrir com ele.

— Confie em mim. — Ele sorriu com sarcasmo. — Se o inferno existe, sua irmã está lá.

— Se não fechar essa boca, eu mesma mando você pra lá.

— Nossa, que assustador. Onde ouviu isso, num filme?

— Eu sei o que você é, Ray.

— Não, não sabe. Quando se meteu nisso, você já tinha se convencido da minha culpa. Esse foi um enorme erro, Lena. Eu não sou uma pessoa ruim. E mesmo que eu fosse, mesmo que eu tivesse tirado a vida da sua irmã... Bem, eu já salvei vidas também. Várias pessoas vivem e respiram hoje, neste exato momento, graças às minhas ações. Você pesquisou a minha vida. Então conhece o meu histórico. Já deve ter lido sobre a mulher que resgatei do rio.

Sim, ela tinha lido.

— Minha condecoração por salvar a vida de um delegado que estava sob fogo.

Lena também tinha lido sobre isso.

— As crianças que eu tirei do trailer em chamas.

Sim, sim, *sim*! Ele até havia recebido uma medalha do governador. Em algum lugar em Billings havia um banco de praça com o nome do valoroso São Raycevic, que se lançou heroicamente dentro de um laboratório de metanfetamina em chamas. Ela desejou que as malditas crianças tivessem queimado lá dentro, só para que o policial Raycevic não tivesse um feito do qual se gabar.

— Você pode até me odiar, mas eu ainda jogo no time dos mocinhos, Lena. — Ele endireitou mais o corpo, e pareceu ficar maior bem diante dela. — Certo? Você não pode contestar o fato de que quatro é um número bem maior do que um. *Três* seres humanos que agora seriam comida de verme, mas não são, por minha causa. Graças ao que eu fiz. Eu me arrebento de trabalhar, me dedico cem por cento ao que faço. Eu nasci para fazer esse trabalho. Eu protejo a população. Mais especificamente, eu *salvo* pessoas. Eu salvei pessoas. E continuarei salvando, se Deus quiser. Por que todas essas vidas, passadas, presentes e futuras, valem menos que a da sua irmã?

Um pouco de saliva escorreu para o queixo dele. Ele a sugou de volta, como um lagarto.

Agora nós estamos chegando a algum lugar, Lena pensou.

— Você está confessando, Ray?

— Não — ele respondeu. — Estou me defendendo de um ataque direto.

— Acredita em inferno?

— Eu acredito em equilibrar a balança.

Equilibrar a balança. Na opinião dele, pelo visto, para ser boa uma pessoa só precisava de um pouco de matemática.

— Tudo bem, então aqui vai outro ataque direto: você assassinou a *porra* da minha irmã, Ray. E precisou encobrir esse crime. E depois você atirou o corpo dela da ponte, para fazer parecer que se tratava de mais um suicídio.

— Não. Tente de novo.

— Primeiro você bateu nela até matá-la.

— Isso deixa marcas, contusões.

— Então você a estrangulou.

— Isso deixa marcas de ligadura.

— Nem sempre. Não deixa marcas se você enfia um saco plástico na cabeça da pessoa.

— O impacto a matou. Foi a conclusão do legista.

— Tá bom. Você a agarrou e a jogou da ponte enquanto ela ainda estava viva. — Lena lutou para não alterar seu tom de voz. — *Por quê?*

— Você continua errada.

— Então me explique o que houve, Ray.

— E por que eu faria isso? — O brilho sumiu dos olhos dele. Ele mordeu o lábio. — Você quer uma coisa de mim, Lena. Isso a torna controlável. Porque enquanto houver algo que você queira dentro da minha cabeça você não vai se atrever a abrir um buraco nela.

Lena percebeu que não tinha nada a dizer a respeito disso. E isso a irritou. Por um momento, ela considerou a possibilidade de cumprir sua ameaça e atirar nas bolas dele.

Estou preparada para fazer isso?

Ela não tinha certeza. Suas mãos fediam à pólvora dos três tiros que havia disparado. Era um tanto perturbador disparar uma arma fora dos limites organizados do estande de tiro. Agora era real. Isso a deixava estranhamente consciente de si mesma. Era como dirigir descalça.

Raycevic sorriu.

— Você deduziu que eu simplesmente iria cooperar, Lena?

Ele já havia percebido o que se passava com Lena. Era seu trabalho sondar as pessoas, e Ray já a tinha identificado como uma pessoa que seguia regras. Um conflito face a face a fazia corar. Ela era naturalmente passiva — fazia planos apenas quando outros sugeriam, falava apenas quando falavam com ela, agia apenas quando era absolutamente necessário. E agora aqui estava ela, na Ponte do Grampo, segurando uma arma e fazendo exigências.

— E agora, Lena? Como ficamos?

Cambry é que deveria estar aqui, ela sabia. *Não eu. Eu deveria estar morta.*

Quando Lena e Cambry tinham doze anos, elas costumavam passar os verões na fazenda do tio, ao leste de Oregon. A fazenda não podia ser mais entediante para uma criança — a TV a cabo não pegava direito, e as empertigadas alpacas eram chatas. Mas a um quilômetro e meio estrada abaixo, os filhos do vizinho tinham um balanço de corda sobre um riacho, e ocasionalmente o pai deles explodia tocos de árvores com Tannerite. Certa vez, caminhando de volta no fim da tarde, quando já estava escurecendo, as gêmeas Nguyen se depararam com uma criatura marrom na estrada.

Era uma corça que havia sido atropelada por um caminhão e arrastada sob os pneus. O animal as fitou com um olhar letárgico. Lena se lembrava de que a corça tentou se levantar com a coluna esmagada, e as patas traseiras estendidas e moles. Quando ela tentou se firmar na pata dianteira, o joelho se dobrou para trás como uma vara quebrada. Ela gemeu num estranho sussurro gutural, semelhante ao ronronar de um gato. Aos doze anos, Lena jamais havia se sentido tão impotente antes. Ela não podia tocar o animal agonizante. Não podia ir embora. Não podia fazer absolutamente nada, e se odiou por isso. Ela só conseguiu ficar lá de pé, chorando até a garganta começar a doer.

Foi então que Cambry, também de doze anos, tirou em silêncio a sua mochila dos ombros (já nessa época ela preferia usar mochila) e se ajoelhou, colocando uma mão nas costas da corça para sentir o delicado movimento da respiração dela.

Com a outra mão, Cambry cortou a garganta do animal.

Ela é que devia estar aqui. Lena enxugou os olhos. *Aqui nesta ponte, encarando um assassino mentiroso escondido atrás de um distintivo e um uniforme. Ela, não eu.*

— Ei, você não vai… — Raycevic olhou para o gravador portátil. — Você não precisa trocar as fitas cassete dessa merda aí?

Lena tinha se esquecido disso. As fitas tinham capacidade para noventa minutos de gravação. Ela tentou se lembrar — quantos minutos já haviam transcorrido até agora? Setenta? Oitenta? Não devia restar muito tempo de gravação. E ela ficaria vulnerável quando virasse a fita. Para fazer isso, ela teria de mandar Raycevic se deitar.

— Você é uma figura. — Ele olhou bem para Lena. — Você trabalha numa loja de produtos eletrônicos, e essa porcaria é o melhor que pôde arranjar? Gravadores digitais custam, sei lá, quarenta paus.

— Treinar tiro é que custa caro.

— Você devia ter ficado em casa, Lena. No meu trabalho, você aprende a diferenciar os lobos dos cordeiros, e você é cem por cento cordeiro. — Ray olhou para ela de cima a baixo. — Existe uma motivação espiritual para isso? Você acha que o fantasma da Cambry a enviou até aqui para me pegar? Você sonhou com ela ou coisa do tipo?

Lena, vá embora. Ela tentou expulsar da mente a voz da irmã. *Por favor, vá emb...*

— Está tentando provar que é tão forte quanto ela era?

— Não. A Cambry sempre foi a mais forte de nós, e eu aceito isso. — Lena tinha consciência de que Raycevic estava direcionando a conversa, controlando Lena mesmo sob a mira de uma pistola. Ela mordeu o lábio, mas quando deu por si já estava articulando as palavras, mesmo contra a sua vontade. — Eu costumava pensar que minha irmã e eu éramos a mesma pessoa, só que cortada pela metade. Como acontece com irmãos gêmeos, num nível celular. Nossas formas são incompletas. Eu tinha a esperteza dos livros. Ela tinha a esperteza das ruas.

Ele deu uma risadinha debochada.

Lena olhou diretamente nos olhos dele.

— A parte da virtude ficou toda para o seu irmão Rick, não é?

— Isso era algo que Cambry com certeza não tinha.

— Quê?

— Você me ouviu, Lena.

— Pode me explicar *de onde* você tirou isso?

— Você sabe. Estou falando daquilo que ela fez com o namorado na Flórida.

Ela estacou.

— Lena, você... você sabia a respeito disso, não sabia?

Lena balançou a cabeça numa negativa.

— Mesmo? Não me diga. Bom, melhor lhe contar logo. A sua irmã se mandou depois que o para-brisa do carro deles foi consertado. Ela simplesmente largou o coitado do Blake num posto de gasolina nos arredores de Fort Myers, com uns poucos dólares no bolso. Ela roubou *tudo*. Suprimentos, o dinheiro num cofre, o trailer... Tudo.

Não!, ela quis retrucar. *Aconteceu exatamente o contrário. Foi o Blake que a abandonou.* Ele a deixou. Ele era o terrível cara nº 17.

— Ela roubou a pistola do cara também — Raycevic continuou. — Uma pequena calibre 25 Baby Browning.

— O Blake foi interrogado?

— Sim, foi.

— Então ele mentiu. Ele é que roubou dela.

— Estou curioso para saber como você vai explicar essa parte, Lena. Se a sua irmã estava com a arma do Blake em 6 de junho, por que ela não se defendeu usando-a? Quando eu a persegui?

Porque a arma não estava com ela. Só por isso.

Não havia registro de nenhuma calibre 25 Baby Browning retirada do carro dela. Nem também do seu canivete KA-BAR.

Ela foi roubada na Flórida. Foi dessa maneira que aconteceu.

Lena havia previsto isso. O cabo Raycevic tinha tudo a perder. Claro que ele mentiria. Ela já esperava que fosse desconsiderar ou contestar quase tudo o que ele disse hoje. Essa conversa não passava de um erro, sem dúvida. Ela não devia ter ultrapassado os próprios limites, nem um milímetro. Raycevic faria tudo para irritá-la, provocá-la e desequilibrá-la, para entorpecer os seus reflexos.

Ele olhou com atenção para a direita. Havia visto alguma coisa.

Lena seguiu o seu olhar — afastando-se mais um passo, caso fosse outra armadilha — e correu demoradamente os olhos pelas montanhas que cercavam a ponte, mas não viu nada. Exceto uma fumaça tóxica transparente. Muito mais fina agora. Em meio à névoa, os pinheiros se transformaram em sombras espinhosas.

Lena ficou nervosa por ter que desviar os olhos dele. Ela voltou a vigiar Raycevic.

— Vê isso, Lena?

— Ver *o quê*?

— Lá.

Ela voltou a procurar, com os olhos semicerrados. Mas só viu acres de fumaça arenosa.

Ele está me fazendo de idiota.

— Tire as minhas algemas — ele disse. — Tire, e eu aponto o lugar exato para você.

— Você é um cara engraçado.

— A sua irmã também achava. — Ele sorriu, deixando à mostra os dentes com tártaro.

Mais uma vez, Lena quase atirou em Ray ali mesmo onde ele estava. Com suas entranhas se contorcendo como uma centopeia enrolada, ela chegou a encostar o dedo no gatilho. Ela viu sangue, o jorro quente tingindo as mãos de Cambry como fluido de freio enquanto ela cortava a garganta da corça, e quis gritar para o policial: *O que você está vendo, Ray? Pare com esse mistério estúpido. Que diabos você está vendo?*

— Tá chegando mais perto — ele respondeu, de novo com aquele sorrisinho presunçoso e desagradável.

Ela voltou a olhar para a linha da estrada ao longe, entre as árvores, e agora de fato viu algo ao longo do vale do rio Silver. A menos de um quilômetro de distância, talvez. Uma mancha escura no ar poluído. Cada vez mais nítida.

Era um veículo que se aproximava.

11.

— ESSA É UMA ESTRADA FECHADA — ELA SUSSURROU.

Ray deu de ombros de forma teatral.

— Eu *vi* você trancar o portão...

— A combinação já é conhecida — ele respondeu, dando de ombros novamente.

— Você avisou alguém? — Lena o olhou de alto a baixo, tentando encontrar em seu uniforme cáqui um rádio comunicador, ou um microfone, algo que não tivesse visto antes. — Esse é o seu reforço chegando?

— Eu já lhe disse. Caminhoneiros usam essa estrada para pegar um atalho rumo ao norte, para chegar à I-90 sem passar por Magma Springs. É ilegal, mas economiza cerca de uma ho...

— *Você avisou alguém?*

— Não, eu não avisei ninguém.

— Não chamou ninguém pelo seu rádio, mais cedo, quando estava na sua viatura?

— Se eu tivesse chamado alguém, você ouviria sirenes — ele disse num tom de voz glacial.

Ela mudou de posição, de maneira que pudesse vigiar Raycevic e também o veículo que se aproximava. Manteve a mortal Beretta apontada para o policial, mas seus braços continuavam trêmulos. Seu corpo estava cansado. Se ela estivesse no estande do clube, atirando em seus alvos de sempre, seus agrupamentos de tiros já teriam perdido a precisão, inevitavelmente. Lena agora já nem tinha certeza se podia acertar de novo aquela placa.

Raycevic começou a rir às gargalhadas, como se tivesse lido o pensamento dela e se divertisse com isso. Era uma risada hostil, com o som de uma serra elétrica que parecia ter origem no fundo do estômago dele. Lena nunca o havia visto rir assim antes; era algo realmente feio de se ver.

— Ei... Esse cara vai ver a gente, vai passar à nossa direita. Ele vai ver tudo...

— Calado.

— Quem parece ser o criminoso aqui?

Lena não podia demonstrar nervosismo, porque isso apenas daria mais prazer a Raycevic. Mas um sério problema aproximava-se deles. Raycevic estava coberto de razão: para qualquer um que passasse por ali agora, Lena é que pareceria a agressora, apontando uma arma de fogo para um policial uniformizado.

Merda. Ela não havia previsto isso. Essa estrada deveria estar totalmente fechada. Isolamento era um dos pilares do plano, e o motivo pelo qual Lena simplesmente não se encontrou com o assassino numa cafeteria.

— Ele vai ver a sua arma — Ray sussurrou.

— E daí? — Ela deu de ombros, fingindo-se confiante. — Ele vai chamar a polícia. Seus companheiros vão aparecer. Nós iremos todos pra delegacia, e eu vou contar tudo a eles. Isso me favorece.

— Acha mesmo?

— A verdade vai aparecer.

— Tem certeza? — ele disse. — Você vem me gravando esse tempo todo, eu sei, mas o que você realmente descobriu? Vá em frente. Ouça a coisa toda. Você está mantendo um policial subjugado sob a mira de uma pistola... por isso vai ser presa logo de cara. Você acha que tem evidência suficiente nesse momento para provar que eu matei a sua irmã?

— Você admitiu que a perseguiu. Isso está na fita.

— Fitas podem desaparecer.

— Você está *literalmente* dizendo isso na fita.

Lena se perguntou quão sólidas eram as ligações profissionais dele. Em meio à confusão da prisão dela, será que Raycevic poderia realmente fazer a gravação desaparecer? A essa altura, será que a carreira dele resistiria a mais investigação? Isso parecia impossível. Inacreditável. O mundo não funcionava assim.

— E se os meus colegas atirarem em você? — Raycevic especulou. — Afinal, você está segurando uma arma.

— A gente vai dar um jeito nisso. — Ela via o veículo aproximar-se cada vez mais. Já se podia notar que era um caminhão vermelho de dezoito rodas, subindo a estrada em meio ao ar brumoso. A luz do sol brilhava com intensidade no para-brisa.

Ele os alcançaria em um minuto. Talvez até menos.

— Será? — Raycevic lambeu os lábios, olhando para ela e depois para o caminhão que chegava mais e mais perto. — Eu não acho que você realmente queira interferência, Lena. Não mais que eu. Porque você está aqui para resolver um mistério que a atormenta noite após noite. E você não resolveu nada ainda.

— E você não me matou ainda, não é?

Ele sorriu.

Nós dois temos assuntos inacabados, não é?

— Proponho o seguinte — Raycevic disse. — Vou dizer a você exatamente o que aconteceu com a Cambry. Como ela morreu. O que eu vi acontecer. Só guarde a sua arma, por favor, para que o otário nesse caminhão pense que eu só estou mandando você encostar por causa de uma violação de tráfego e continue dirigindo.

Lena não respondeu. Tinham cerca de trinta segundos agora.

— E eu mereço que você tire as minhas algemas. Tenho uma chave reserva no meu carro; você só precisa me ajudar a tirá-las, Lena. E eu vou ficar aqui e fingir que estou preenchendo uma intimação para você.

— Boa tentativa, Ray.

— Tem um plano melhor?

Ela não tinha.

Lena olhou para o gravador, que ainda estava ligado, e se perguntou o que ela realmente havia gravado até o momento. Quanto havia de verdadeiro, ou pelo menos de confiável, na descrição que Raycevic fizera a respeito dos últimos momentos de Cambry. Ele havia mandado que sua irmã parasse. Ela acabou fugindo. Ele a perseguiu. Cambry conseguiu enganá-lo, primeiro com um arriscado cavalo de pau, e depois usando de astúcia e enfiando-se numa estrada secundária. Movimento esse que só foi descoberto porque um relâmpago atravessou o céu, para azar dela.

Por que ela estava fugindo? Por que ele a perseguiu? E *o que aconteceu em seguida?*

Tantas perguntas incendiando a sua mente. E nenhuma resposta.

A Ponte do Grampo era o experimento controlado de Lena. Ela não tinha certeza se estava pronta para deixar que elementos do mundo externo interferissem ali. Mesmo que a carreira de Raycevic desabasse em chamas, ele poderia se recusar a falar. Fitas cassete podiam desaparecer. A verdade poderia permanecer inalcançável.

E ela estava tão perto. *Eu preciso saber! Preciso saber exatamente o que aconteceu com você, Cambry.*

— Tique-taque. Faça uma escolha, Lena.

— Estou pensando.

— Pense mais rápido. Ele logo vai ver a sua arma.

O caminhão alcançou a rampa da Ponte do Grampo, expelindo fumaça preta pelo escapamento. Estava a uns cem metros deles agora — a alguns segundos de testemunhar o impasse. E essa ainda não era a pior possibilidade.

O cara no caminhão podia ser um reforço de Raycevic, ela pensou. Que estava chegando para matá-la.

Lena não conseguia tirar esse pensamento da cabeça. A conveniência desse novo evento a incomodava — um motorista qualquer trafegando por uma estrada abandonada numa ponte fechada, e bem naquele instante. Estragando a armadilha de Lena. Enquanto os segundos se passavam, a voz de Raycevic se infiltrava como veneno nos ouvidos de Lena, um sussurro sórdido:

— Quer ter o que veio buscar aqui, Lena? Quer que o espírito de Cambry encontre descanso?

Ele está me dizendo isso só porque quer que eu abaixe a arma. Assim, quando o irmão gêmeo dele naquele caminhão começar a atirar, eu serei um alvo fácil. Lena imaginou uma outra pessoa exatamente igual a Raycevic — o grande irmão Rick, bem vivo — dentro da cabine escura do caminhão, dirigindo até eles. Os mesmos olhos duros de um policial. Os mesmos braços volumosos de bonecos de Comandos em Ação, e cabelo cortado rente. Com um rifle na cabine, esperando para disparar nela. E rifle ganha de pistola, assim como pedra ganha de papel. Sempre.

De qualquer maneira, isso encerrava a questão.

Ela se moveu de novo, acenando com determinação para Raycevic.

— Fique aqui. Não se mova.

— O que vai fazer?

— Eu disse *não se mova*, Ray.

Lena deu a volta por trás do policial e apontou a Beretta para a sua nuca. Seu dedo estava tenso contra o gatilho. Seus batimentos estavam acelerados. Ela se posicionou de maneira que Raycevic ficasse entre ela e a pessoa no caminhão.

Um escudo humano algemado.

Ela se inclinou para a esquerda atrás do robusto ombro do policial, e viu o caminhão se aproximar da extensão final da ponte. O motorista mostrava muito pouco de seu rosto. Se esse cara fosse aliado de Raycevic e atirasse em Lena da sua cabine, ele teria de atirar em Raycevic primeiro. De jeito nenhum a acertaria, a menos que fosse um medalhista de ouro na modalidade de tiro.

— Garota esperta — Raycevic sussurrou.

— Quieto.

— Pode acreditar, Lena, eu *gostaria* que ele fosse o meu reforço.

O caminhão diminuiu a velocidade e passou a se deslocar em marcha lenta. O para-brisa era escurecido; não era possível enxergar o motorista no interior da cabine. Mas ele certamente os viu.

Os freios gemeram uma última vez, e o caminhão parou.

A menos de dez metros deles. Na outra faixa da ponte.

Tudo o que se ouvia era o suave murmúrio do vento carregando cinzas, e o rugido do motor do caminhão. Como um animal enjaulado.

Ela firmou a Beretta na pele bronzeada da nuca de Ray, com cuidado para não se expor. Como um bandido fazendo um refém num filme, pouco antes de o herói explodir os miolos dele com um único tiro certeiro. *Agora eu realmente pareço o vilão da história,* ela se deu conta.

— Que ótimo, Lena. Eu acho que ele está assustado e...

— Pare de falar.

— Ou o quê? Vai me executar? Bem na frente dele?

Lena enxugou o suor que lhe escorria da testa. E agora, o que fazer?

Era difícil pensar direito. A fumaça e a luz do sol queimavam seus olhos. Sua boca estava seca. Ela ajustou o seu posicionamento, expondo ainda menos de si mesma, com o dedo pressionando um pouco mais o gatilho — agora bastaria um ligeiro movimento do seu dedo e Raycevic estaria morto. Ela reteve a respiração, avaliando o grande caminhão, esperando que tiros rompessem o silêncio. Esperando, na verdade, que algo acontecesse, *qualquer coisa,* para dar fim ao enorme suspense.

O vento enfumaçado soprou sobre eles novamente. A ponte pareceu oscilar sob os seus pés.

O caminhão se manteve parado, em silêncio. O escapamento liberou uma nova descarga de fumaça.

— Idiota — Raycevic murmurou.

— O que você disse?

— Disse que esse cara é um tremendo babaca *idiota.* O filho da puta parou um veículo de carga de dez toneladas numa ponte abandonada e caindo aos pedaços. — Ele bufou, irritado. — Nós vamos todos acabar despencando lá pro fundo da ravina.

Perfeito, Lena pensou. *O que mais poderia dar errado hoje?*

A Ponte do Grampo foi construída na década de 1930, e fechada em 1988. Estava tomada pela ferrugem. Sua pintura rachava como pele seca, castigada pelos invernos rigorosos e por um sol implacável. Lena até agora não havia levado em conta o perigo que corriam estacionando seus carros nessa ponte, suspensa sessenta metros no ar.

Tudo ali estava suspenso no ar.

O pesado silêncio parecia não ter fim. Lena leu o nome estampado na carreta: CASCAVEL DO DESERTO. Isso lhe pareceu familiar. Insinuou-se em sua mente, estimulando uma lembrança. Outro tempo, outro lugar, um passado vislumbrado através do prisma da Ponte do Grampo, talvez.

Cobra do Deserto.

Subitamente, um som agudo cortou o ar, como um guincho.

Ela levou um susto, e por pouco não apertou o gatilho e explodiu a garganta de Raycevic. Era a janela do caminhão sendo abaixada. De dentro da escuridão da cabine, um rosto espiou sobre a janela baixada até a metade. Da distância em que estava, Lena só pôde perceber que o motorista era um homem velho — não era o gêmeo de Raycevic, pelo menos. Cabelos brancos desgrenhados. Rosto avermelhado. E um estranho tapa-olho preto.

— Tudo bem com você? — o homem gritou. Outra surpresa: ele falava com um marcante sotaque irlandês.

— Estou sendo atacado! — Raycevic gritou.

— Cale a boca! — Ela cutucou a nuca dele com o cano da arma.

O caminhoneiro de um olho só ficou paralisado de medo. Ele já havia visto o brilho da arma na mão de Lena. E então ele entendeu. Ele agora compreendia que havia se metido numa enrascada das grandes: uma situação envolvendo refém, *com um policial.*

— Saia do caminhão — Lena ordenou.

A porta do caminhão se abriu, rangendo, e o homem velho obedeceu, apoiando-se no suporte para os pés e então pisando pesadamente no chão. Ele era gordo, bem pequeno, e vestia uma camiseta e bermuda. Suas pernas eram finas e brancas. Da distância em que estava, Lena o tinha na mira e poderia alvejá-lo com facilidade. Se fosse necessário.

Contudo, o sotaque irlandês dele a incomodou. Como uma unha quebrada. Era a última coisa que ela esperava ouvir de um motorista de caminhão na zona rural dos Estados Unidos.

Ela voltou a se concentrar. *Primeiro o mais importante.*

— Levante as mãos — Lena gritou. — Puxe a camisa para cima.

O homem obedeceu. Sua camiseta foi levantada, revelando apenas carne branca e flácida.

— Vire-se.

Ele se virou. Nenhuma arma em suas costas também.

— Tem alguma arma na sua cabine?

Ele balançou a cabeça numa negativa. Seu chapéu caiu.

— Eu paro esses caras o tempo todo — Raycevic resmungou. — Garanto que ele tem uma espingarda na boleia.

Lena o ignorou.

— O que está fazendo aqui? — ela perguntou.

— O fogo está... — O caminhoneiro apontou para trás, e sua voz foi encoberta por outra rajada de vento.

— Quê?

— Eu disse que *o fogo está subindo a I-90*. Por isso essa estrada vai servir como rota de evacuação. Eles me mandaram para destrancar o segundo portão, para abrir caminho para a Rodovia 200.

O portão que nós atravessamos.

Maldito incêndio. De qualquer maneira, Lena não tinha como verificar isso. Não havia razão para que confiasse em nada do que o homenzinho estava dizendo. Porém o horizonte escurecia a olhos vistos desde que haviam chegado ali — a fumaça se espalhava pelo céu como tinta marrom. Sentia-se no ar o gosto de cinzas.

Pelo menos o nanico gorducho estava desarmado. Isso a fazia se sentir melhor.

Ela tentou enxergar dentro da cabine escura.

— Você... tem um rádio no seu caminhão, não tem?

Ele fez que sim com a cabeça.

— Então faça contato com a frequência de emergência. — Lena tentou explicar, mas as palavras grudavam em sua boca como pasta de manteiga de amendoim. — Esse policial aí... Ele é perigoso. Assassinou a minha irmã no dia 6 de junho, e fez parecer que ela cometeu suicídio. Eu preciso que você avise as autoridades e peça que mandem todos os policiais de Montana para cá imediatamente, porque eu posso provar o que digo.

— Pode mesmo? — Raycevic sussurrou.

O caminhoneiro ficou olhando para Lena, paralisado. As mãos dele ainda estavam meio levantadas. Sua barriga continuava exposta, oferecendo a Lena uma visão não muito agradável.

— Chame os policiais — ela repetiu. — *Agora!*

Isso bastou. Ele balançou a cabeça para cima e para baixo bruscamente, virou-se, subiu no apoio de pé do caminhão e sumiu na escuridão da cabine. A porta vermelha moveu-se rangendo atrás dele.

Lena escutou a voz fraca do homem quando ele falou ao rádio:

— Emergência, emergência. Policial tomado como refém sob a mira de arma de fogo...

"Policial refém sob a mira de arma de fogo." Que maneira ruim de descrever a situação.

A porta do caminhão se fechou discretamente, abafando todo o resto da comunicação.

O cabo Raycevic praguejou baixinho, e os seus grandes ombros se curvaram. Ele provavelmente havia se dado conta de que logo teria de explicar aos seus superiores toda a confusão em que tinha se envolvido. Antes que isso acontecesse, porém, Lena sabia que seria presa. As autoridades levariam a sua arma, o que era ótimo, e levariam o seu gravador, o que também era ótimo. Como Raycevic bem observou, evidências podem desaparecer — e Lena tinha um plano para isso também. Ela não era ingênua.

Mas ainda assim ela estava preocupada.

Será que as evidências que eu tenho são suficientes? Será que eu sei o suficiente?

Um clique metálico a assustou. O medo aflorou em seu peito.

Ela olhou na direção dos carros. No capô do seu Corolla, o gravador havia rodado a fita cassete até o fim. A fita precisava ser substituída.

Porém estava longe demais para que a alcançasse.

Raycevic também sabia disso.

— Tudo bem, Lena.

Num movimento surpreendente, ele se virou para encará-la. Ela sabia que devia recuar a fim de se proteger de uma cabeçada ou de uma reação qualquer — mas demonstrar fraqueza era ainda pior. Por isso manteve sua posição, e manteve o cano da Beretta apontado diretamente para a cabeça dele. A centímetros de distância.

— Vou contar a verdade a você — ele disse, lançando um olhar na direção do gravador. — Agora que não estamos sendo gravados.

Não recue, Lena. Não ceda um centímetro a ele.

— O que eu vou lhe dizer agora... você pode repetir pra todo mundo na delegacia em Magma Springs, mas eles não acreditarão em você. — Ele sorriu. — Você pode até gritar as coisas que eu lhe direi. Pode escrever tudo em seu blog de nerds. Não faz diferença. Eles vão pensar que você está mentindo. Ou que está louca, como a sua irmã esquizofrênica.

— Comece a falar, Ray.

Ele lambeu os lábios. Estava se divertindo bastante com isso. Nada parecia abalar Raycevic por muito tempo. Ela teve vontade de enfiar o cano da Beretta no olho dele e girar, gritando para que ele parasse de fazer joguinhos e de se divertir com a desgraça dela, e simplesmente *contasse tudo logo*! E de novo a sua mente voltou ao sonho da noite passada, ao frustrante *nonsense* das palavras de Cambry, ao pedido enfático que ela fez entre lágrimas: "Vá. Lena, vá".

Nada de "Eu te amo, mana".

Nada de "Sempre estarei com você".

Na verdade, a mensagem que Cambry enviara do seu túmulo não passava de um claro e seco "Deixe-me em paz".

Isso deixava Lena desesperada. Fazia o coração dela se apertar dentro do peito. E a situação na ponte havia mudado novamente; tudo se complicava cada vez mais, tornando-se mais sombrio e mais grave, enquanto ela mantinha a pistola na cara do cabo Raycevic e esperava que ele começasse a falar.

Na noite passada, Lena havia acordado antes de ter a chance de responder a Cambry. De qualquer maneira, ela não sabia o que dizer ao espírito da irmã gêmea, real ou imaginário. Mas agora Lena sabia:

Em que diabo de encrenca você foi me meter, mana?

12.
A HISTÓRIA DE CAMBRY

Não pare, Cambry. Não pare de jeito nenhum.

O velocímetro de Cambry marca mais de cento e quarenta quilômetros, e o pavimento irregular faz o Corolla dar solavancos, sacudindo sua suspensão. Árvores passam como um flash à direita e à esquerda dela. O ponteiro do marcador de combustível chega ao nível de tanque vazio. Ela tem medo de checar o relógio digital no painel, mas checa mesmo assim. O relógio marca 8h44 da noite.

Dezesseis minutos para viver.

Mais à frente, as luzes traseiras desapareceram de novo, mas ela sabe que elas estão lá. Em algum lugar mais à frente, há uma testemunha. Ela só precisa alcançá-la. Antes que sua gasolina acabe.

O policial já está emparelhado com ela. Inabalável, o carro de Raycevic segue agora bem ao lado do dela. Ela pode ver bem a silhueta escura do homem através da janela. A Glock ainda está em sua mão nodosa, encostada no volante. Ele a tem na mira, agora que está a menos de três metros dela, mas não atira. Por quê?

Ele viu os faróis traseiros também, *ela conclui*.

Um observador inocente muda tudo. Raycevic está calculando a possibilidade de que essa testemunha escute seus tiros da distância em que está. E em poucos segundos ele provavelmente concluirá que, a cerca de quatrocentos metros de distância, tiros poderiam ser facilmente confundidos com trovões; e depois atirará nela de qualquer maneira.

Não é isso?

Sim, é isso mesmo.

Faça uma escolha, Cambry.

Cambry decide que não vai mais esperar. Ela gira o volante com vigor para a esquerda, fazendo o carro oscilar na direção de Raycevic. Quando ele vê o carro dela virar, sua reação imediata é pisar com força nos freios a fim de perder velocidade; os freios guincham ao serem acionados abruptamente. Por pouco ela não bate na viatura.

Cambry quase desejou ter batido no carro de Raycevic, envolvendo os dois num desastre. Seria suicídio, mas a ideia de arruinar a noite do babaca tinha seu atrativo.

Agora ela está na pista contrária, correndo a cento e trinta, e na frente do policial. Manter-se na pista contrária impede que Raycevic tenha uma visão dela da esquerda para a direita, e o obriga a atacá-la pelo lado direito, atirando com a mão esquerda. Isso pelo menos atrapalharia a execução do tiro. Melhor do que nada.

Outra elevação na estrada — mais um solavanco, e de novo o chassi batendo no pavimento com um estrondo —, e Cambry avista faróis traseiros vermelhos novamente. Eles estão um pouco maiores agora, um pouco mais perto. Mas não perto o suficiente.

— Vamos! — ela sussurra, pisando no acelerador. — Vamos lá.

Raycevic também deve estar mudando de estratégia enquanto a persegue. A arma não está mais na mão dele. Suas duas mãos estão no volante, e ele dirige com o máximo de atenção. Seus faróis altos agora oscilam do lado direito de Cambry, e subitamente ocorre a ela que os dois estão dirigindo de forma temerária. Um acidente nesse momento seria devastador, uma catástrofe. O mundo havia mudado drasticamente na última hora, desde o instante em que Cambry viu pela primeira vez aquelas quatro fogueiras.

Aquelas quatro pirâmides cerimoniais de pedra, fendas brilhantes com chamas encarceradas.

O estranho momento irreal que desencadeou tudo isso.

Enquanto a viatura investe sobre ela como um predador, Cambry não consegue deter a constante ansiedade. Pensamentos terríveis, que faziam seu estômago pesar como se tivesse balas de canhão. Ela imagina o patrulheiro na mata mais cedo no dia de hoje, com a pele queimada pelo sol inclemente, serrando tediosamente um corpo humano em partes para jogá-las nos pequenos fornos. Um pé em uma fogueira. Um antebraço na outra. Será que ele drenou o sangue dos corpos antes? Provavelmente sim, para obter uma temperatura alta o suficiente para partir o osso. Talvez ele pendure os cadáveres de cabeça para baixo com a jugular cortada, e os deixe ali, pingando e pingando num balde de lata.

Os faróis dianteiros da viatura de Raycevic fazem seus olhos arderem. A viatura, agora pelo lado direito, aproxima-se cada vez mais dela. E rápido.

Concentração, Cambry. Ele está na sua cola.

Mas ela não consegue. Seus pensamentos se agitam furiosamente. Agora ela vê o cabo Raycevic grunhindo devido ao esforço de serrar um pescoço. Ele para e enxuga o suor da testa. Ou talvez ele prefira cortar em vez de serrar? O estrondoso golpe de um machado dividindo um fêmur... e...

Foco! Mantenha o foco!

Aquelas pequenas partes de corpos sem sangue, cubos de carne drenada e de ossos partidos — tudo lançado aos poucos naqueles fornos de pedra, até que não restasse mais na...

Cambry!

Ela engole em seco.

Você vai morrer aqui se não se concentrar!

O carro do policial e o dela correm lado a lado. O clarão distante de um relâmpago ilumina a figura do homem dentro do veículo. Seu quepe, suas orelhas, seus ombros volumosos. O cano do rifle semiautomático sobre o assento do passageiro. Inacreditavelmente, porém, as grandes mãos dele ainda estão firmemente agarradas ao volante. Ele está concentrado em dirigir. Essa é a chance perfeita para que ele puxe a arma e acerte um tiro fatal nela. Por que ele não faz isso?

São 8h46. Catorze minutos.

Mais à frente, as luzes traseiras voltam a aparecer. Um breve lampejo vermelho de esperança. Mas ela perde os faróis de vista quando a estrada se dobra em mais uma curva.

O coração de Cambry se agita. Ela havia diminuído a distância com relação ao carro da frente; está mais perto agora. Uns cento e oitenta, duzentos metros de distância, talvez? No próximo trecho de reta, ela saberia com certeza. Ela o está alcançando.

Isso significa que Raycevic não pode atirar nela. Não sem correr riscos. Em uma noite de verão fresca como essa, o homem, mulher ou família dirigindo despreocupadamente à frente pode estar com as janelas abertas. Dessa distância, o barulho de arma de fogo pode não ser encoberto pelo trovão. Esse tira psicopata não pode permitir que um homicídio saia de controle e se transforme em dois, três ou mais. Então ele está impedido de atirar. Isso faz Cambry vibrar — é como uma vitória para ela. Sim, Raycevic está se desesperando, suas armas são inúteis, e ela se aproxima dos faróis traseiros do seu salvador anônimo.

Isso significa que ele tem apenas uma saída.

Não.

Ela não quer pensar nessa possibilidade. Esforça-se para ignorá-la, para afastá-la. Recusa-se a levá-la em consideração. Quer aproveitar esse momento, essa delirante reviravolta que fez Raycevic perceber que não pode atirar. E que de certa forma ela já escapou dele. Ela já está bem perto da civilização.

Mas resta ao policial um último recurso para atacá-la.

Não, não, não.

E ela sabe disso. Não pode ignorar essa possibilidade. Seu estômago se embrulha, ela sente uma queimação na altura do peito, até finalmente aceitar a dura verdade: Cambry, o cara vai jogar você para fora da estrada. E vai fazer isso agora. É a única opção que ele tem.

Ela vê a postura do policial mudar dentro da viatura. O cotovelo esquerdo dele se ergue num claro movimento de torção, e no instante seguinte seu carro gira na direção de Cambry — um gancho de direita de duas toneladas.

Cambry pisa no freio. Por puro reflexo.

O mundo dela se projeta para trás. O cinto de segurança se afunda em seu ombro de novo, e a viatura balança na frente dela, com os pneus cantando numa fricção ensurdecedora. Os veículos executam uma estranha dança enfumaçada a cento e dez quilômetros por hora. Por uma fração de segundo, as portas do carro dele são iluminadas pelos faróis de Cambry, e ela lê as palavras PATRULHA RODOVIÁRIA gravadas em branco, claras como a luz do dia. Então Raycevic continua girando na direção do Corolla de Cambry — com seu para-choque traseiro oscilando terrivelmente perto da dianteira do Corolla, para o desespero de Cambry — mas os veículos não chegam a colidir. Apenas centímetros os separam.

Raycevic continua derrapando para a esquerda. Sem controle.

Cambry percebe que o policial esperava que o carro dela estivesse ao lado do dele. Ele esperava que o Corolla se chocasse contra a sua traseira e absorvesse a energia cinética decorrente da guinada. Mas isso não aconteceu, porque ela pisou no freio. E Raycevic continuou derrapando para a esquerda, incapaz de corrigir sua manobra.

Ela estende o pescoço para segui-lo.

É isso aí, seu bundão!

Raycevic continua girando na pista vertiginosamente, numa guinada de cento e oitenta graus, e suas rodas moem o cascalho quando ele atinge o acostamento. A luz dos seus faróis incide sobre Cambry novamente, mas dessa vez de frente para trás. Fora da estrada agora, a suspensão da viatura policial recebe violentos solavancos no solo irregular. Faíscas alaranjadas são lançadas quando o para-choque da viatura atinge uma pedra. Uma enorme nuvem de poeira e fumaça de pneu se ergue, atravessada pela luz dos faróis.

O carro de Cambry agora está completamente parado.

Assim como o carro de Raycevic, cerca de dez metros à frente, inerte fora da estrada. De frente para ela.

Ela não consegue resistir e ri — ri alto, com tanta vontade que sua garganta chega a doer. A janela dela continua abaixada, e a de Raycevic também, e ela sabe que o policial pode ouvi-la rindo, o que torna tudo ainda melhor.

Ela se recupera rapidamente e acelera, e quando faz isso o movimento brusco do veículo a atira para trás em seu assento. Cambry se encolhe atrás da sua porta quando passa pelo carro parado do policial, preparando-se para ser alvo de tiros. É um momento de grande aflição. O Corolla atravessa a nuvem de poeira deixada pelo carro de Raycevic, e Cambry se assusta com o barulho contínuo de pequenas pedras pipocando em seu para-brisa.

Nenhum disparo de arma de fogo. Nada.

Ela se arrisca a olhar para trás a fim de espiá-lo, expondo sua cabeça. A viatura permanece atravessada fora da estrada sobre uma pequena faixa de mato, apontando para o lado oposto. Dessa vez não há relâmpago para iluminar o interior escuro do carro. Talvez o airbag do policial tenha explodido na cara dele. Talvez ele esteja ferido. Isso provoca em Cambry outra onda de regozijo — ela torce para que ele sofra um ferimento na cabeça ou uma concussão. Tomara que tenha arrancado a língua com uma dentada.

No momento seguinte, Cambry já se distancia dele, acelerando noite adentro.

Ela volta a gritar pela janela, sentindo o ar frio contra o rosto. Começa com outro "vá se foder!", mas depois resolve variar e grita "filho da puta", "vagabundo" e todo tipo de obscenidades, num confuso amontoado de xingamentos. Um alegre e frenético hino *à sobrevivência, mesmo que por mais um segundo apenas.* Uma comemoração por enga*nar o* Ceifador *e permanecer viva.*

Outro relâmpago cruza o céu, revelando nuvens num flash violeta, impressionante por seu poder e sua proximidade. Num verdadeiro espetáculo de luzes, é a mais maravilhosa tempestade que ela já havia testemunhado, tornando as árvores verdes e as rochas brancas, e dando vida ao solo com sombras em movimento. Cambry nunca se sentiu tão presente. Ela pode sentir a eletricidade em seus dentes, formando o próximo clarão. Afinal somos todos poeira de estrelas, não é?

O carro imóvel do policial desaparece do espelho retrovisor dela. Sumindo, sumindo... sumiu. Ela se inclina para a próxima curva da estrada e dirige mais rápido, com os nervos à flor da pele, preparando-se para a próxima descarga de trovão. Porém, assim como os disparos de arma, ela não vem. Apenas o ronco do motor e o uivo do vento chegavam aos seus ouvidos. Só a fúria silenciosa da tempestade.

E mais à frente — novamente os faróis vermelhos.

— Graças a Deus — ela sussurra. *— Obrigada, Senhor,* obrigada, *Jesus!*

Ela está cada vez mais distante da viatura fora de combate. A cada curva da estrada sinuosa ela avança mais na escuridão. De volta para casa.

— Obrigada, Espírito Santo.

Ela está ficando sem entidades para agradecer. Cambry não é religiosa, ou pelo menos não tem nenhuma filiação religiosa. Mas há algo de estimulante em dirigir como louca sob o relâmpago silencioso, perseguida por um homem envolto em sombras num Dodge Charger preto. Com sua salvação bem à frente.

Cambry aperta a buzina com o punho.

O carro à frente ainda está longe demais para ouvir. Cambry havia perdido alguma distância quando Raycevic foi jogado para fora da estrada. Ela checa o seu espelho retrovisor.

Os faróis do policial voltam a surgir atrás dela. E a caçada começa novamente.

— Merda! — Contudo, isso não a surpreende tanto assim. Como o perseguidor implacável dos pesadelos, Raycevic está ferido, mas jamais fora de combate. Ela volta a avistar os faróis traseiros distantes à frente, e buzina de novo, e de novo,

pressiona a buzina com os nós dos dedos. A buzina do Corolla sempre foi fraca. Ela tenta desligar e ligar em movimentos rápidos os faróis, fazendo-os piscar.

Nenhuma resposta.

O veículo ainda está muito à sua frente. Então, sem alternativa, ela recorre a algo que esperava não ter que tentar: desligar inteiramente os faróis altos. Desligar, depois ligar. Desligar, ligar. A estrada se ilumina e se apaga à sua frente, desaparece e volta a surgir, em momentos apavorantes para Cambry.

Desliga. Liga. Desliga. Liga. Ela aciona a alavanca com mais força, mantendo a velocidade em meio à escuridão, e consciente de que os faróis da viatura de Raycevic aproximam-se rapidamente.

No veículo à frente dela, as luzes do freio pulsam. É uma resposta.

Eles viram!

— Isso! — *ela exclama, vibrando.*

A luz dos faróis traseiros aumenta. Como lanternas vermelhas gêmeas brilhando na escuridão. O motorista está encostando no lado direito, entrando no acostamento.

— É! É isso aí!

Ela se dá conta de que instintivamente começa a acionar os próprios freios também, a fim de diminuir a velocidade para parar ao lado do estranho. Mas Raycevic está logo atrás dela, e aproximando-se rapidamente.

Os freios do veículo à frente gemem. Ele para completamente.

Cambry sabe que não pode perder nem um segundo. Ela vai ter de convencer o estranho a deixá-la entrar em seu veículo, e partir dali com ela. Antes que os faróis de Raycevic os alcancem. Antes que ele tenha condições de atirar. Caso contrário, não vai conseguir nada além de colocar uma segunda vítima na mira de um assassino. Ou uma terceira, tecnicamente? Mais partes de corpos para serem distribuídas por aquelas quatro fogueiras.

Cambry pisa no freio, e para o carro atrás do veículo.

Ela solta o cinto de segurança. E abre a porta. Quando ela salta para fora, em meio ao silêncio de arrepiar, a estrada irregular parece estranha sob seus pés. Como se saísse de uma piscina depois de horas flutuando na água. Na escuridão atrás dela, a barra de luzes de Raycevic é novamente ligada, numa erupção de azul e vermelho — É claro, ele está desempenhando o papel de policial de novo. *Junto com as luzes ouve-se um som de alarme, uma sirene fantasmagórica e lamurienta.*

Agora ela percebe, com desânimo, e dirigindo-se ofegante para a cabine do caminhão, que o cabo Raycevic — a menos de trinta segundos dela e do motorista do caminhão — conta com uma enorme vantagem também na atual situação. Afinal de contas...

Se você visse alguém fugindo de um carro da polícia, quem seria o criminoso para você?

Quem você ajudaria?

Nesse momento, o motorista vê os faróis de Raycevic. Ele está se perguntando nesse instante se a mulher que vem correndo na direção do seu caminhão é uma criminosa em fuga. O homem provavelmente já está preparado para ir embora dali ao menor sinal de problema.

Cambry corre mais rápido. Mexe os braços para ganhar mais impulso. Está quase chegando. Tenta gritar, mas seus pulmões estão vazios.

Cambry, você está agindo como alguém culpado.

— Socorro! — *ela se esforça para gritar.*

A voz dela é encoberta pelo som da sirene. Ela não pode acreditar nisso, em nada disso. Na odiosa e ridícula insanidade disso tudo. Esse policial possui algum tipo de poder desconhecido — isso explicaria aquele relâmpago inacreditavelmente inoportuno. Por isso, não importam as escolhas que faça, Cambry Nguyen está destinada a morrer esta noite. Dentro de poucos minutos. É mesmo o destino dela, e nada pode mudar isso.

É por isso que cartas de tarô, tábuas Ouija e leituras sobre assuntos paranormais sempre a aterrorizaram. Desde que posso me lembrar, minha irmã sempre temeu profundamente descobrir que estava destinada a morrer. Não temia a morte propriamente dita, tinha medo apenas de saber quando aconteceria — e isso faz sentido. Cambry viveu toda a sua vida em movimento. Por que não temeria mais do que tudo a única coisa da qual não poderia escapar?

* * *

A essa altura convém avisá-los, queridos leitores: o registro conhecido dos movimentos de Cambry se torna incompleto depois que ela sai do seu carro às 8h48 da noite. O testemunho que gravei na Ponte do Grampo se torna duvidoso. Até agora, o relato do cabo Raycevic a respeito dos eventos do dia 6 de junho foi verificado minuto a minuto. Você, então, dependerá de mim para saber o que aconteceu depois disso.

Confie em mim, por favor.

* * *

Enquanto a minha irmã corre até o caminhão, tentando enxergar o motorista dentro da cabine escura, os faróis intensos de Raycevic iluminam tudo atrás dela, traçando a sua sombra móvel no concreto e alcançando as laterais do caminhão, que são cobertas de rebites e trazem um nome gravado, agora revelado:

CASCAVEL DO DESERTO.

13.
LENA

— O QUE ACONTECEU DEPOIS, RAY?
— Eu ainda estava tentando alcançá-la. Não vi isso acontecer.
— Você não viu acontecer *o quê?*
— Nós precisamos retornar ao início. — Ele lambeu os lábios. — Vamos voltar ao que aconteceu antes do dia 6 de junho. Você quer a verdade? Parabéns. Aí vai.

Lena não tirou os olhos do caminhão ainda parado na ponte, na pista oposta, dentro do qual o motorista continuava ao rádio com os serviços de emergência. Raycevic respirou fundo, um tanto vacilante, e murmurou:
— Cambry era a minha namorada.
— *Hein, o que foi que disse?*
— Ela era minha namorada.
— Caramba, uau. Não.
— Sim.
— Não abuse da minha paciência.
— Eu tinha um caso com ela. — Ele forçou um sorriso deprimente. — Minha mulher engordou, entende?
— Mentira.
— Eu *estava* mentindo. Até agora. Eu direcionei a investigação sobre a morte dela. Mantive em segredo o meu envolvimento romântico com Cambry, porque tenho um casamento e uma carreira para proteger.

Envolvimento romântico. Essas palavras reviraram imediatamente o estômago de Lena, como se fossem um amontoado de vermes. Sua repulsa foi indescritível.

— Pense bem. Por favor, só me escute, e depois pense no que estou lhe dizendo. Pense em todo o tempo que passou durante o percurso de Cambry, do momento em que ela roubou Blake na Flórida até junho, quando ela morreu nesta ponte. Foram quatro meses, e não se sabe o que aconteceu com ela nesse período. Ela viveu como nômade, roubando, fazendo bicos, pagando em dinheiro, sem dar seu nome a ninguém. O que uma pessoa faz com todo esse tempo livre?

— Ela desenhava. Ela lia. Fumava. Desfrutava da solidão.

— Por quatro meses?

— Ela estava viajando.

— Não, Lena, ela estava viajando *até* março. Mas eu lhe prometo: nos meses de abril, maio e junho ela permaneceu na região do Condado de Howard. Black Lake. Rattlesnake Canyon. Magma Springs. A investigação não concluiu isso, porque eu ocultei as evidências.

Eu ocultei as evidências. Dito de uma maneira tão natural.

Ela não acreditava em Raycevic. O sujeito só podia estar mentindo. Ela começou a se sentir confusa. Sua língua parecia pesada. Ela não conseguia pensar direito.

— Por que eu mentiria sobre isso, Lena?

Nenhuma dessas novas peças se encaixava. O Corolla de Cambry era minimalista, havia poucas coisas nele além do necessário; mas na infância delas o quarto da irmã também era vazio e sem graça. Os animais empalhados dela eram ignorados. Suas Barbies ficavam sem rosto. Cambry não colecionava objetos. Ela colecionava suspiros e sons.

Ela se obrigou a falar.

— Você... você admite, aqui diante de mim, que destruiu evidências.

Raycevic fez que sim com a cabeça.

— Sim. Tudo o que a ligava a mim, e que a ligava a essa região. Recibos. A sua faca. Sua arma roubada. Meu número no celular dela. Os... — Ele se deteve sem completar a frase.

Os desenhos dela. Lena sentiu seu coração se apertar de raiva.

Ainda assim, o que ele dizia não fazia sentido.

— Como ela morreu, então? — Lena perguntou.

— Eu lhe disse. Ela pulou da...

— *Mentira,* Ray! Minha irmã nunca falou com você. E de jeito nenhum ela foi sua namorada.

— Pois vou provar que foi, Lena.

— Ah, vai? Isso seria bom.

— Eu posso provar. — Torcendo os seus pulsos algemados, ele enfiou os dedos no bolso de trás da calça. — Agora mesmo. Vou lhe mostrar uma foto de nós dois, Cambry e eu, pescando. Uma foto tirada um dia antes da...

— Quer que eu acredite que você carrega a fotografia de uma *mulher morta* na sua carteira?

— É tudo o que me resta.

A voz dele soou vacilante, com uma nota que pareceu ser de desgosto. Foi a encenação mais convincente de Raycevic até aqui. Tão convincente que deixou Lena em dúvida. E se ele estivesse dizendo a verdade? Será que ele realmente era um dos Terríveis Caras que a Cambry costumava usar e depois descartar?

Inimaginável. Lena não se conformava com essa ideia.

O policial algemado ainda estava lutando para pegar a fotografia em seu bolso. Seus dedos tatearam atrás das suas costas, e então uma carteira caiu no concreto com uma pancada seca.

Ele voltou a olhar para Lena. Quase contrito.

— Eu a amava.

Eu a amava.

Ela sentiu o seu estômago revirar. De náusea.

— Nosso luto não é o mesmo, Lena, mas entenda, por favor, que eu a perdi também. — Raycevic engoliu em seco. — E peço que me desculpe por ter mentido sobre o meu envolvimento com a sua irmã antes do suicídio.

"Eu a amava." Essas palavras rodopiavam na mente de Lena, em ecos horríveis: "Por que eu mentiria sobre isso?"

A carteira estava caída no pavimento aos pés dele. Estava bem ali. *Bem ali.* E agora? Devia estender a mão e pegá-la? Ela se recusou a fazer isso, pois era quase certo que se tratava de outra armadilha. Quase certo de que ele aproveitaria um instante de distração de Lena para derrubar a Beretta da mão dela e pisar em sua cabeça com a bota.

— Para trás, dois passos — ela ordenou. — Me dê espaço.

Ele obedeceu.

Sempre com a arma apontada para o policial, e sem tirar o dedo do gatilho, ela rapidamente se ajoelhou e pegou a carteira. Ela fez todo esse movimento e não sofreu nenhum ataque. Abriu a carteira com uma mão. Alguns cartões, e recibos. Um vale-refeição caiu da carteira.

— Na parte de trás, Lena. A última foto.

Porém agora havia outro problema: com uma mão só ela não conseguiria procurar o que desejava na carteira atulhada de papéis. Ela precisava manter a Beretta em sua mão dominante, apontada para Raycevic. Isso não era negociável. Não podia baixar a guarda.

Não podia baixar e não baixaria.

A voz dele ecoou de novo em sua cabeça: "Por que eu mentiria sobre isso?".

Então, duas coisas ocorreram a Lena Nguyen, como dois trovões gêmeos dentro da sua cabeça. A primeira: o posicionamento de ambos havia mudado gradualmente nos últimos trinta segundos. Agora Raycevic estava cinco passos à esquerda dela. Ele estava se distanciando discretamente desde o instante em que deixou cair a carteira. Os gestos dele na verdade não eram gestos de quem procurava desajeitadamente algo no bolso de trás; foi tudo calculado, cuidadoso como um lance de xadrez. Ele estava se afastando dela, por algum motivo.

A segunda coisa: uma resposta, enfim, à pergunta de Raycevic. Um arrepio percorreu o seu corpo de alto a baixo.

Ele está tentando me distrair!

Ela agora encontrava-se de costas para o caminhão CASCAVEL DO DESERTO estacionado. Isso tinha sido necessário, porque o sutil reposicionamento de Raycevic a havia levado a se afastar dele — *Ele está me distraindo* — e ela não podia ver a cabine escurecida do caminhão, nem ousaria se virar, porque isso acabaria com a única vantagem que lhe restava — *Ele está me distraindo* — e revelaria que Lena sabia que a história da namorada era balela.

Esse filho de uma puta está me distraindo!

Controlando a indignação, Lena olhou para Raycevic. Ela tinha a carteira dele na sua mão esquerda e a Beretta na direita. Teve medo de se mover. E até de respirar.

Ele está me distraindo para que o seu amigo no caminhão possa atirar em mim!

14.
A HISTÓRIA DE CAMBRY

— *Socorro!*

Cambry não sabe se o estranho dentro do caminhão a escutou. Ela está quase chegando à cabine agora, com o coração saltando pela boca.

Atrás dela, Raycevic freia a sua viatura. Os pneus guincham ao frear na estrada arenosa, e o carro desliza na pista irregular antes de parar. A sirene continua ligada. A barra de luzes vermelha e azul continua projetando sombras grotescas. Cambry sabe que o policial tem aquele rifle poderoso bem ao seu lado, no banco do passageiro, que ele só precisa pegar, mirar nas costas dela e atirar.

Cambry alcança a cabine, toma impulso correndo e salta para o apoio de pé, agarrando a maçaneta prateada sob o clarão de um relâmpago que corta o céu. Seus bíceps doem quando ela ergue o corpo para alcançar a janela do motorista e espiar lá dentro. O interior da cabine está totalmente escuro. Cambry não consegue ver o motorista. Ela bate na janela de vidro.

— *Socorro. Preciso de ajuda.* — *Ela bate com firmeza na janela, porém tenta não parecer ameaçadora.*

Um ruído metálico soa atrás dela. É Raycevic, que acaba de abrir a porta da viatura e saltar dela. Suas botas golpeiam a estrada numa rápida sequência.

Que se dane. Ela bate forte na janela, com o punho fechado.

— *Cambry* — *o policial grita.* — *Pare.*

Raycevic está fora do carro, mas mesmo assim a sua voz soa estranhamente abafada. Cambry sabe a razão disso:

Ele inclinou o corpo dentro do carro para pegar o rifle!

Sem mais um segundo a perder, ela tenta abrir a porta. Está destrancada! Ela abre mais a porta, e por pouco não perde o equilíbrio e cai para trás.

Do lado de dentro da cabine, tudo escuro. Ela não vê o motorista.

— *Olá?*

Nenhuma resposta. Para piorar, sua visão noturna está prejudicada, alterada pelas luzes da viatura de polícia. Mas ela sabe que não pode permanecer aqui, pendurada na lateral da cabine, ou Raycevic a matará com o rifle semiautomático que ele quase certamente está tirando do seu carro e apontando para ela nesse exato segundo.

Ela pula para dentro.

Está quente do lado de dentro, asfixiante. As palmas das suas mãos encontram uma cobertura de assento pegajosa de tão úmida. O lugar cheira a vestiário — fede a suor e meias sujas. E há outro cheiro no ar, algo doce e podre ao mesmo tempo, que Cambry não consegue identificar. É orgânico, intenso, animal. *Ela pisca e esfrega os olhos, e recupera o fôlego.*

Sim, a cabine está vazia. Sem motorista. E está escura demais para que se enxergue alguma coisa.

Onde é que foi parar o motorista?

Ela sabe que isso é impossível. Onde diabos ele está? Não pode ter simplesmente desaparecido. O caminhão não se dirigia sozinho. De súbito lhe vem à mente aquela história do Halloween, em que a Morte espera pacientemente numa caverna gelada.

Me disseram que você estaria aqui.

Do lado de fora, a sirene do cabo Raycevic cessa. O súbito silêncio é opressivo. Cambry pode ouvir os batimentos acelerados do próprio coração.

Ela tateia desesperadamente à procura da ignição — não há chaves penduradas nela. As luzes de condução do caminhão estão ligadas. O painel de bordo está aceso, um brilho alaranjado baço atrás de um contorno de volante. Mais uma vez: isso é impossível. Havia um homem bem aqui, instantes atrás — um corpo ocupando esse assento ainda quente — dirigindo e respirando e suando. Para onde ele foi, se não desapareceu no ar?

O que você estava fazendo no Carnaval?

A porta do motorista se fecha atrás dela, e o barulho a assusta. Mas é só o vento.

Seria ótimo se outro clarão de relâmpago surgisse agora para iluminar a cabine. Ela se sente indefesa na escuridão. E o ar está impregnado do estranho odor.

O rádio!, *ela se lembra.* Caminhoneiros têm rádios comunicadores, não?

Os assentos estão cobertos de um papel crepitante. Jornal? Revistas? Continua escuro demais para enxergar, mas enquanto as suas retinas se ajustam, ela descobre algo sobre o painel do caminhão, uma massa espessa. À direita do volante, a poucos metros de distância. Uma forma negra, sem luzes nem detalhes visíveis. Seria um rádio?

Ela estende a mão na direção do objeto.

Seus dedos esticados tocam uma superfície fria. Ela é coberta de pequenas protuberâncias. Parece couro macio — muito mais macio do que os estofados úmidos e ásperos da cabine. E há algo de errado com a forma do objeto também. Parece não ter extremidades nem cantos definidos. Em vez disso, seus dedos traçam contornos lisos. Curvas. Quase algo que ela descreveria como espirais.

A voz de Raycevic soa lá fora. Abafada pela porta.

Cambry prossegue em sua exploração, com dedos cautelosos, procurando por botões, alavancas ou um fone preso a um fio espiral; procurando, enfim, por algo reconhecível — mas só encontra mais curvaturas suaves. Ela venderia a sua alma por um clarão de relâmpago agora. Seu dedo indicador se detém no ponto mais alto de uma dessas curvaturas e segue por essa elevação. Ela sente uma sequência de pequenas protuberâncias. Como ossos sob pele sem pelos. Vértebras.

Pequenas demais, e muito numerosas, para serem de um gato ou cão sem pelo.

Do lado de fora, Raycevic grita novamente, mais alto, mas sua voz continua abafada.

E agora Cambry escuta um ruído sibilante baixo dentro da cabine onde está. O ruído vem de um ponto a centímetros do rosto dela. Ela o sente em sua face. Chega como uma brisa que levanta o seu cabelo. Como um jato de ar escapando de um pneu furado. Ela não descreveria isso como um assobio. Não a princípio.

É uma cobra!

Ela se paralisa, com as pontas dos dedos esticadas sobre as escamas frias.

Caralho... Isso aí é uma cobra gigante!

O animal a ataca de cima do painel, num violento movimento de chicotada. Cambry sente um sopro de ar concentrado em seu rosto e grita, e lança-se para trás nos assentos de couro. Ela derrama um líquido qualquer que estava sobre o console, e continua se afastando, se afastando, até suas costas baterem contra a porta do lado do motorista. Lá fora, Raycevic.

Nesse momento de pânico, ela já nem se lembrava mais do policial lá fora e seu terrível rifle. O mundo inteiro de Cambry se resumia à cobra, à maldita cobra absurda que se encontrava a centímetros do seu rosto na escuridão, e à lógica doentia do pesadelo que a havia trazido para a cabine desse caminhão abandonado. Tudo isso é como uma alucinação. Uma viagem de ácido.

Ela grita de novo. Prageja. É venenosa? Será que foi mordida? Não, parece que não. Ela toca no rosto. Não há sinal de sangue.

Mas é, sim, uma inacreditável cobra gigante enrolada no painel do caminhão, e continua sibilando ameaçadoramente para Cambry. O animal deve viver ali. Ela escuta as escamas da cobra esfregando-se aqui e ali enquanto o réptil se reposiciona. Deve ter entre três e quatro metros; uma píton, uma jiboia ou uma anaconda, enrolada sobre o painel do motorista como se fosse um ornamento. É uma situação de horror tão estúpida que Cambry até chega a rir. Segundos atrás, sem enxergar o que estava fazendo, ela passou a mão por toda a extensão do animal, molestando-o.

Passos de alguém na estrada. É Raycevic, e se aproxima rápido. Ele grita mais uma vez, com desespero na voz.

Cambry Nguyen também está desesperada, porque está dentro de um caminhão sem chaves e com uma maldita cobra. Não parece uma situação nem um pouco melhor do que a anterior. Ela precisa fazer alguma coisa. A porta do lado do motorista leva direto a Raycevic e significa morte imediata. Então ela rasteja na direção da porta do passageiro, sobre a alavanca de câmbio, sobre papéis crepitantes.

O ameaçador silvo da cobra se intensifica. Ela dá outro bote em Cambry, dessa vez pelo lado esquerdo.

Cambry bate contra a porta do passageiro. Tateia em busca da maçaneta, encontra-a e abre imediatamente a porta, deparando-se com a noite e a sua chance de fuga. Ela se lança na noite fria, e tenta agarrar o corrimão; mas não consegue, e cai com as mãos e os joelhos direto no acostamento cheio de cascalho.

O ritmo dos passos muda. Raycevic está correndo agora. Está do outro lado do caminhão.

Vá, vá, vá!

Ela se põe de pé num pulo e começa a se afastar. O reboque é um grande retângulo negro contra as luzes da polícia. A floresta é labiríntica e repleta de *pinheiros na beira de estrada*. Os pinheiros são formas intrincadas, alguns do tamanho de um homem, outros muito altos. Cambry pode descartar o Corolla e fugir agora mesmo, e ela tem uma boa vantagem para desaparecer em meio à folhagem baixa e sobreviver.

Ela ouve um ruído de metal rangendo — é Raycevic abrindo a porta do lado do motorista. Ele não sabe que Cambry já não está mais lá dentro. Isso vai lhe custar preciosos segundos. Mais do que segundos, se for mordido pela cobra lá dentro. Sim, ela tem vantagem sobre o policial.

Que babaca mais lerdo.

Ela resolve se afastar correndo, mas escorrega.

Há uma estranha superfície flexível debaixo dos pés dela. Escorregadia como uma pista de gelo. Oleosa, estridente. Ela se recompõe e sai mancando, com o tornozelo torcido, confusa e desorientada.

Então, finalmente surge o clarão de relâmpago que ela tanto desejava.

A iluminação temporária revela um plástico escorregadio colocado no chão, no acostamento da estrada. Ela caminha diretamente sobre o material. Lona cinza amarrotada, de grandes dimensões. A dois metros dali, imediatamente à esquerda dela — uma das árvores menores não é um árvore, de jeito nenhum.

É um homem.

O homem se volta para olhá-la, tão surpreso quanto ela. Sob o clarão turvo da claridade, ele lembra um astronauta. Apenas depois que a escuridão volta a cair e a imagem é gravada nas retinas de Cambry os detalhes surgem, e ela compreende o que acaba de ver.

O estranho está envolvido em plástico da cabeça aos pés. Como uma capa de chuva, porém reluzente e incolor. O material adere ao homem, enrugando-se. Nas mãos, ele tem luvas cirúrgicas, e botas de plástico nos pés. Apenas o seu rosto está exposto — apenas porque não usava a máscara no instante em que o relâmpago cruzou o céu.

Vestimenta para operação, *é o que ocorre a Cambry de imediato.* Como um cirurgião.

E agora, novamente na mais completa escuridão, ela não pode vê-lo. Mas pode ouvi-lo. Ele se move na direção de Cambry. Está a menos de dois metros dela agora, e se aproximando mais; seu movimento produz ruídos de chiado e guinchos de plástico agarrando-se à pele do homem em movimento.

O Homem de Plástico.

Cambry deixa escapar um grito rouco. De repente, todos os horrores da noite — o policial perseguidor, as quatro pirâmides de fogo ritual, até a cobra no caminhão — desapareceram. Tomada pela angústia e pelo medo, ela sentiu tudo girar ao seu redor e cambaleou para trás. Devia correr, devia escolher uma direção e sair correndo, mas suas botas de caminhada perdem a força de tração no plástico escorregadio, e os seus joelhos estão fracos demais.

E os sons de rangidos e chiados produzidos pelo atrito entre pele e plástico ficam cada vez mais audíveis na escuridão, à medida que o Homem de Plástico se aproxima dela, rápido, mas sem pressa.

15.
LENA

Toda noite, Cambry, você morre em meus sonhos.

Cada vez de uma maneira diferente. Às vezes, você é sufocada com um saco plástico na cabeça. Ou é executada por arma de fogo. Algumas vezes você é amordaçada e estuprada, e depois arremessada da ponte como se fosse lixo. Às vezes, a cena é mais exótica — você é decapitada com um golpe certeiro de pá, ou é eviscerada e os seus intestinos escapam do seu ventre como brilhantes cobras negras.

Eu sei que a maioria dessas mortes é impossível — apenas barulho produzido por uma mente hiperativa. Mas não posso evitar; estou presa a essas visões, mergulhada nelas. Amanhã, eu espero no mínimo que as coisas que descobrirei no encontro com o cabo Raycevic substituam horrores imaginados por horrores reais.

"Pare de pensar nisso", as pessoas me dizem. "Pare, Lena."

Mas como é que se *desliga* algo assim?

"Deixe pra lá as coisas ruins", eles dizem. "Procure se lembrar das coisas boas. Não se entregue aos pesadelos que a sua própria imaginação criou — coisa como intestinos brilhantes e gritos sufocados, ou a possibilidade de um estupro passar despercebida pelo legista. Concentre-se nas lembranças felizes que você tem da sua irmã gêmea, antes que essas lembranças se percam. Mas eu sempre sou atraída pelo aspecto maligno desse evento, e por uma verdade ainda pior: não tenho tantas lembranças assim de Cambry.

Lembranças boas? Lembranças ruins? De qualquer modo, as lembranças são escassas. Eu tenho outra confissão a fazer aqui, queridos leitores, e é uma confissão que fere: eu jamais fui próxima da minha irmã gêmea.

Isso é terrível, não é?

Irmãos gêmeos deviam ser inseparáveis.

Eu sei que isso é terrível. Mas nós não éramos muito parecidas. Ou talvez fôssemos parecidas demais — como os polos negativos de um ímã — e repelíssemos uma à outra durante os dezoito anos em que vivemos sob o mesmo teto em Olympia. Além disso, os nossos círculos de amigos eram diferentes — os meus amigos jogavam Magic: The Gathering, enquanto os de Cambry tombavam banheiros químicos e mijavam em tanques vazios de veículos pesados.

Esqueça as coisas ruins, Lena. Lembre-se das boas, as pessoas me dizem.

E eu apenas sorrio para elas como um estranho atrás da janela de uma casa trancada, porque ninguém compreende que *não existem* coisas boas. E se existem, são um recurso precioso, tão raro quanto criptonita. Minha irmã era uma estranha para mim, uma estranha que eu gostaria desesperadamente de conhecer. Mas agora não conhecerei jamais.

Isso não é patético? Eu sou a gêmea enlutada, e estou dirigindo até Montana para arriscar a minha vida e resolver o assassinato dela — e o tempo todo ninguém percebe que eu *mal a conhecia*! Exceto por algumas mensagens de texto esporádicas, nós duas não nos falávamos fazia bem mais de um ano.

Se o espírito dela pudesse me ver agora, provavelmente torceria o nariz: *"Por que você se importa tanto, Rata? Eu morri. Me deixe partir"*.

Eu acho que tenho medo de fazer isso. É difícil deixar partir alguém que você não conhece inteiramente e com quem você ainda teria tanto a compartilhar. Ela é um acúmulo de características e observações, como papel-carbono usado em meu cérebro. Cambry adorava rock clássico. O Halloween era a sua celebração favorita. Ela sempre tentava pôr coentro em tudo. Odiava estar em ambientes fechados. Quando menina, Cambry sumia na mata atrás da nossa casa — algumas vezes durante a tarde inteira, o que tirava os nossos pais do sério — e voltava suja, com mordidas de mosquito, e com um pote cheio de caracóis, centopeias e coisas do tipo.

E eu me lembro de que ela era imbatível no pique-esconde. Mesmo em ambientes fechados, ela de algum modo conseguia permanecer escondida por séculos, rastejando de cômodo em cômodo como uma sombra enquanto nós procurávamos por ela. Quando ela finalmente se cansava e aparecia para nós, ela explicava o seu feito como se não tivesse sido nada: "Eu tirei os meus sapatos e andei de meias para que vocês não escutassem os meus passos".

Dãã!

É irônico, porém, que a lembrança mais vívida que tenho da minha irmã seja a ocasião em que ela saltou do alto de uma ponte.

Isso aconteceu anos atrás, num verão. No último ano da escola. Em Ellensburg, numa manhã, um dia depois de um show no anfiteatro Gorge.

Foi numa das poucas ocasiões em que saímos juntas na companhia de outras pessoas. Cambry estava com os seus amigos, entre eles o seu namorado naquele momento — o Tipo idiota n.º 10 ou n.º 11, eu acho. Não me lembro do nome dele. Só me recordo de que ele tinha vinte e oito anos, e nós, dezoito. Voz rouca, cabeça raspada. Parecia saído de um episódio da série COPS.

— Você precisa contrair as suas nádegas — ele diz.

Há uma ponte ferroviária sobre cavaletes que passa por cima do rio Yakima. A estrutura de madeira dentada eleva-se quase dez metros acima do rio — uma pequena fração da distância entre a Ponte do Grampo e o chão abaixo dela. O rio Yakima é fundo o suficiente para mergulhar.

— Tem que contrair — ele repete. — É ciência.

Minha irmã está empoleirada na beira da ponte como uma estátua, com as mãos entrelaçadas, as panturrilhas rijas, seus dedos do pé sem pintura — e abaixo dela as águas azuis do rio.

— Por quê? — ela pergunta.

— É uma coisa que eu aprendi com os escoteiros. Veja, você pula dessa altura e bate primeiro com os pés na água, e é como aterrissar diretamente numa mangueira de incêndio... E é por isso que você precisa contrair as nádegas.

— Eu não entendo.

— É simples.

— Pode explicar melhor, por favor?

— É ciência, Cambry. — Ele agora está irritado. — Eu tenho uma medalha de mérito por isso, certo? Você tem que apertar as suas nádegas para que toda essa água pressurizada não exploda dentro da sua bunda e simplesmente *destrua* tudo o que há lá, porra.

— Sei.

Já entediada com ele, Cambry olha para mim.

Estou com calor e mal-humorada. Matando tempo com cerveja e maconha barata, que faz a minha garganta arder. Estou sentada lá em cima, nos dormentes oleosos da linha, junto com Cambry, o Tipo idiota nº 11 e algumas outras pessoas. Não vou pular com ela. De jeito nenhum. Isso foi ideia da Cambry. Por um momento, eu achei que ela fosse curtir com a minha cara de novo. Eu não me identifico com os amigos dela. Nunca me identifiquei, nem jamais vou me identificar.

Mas ela sorri para mim.

— Acha que eu vou morrer? — ela me pergunta.

— Quê?

— Acha que vou morrer, mana?

— Não se você contrair as nádegas — o namorado dela repete.

Mas ela tinha se dirigido a mim, e agora espera uma resposta; e eu não sei o que dizer. O dormente da linha férrea estava entre nós como uma bancada, com piche saindo por todos os lados, e ela estava inclinada, agarrando a borda com a ponta dos dedos e os dedos dos pés curvados. Mesmo nas minhas lembranças, ela é um mistério vivo e presente.

Na estrutura de madeira negra entre nós, há algumas variações curiosas do Dinossauro Bob desenhadas, entre latas de cerveja amassadas.

Minha irmã se inclina ainda mais sobre o vazio.

E a pergunta dela ainda paira no ar: *Acha que eu vou morrer, mana?*

Decido que não posso responder. Não vou responder. O que eu quero dizer é "Não sei. Você é que quer pular de uma ponte perfeitamente confortável direto num rio infestado de mosquitos". Nós estamos todos de ressaca, desidratados. Ninguém mais quer dar um mergulho mortal nesse rio. Aliás, ninguém tem uma muda extra de roupa. Acho que Cambry também não tem.

Mas ela está lá, então ela precisa saltar. Mas não somente saltar: ela decide também que quer tentar agarrar uma viga de cavalete que sobressai alguns centímetros do resto da estrutura. Cerca de três metros abaixo de nós, e seis metros acima da água. Como uma trapezista. Só porque ela pode, ou está curiosa para saber se pode. Lembro-me de pensar: *Eu a odeio. Odeio os impulsos dela. A curiosidade negligente dela.*

Acha que eu vou morrer, Lena?

Não. Eu não vou responder isso.

Ela agora está pendurada por uma só mão no dormente, os dedos de unhas roídas agarrando a madeira. Livre, o seu outro braço balança no ar. Ela me faz outra pergunta, não menos obtusa:

— Acha que existe vida após a morte, Lena?

— Como céu e inferno?

— *Por aí.*

— Como espíritos?

— *Por aí.*

— Acho que sim — respondo depois de pensar um pouco.

Ela faz um aceno com a cabeça, pensativa, enquanto balança sobre a água. Como se algo lá embaixo a estivesse chamando. Então volta a olhar para mim, retirando mechas de cabelo do rosto para revelar um sorriso melancólico.

— Eu acho que não — ela diz.

Isso me surpreende. Já vi a minha irmã se entristecer e chorar, mas nunca vi em seu rosto essa expressão que vejo agora.

E então ela se lança.

Ela se deixa cair da borda da ponte, sua mão vai se afastando; seu corpo, sua voz e todos os seus mistérios desaparecem em um instante, e eu estico o pescoço para baixo a fim de segui-la através da estrutura de cavaletes enquanto ela mergulha.

— *Contraia as nádegas!*

Tenho a impressão de que ela permanece no ar por um segundo inteiro, mas sei que isso não é possível a uma altura de dez metros. No meio do caminho, ela estende as mãos para tentar agarrar a viga, mas não consegue.

Eu não estava exatamente torcendo por ela.

Mas o pulso dela bate com força na madeira quando ela tenta a manobra. Eu ainda posso ouvir o som desse choque; foi quase um "clique", como o pêndulo de um relógio carrilhão.

E Cambry alcança a água. Ela rompe a superfície do rio com um violento baque seco, e um jato de água verde e branco atinge a parte de baixo da ponte, salpicando de gotas o local. Através da estrutura de madeira da ponte, eu mal enxergo as ondulações se propagando na água — apenas o suficiente para saber que Cambry tocou o rio primeiro com os pés, segundo as instruções do Tipo idiota n.º 11. Quanto à situação das nádegas dela, eu não sei, porque jamais perguntaria isso a ela.

Enquanto esperamos que a cabeça dela apareça na água lá embaixo, eu me sinto realmente só. Os amigos dela não têm nada para me dizer. E eu não tenho nada a dizer a eles. Eu sou uma cópia menos divertida da Cambry, e nós estamos juntos aqui porque os ingressos para o show foram obtidos pelo Groupon. Eu fico passando os dedos de leve sobre os desenhos a giz do Dinossauro Bob, de Cambry, e acidentalmente sujo os olhos do personagem com o meu dedão.

Alguém deixa cair uma lata de cerveja. Ela ricocheteia na viga que Cambry tentou alcançar e acaba na água.

As ondas produzidas pela queda de Cambry já sumiram, levadas pela corrente.

O namorado dela passa por mim, com os olhos semicerrados, atirando para o lado mais uma lata de cerveja. Todos estão se aproximando mais da borda da ponte agora. Ele é o primeiro a expressar em voz alta algo que todos estão pensando.

— Ela...

Eu me aproximo da borda também, sentindo o medo crescer traiçoeiramente em meu peito enquanto eu observo a água à procura de movimento.

Do cabelo negro dela ondulando nas águas. À procura de um braço, uma perna, algum sinal de vida...

— Ela sumiu — o cara disse por fim.

***

FAÇA-A DESAPARECER, LIA-SE NA nota escrita à mão.

A escrita era alongada e fina, feita com caneta azul, num papel de caderno pautado que foi colado em um rádio CB Quadratec modelo de luxo encaixado no painel do caminhão — numa adaptação personalizada e cara. O rádio sintonizava noventa e seis canais, seis deles de frequências de emergência, e dois da polícia.

Uma segunda nota estava colada mais acima:

Lena Nguyen. Pte Grampo. DESARMADA

Acima do rádio, na parte mais alta do painel, uma jiboia de cauda vermelha colombiana, fêmea, repousava sob o sol luminoso. Ela estava toda enrolada e assim parecia ter o tamanho de uma bola de futebol, mas, na verdade, quando estava estendida, ela media quase três metros e meio de ponta a ponta. Suas escamas exibiam um desbotamento nítido, do amarelo-pálido ao vermelho apagado, com um brilho prateado. Os olhos do animal, sempre atentos, não tinham pálpebras.

O painel estava coberto de riscas castanhas e brancas como giz, que formavam uma crosta; a tentativa de limpar essas fezes de jiboia com guardanapos de restaurantes *fast-food* havia fracassado. Abaixo do porta-luvas, espalhadas por todo o chão, embalagens amassadas de hambúrguer e batatas fritas se amontoavam ao redor de pilhas colossais de exemplares antigos da *Playboy* e da *Hustler*.

No centro do console, havia uma garrafa de Golden Rule — *Chá com Açúcar de Verdade, Sem Nada Artificial!* — encaixada no porta-copo, bebida pela metade. Batia sol no gargalo. Estava estampada na garrafa uma gravura, já manchada, do lábio inferior de um homem.

A alguns centímetros de distância, uma caixa de munição com vinte balas Remington Express para Winchester calibre .30 estava no assento do motorista, na fivela do cinto de segurança. As abas da caixa estavam abertas, expondo pontas douradas de projéteis num envoltório plástico. Faltavam sete.

Próximo dessa munição, agachado num ponto escuro, estava o único ocupante do caminhão. O homem que ocupava essas acomodações cheias de revistas masculinas crepitantes e merda de réptil estava recurvado sobre os joelhos no chão, no espaço dos pedais do caminhão. O cotovelo direito estava encostado no volante, para uma postura firme de tiro. O rifle que ele empunhava era um Winchester com ação de alavanca, acabamento oxidado e coronha de nogueira polida e gravada com as assinaturas de todo o elenco e da equipe de produção do filme *Bravura indômita*, com John Wayne, de 1969. A arma estava posicionada no canto da janela do lado do motorista, na mais fina curva diagonal entre o vidro e a estrutura, para que apenas uma parte mínima do cano se projetasse para fora à luz do dia.

A alça de mira chanfrada do rifle apontava diretamente para a coluna vertebral de Lena Nguyen, que ele tinha a função de recolher como se fosse um funcionário da carrocinha. Lena estava agora perto do cabo Raycevic na pista norte da ponte, a cerca de dez metros de distância. Ela não viu o atirador no caminhão. A pistola dela estava em sua mão direita, apontada para Ray. A atenção dela estava em algo à sua esquerda. A manobra de distração de Ray, fosse qual fosse, parecia envolver a carteira dele.

Enquanto Lena inspecionava a carteira, Ray furtivamente deu mais um passo para trás, abrindo um metro e meio de distância entre os dois. Já era espaço suficiente para ficar a salvo. Ele se vira discretamente e olha para o caminhão.

"Atire", ele diz, gesticulando os lábios sem produzir som.

O atirador soltou a trava de segurança do rifle, e em sua mira viu Lena dirigir a Ray um olhar duro. Ela não poderia ter escutado o clique. Talvez ela tivesse visto os lábios dele movendo-se. Ou será que percebeu quando Ray se afastou? Era possível que ela soubesse? Lena voltou a olhar para a carteira em sua mão (que tipo de distração era essa, afinal?) e deu um passo tímido para trás. A mira do rifle a seguiu, mantendo-se diretamente em suas costas.

Com o rosto avermelhado, Ray mexeu os lábios de novo, furiosamente: "Atire. Atire".

O atirador firmou o dedo no gatilho.

Porém Lena deu mais um passo para trás. O atirador a seguiu de perto também nesse passo vacilante. Ela deixou cair a carteira de Ray, que bateu no chão.

E ela deu mais um passo, e a alça de mira a acompanhou.

Lena finalmente parou, e ficou imóvel como um pássaro prestes a ser alvejado; e o pontinho luminoso da morte se fixou em sua espinha dorsal. Ela estava no papo. Sua cabeça se inclinou para o lado, como se ela tentasse ouvir um ruído distante. Como se um sussurro em sua mente a alertasse sobre o perigo logo atrás dela — mas era muito pouco, e muito tarde.

Ele pressionou o gatilho um pouco mais, e mais...

"Atire agora."

Então a garota girou o corpo abruptamente, rápida como um raio, e olhou para a mira do Winchester — e para o olho atrás dela — diretamente. Sua pistola preta mudou de direção, sua segunda mão envolveu a arma, e ela fez pontaria. Toda a manobra durou uma fração de segundo, e quando o atirador se deu conta ela já havia disparado.

Fendas se abriram na janela do motorista — o impacto estilhaçou o vidro frágil; o baque demolidor do chumbo, o estalido produzido pelo deslocamento do ar. O tiro chegou um microssegundo depois, um leve estalo quebrando a barreira do som. Nesse momento, o homem já havia se abaixado por puro reflexo, e estava meio caído no chão, meio agachado atrás da porta.

O Winchester caiu em seu colo, e ele se atrapalhou com as próprias mãos.

O eco do tiro diminuiu. Tudo aconteceu muito rápido. Com a bunda agora em cima de restos de *fast-food*, ele olhou para cima, piscando, e viu o buraco recém-aberto em sua janela. Em forma de estrela cristalina contra o céu branco. Com base no ponto em que a bala atingiu o vidro, ele concluiu que Lena havia errado a sua cara por um ou dois centímetros, se tanto. Um tiro disparado de mais de dez metros de distância, um tiro disparado numa fração de segundo. Sem mencionar que ela ainda havia girado o corpo antes.

Enquanto firmava o rifle no ombro e se erguia para revidar, ele disse a si mesmo, esbravejando:

— Onde *diabo* essa mulher aprendeu a atirar desse jeito?

16.
A HISTÓRIA DE CAMBRY

— Pegue-a! Pegue-a agora!

Cambry reconhece a voz fervorosa do cabo Raycevic na escuridão, que parecia próxima, enquanto dedos enormes se fecham em torno da sua traqueia e a apertam. O homem embrulhado em plástico já havia percorrido com velocidade impressionante a distância que o separava dela.

Ela tenta gritar, mas é impedida pela mão enluvada que lhe aperta fortemente a garganta com o dedo indicador e o polegar. Ela sente o plástico frio do homem em contato com sua pele. Com a forte pressão, o sangue se acumula no cérebro dela, fazendo seus pensamentos flutuarem.

Vozes soam em torno dela:

— Você a pegou?

— Sim.

— Certeza?

— Já disse que peguei, Ray-Ray. — *A segunda voz vem diretamente de trás do ouvido direito de Cambry, abafada por uma máscara. A voz é grave, cheia de calor e fluidez. Ela sente o cheiro agradável de algo doce, parecido com chá.* — Ela me surpreendeu. Você podia ter me avisado que ela estava tão perto.

Antes mesmo de terminar de falar, o homem aperta com mais força ainda a sua garganta, torcendo-lhe a mandíbula dolorosamente para cima e entortando-a. Cambry sente suas narinas incharem a ponto de explodir. Seus olhos se enchem de lágrimas ardentes. Seu peito infla com a pressão, como um grito de pânico sufocado dentro das costelas.

— Cuidado! — *Há temor na voz de Raycevic.* — Cuidado aí. Vai deixar marcas na pele dela...

— Ah, Ray-Ray, pelo amor de Deus.

— Sem marcas de dedos! Sem escoriações. Nenhuma evidência, nada. Se esmagar a traqueia dela vai deixar uma pista clara. Faça apenas pressão indireta, constante. Não é difícil. Entendeu?

A pressão do Homem de Plástico não diminui. Mas o angustiante aperto cede um pouco sob a mandíbula dela. Os cotovelos dela estão dolorosamente torcidos para cima, como asas de pássaro — ela nem consegue se lembrar de que maneira o homem fez isso. Seja qual for essa técnica para subjugar, ele já fez isso antes. Ou melhor, eles já fizeram isso antes. Essa noite inteira foi uma sucessão de calamidades, uma após a outra; mas para esses homens que estão batendo boca agora, isso não passa de rotina. E isso abre caminho para a derradeira e mais visceral descrença de todas:

Estou sendo assassinada. Nesse instante.

Por um psicopata de fala mansa fantasiado de preservativo.

Pesadelos podem mesmo se tornar realidade, mas nunca da maneira que você espera. O homem a puxa para trás, como se a deitasse em uma poltrona reclinável. Ela bate no chão num frenesi de desespero, buscando algo em que se agarrar. Mas só há metros de um frustrante e escorregadio plástico. Como o chão inclinado de uma banheira.

É isso, Cambry.

É assim que você vai encontrar o seu fim.

Bem aqui, numa estrada deserta no Condado de Howard, Montana. Assassinada por um criminoso com uniforme de policial e um caminhoneiro gordo. Estrangulada até a morte por um homem coberto da cabeça aos pés com filme plástico, com suas mãos enrugadas de múmia apertadas em torno da garganta dela. Ainda assim, Cambry luta. Seus calcanhares se arrastam no plástico.

Ela volta a escutar a voz calorosa dele ao seu ouvido.

— Ei. Sabe como uma jiboia-constritora sufoca um coelho?

Eu não ligo a mínima, seu filho da puta, *ela diria se pudesse.*

Mas já se passaram vinte, trinta segundos de sufocamento. Sua respiração aprisionada faz seus pulmões queimarem. Ela não pode manter a consciência por muito mais tempo. O oxigênio está minguando em seu cérebro, seus pensamentos são incertos.

— Ah, desculpe. Por um momento eu achei que você fosse responder, veja só. — O Homem de Plástico funga, fazendo um ruído abjeto. — Então. A jiboia tem uma boca cor-de-rosa cheia de dentes curvados que lembram agulhas. Ela prende o coelho com esses dentes, dúzias de pequenos anzóis, enquanto se enrola nele e começa a apertar...

Ela percebe que a pressão do braço esquerdo do homem é menor. Ela se esquiva, se contorce. Ela pode libertar seu ombro da compressão aplicada pelo caminhoneiro. Mas precisa fazer isso devagar. Um centímetro suarento por vez, até escapar...

— E esse aperto aumenta, muito lentamente, e é como um laço. Mas não é uma pressão forte — ela é constante, gradual. Como um aperto de mão firme. O coelho ainda pode ter ar nos pulmões, do momento anterior ao ataque. Talvez ele pense que vai ficar bem, e que pode simplesmente esperar. Até expirar.

Ela está quase conseguindo.

Cambry se contorce com mais vigor. Para o seu terror, porém, há uma nova e poderosa escuridão em torno dela, crescendo, tomando conta dos seus pensamentos, e um gosto pútrido em seus dentes. Água de rio. Algas verdes.

— Então veja. No instante em que o coelho deixa o ar sair, seu peito se contrai um pouco, e a compressão da jiboia aumenta; e os pulmões do coelho não voltarão a se encher totalmente de ar. Depois desse gentil e constante aperto, cada respiração é um pouco menor, um pouco mais fraca...

Ela continua girando o braço em busca da liberdade, torturantes centímetro após centímetro, superando os seus próprios pensamentos enfraquecidos; mas a sua mente a transporta de volta ao rio Yakima, sob a ponte da ferrovia, presa muito abaixo da superfície vítrea da água, seus pulmões inchando horrivelmente. Debatendo-se debaixo de uma pesada camada de água fria, sem ninguém para ajudá-la.

— E depois de respirar três, quatro, dez vezes talvez — o homem continua —, os pulmões do coelho não podem mais se expandir.

Os músculos de Cambry Nguyen se transformam em geleia. Ela fica mole.

Com a abominável voz dele ao seu ouvido enquanto ela desce mais fundo na escuridão sufocante do rio, afundando, afundando:

— Você não é a primeira. E não será a última. Você não é nada, como o coelho para a jiboia. No final, quando partir, vai ser completamente esquecida.

Lena, *ela pensa enquanto mergulha mais fundo.*

Lena não se esquecerá de mim.

Ela virá me procurar.

Ela já está pulando no rio...

17.
LENA

Eu caio na água, e por uma fração de segundo ela parece sólida e intransponível como asfalto. Eu posso jurar que estou chapinhando nela como um inseto num para-brisa. O ar é expulso dos meus pulmões. Minhas pernas ficam imediatamente vermelhas.

Eu não me lembro de ter decidido pular atrás dela.

Eu simplesmente pulei.

Mas eu me lembro da queda em si, de como o Tipo idiota nº 11 e todos os outros sumiram atrás de mim como se eu tivesse sido impulsionada por um motor a jato. Um tombo desorientador, que fez o céu, os cavaletes e a água mudarem de lugar de uma maneira louca. Percebo que fiz tudo errado no instante em que aterrisso de lado no rio. Definitivamente, com cem por cento de certeza, eu *não* contraí as minhas nádegas.

E agora eu não sei como faço para voltar a subir. Eu ainda estou girando, mas mais devagar agora, debaixo da água gelada e cercada de bolhas. Meus dentes doem. Há uma campainha em meus ouvidos. Abro os olhos, mas vejo apenas escuridão perfurada por raios distantes de sol. Eu deslizo os meus dedos doloridos de um lado para outro, explorando toda essa escuridão em busca da minha irmã. Mas não encontro nada.

Mas pelo menos eu sei onde o céu está — consigo encontrá-lo — e espero que mais alguém do grupo se espatife na superfície brilhante acima de mim, batendo na água primeiro com os pés, e então caia sobre mim e me quebre o pescoço. Em meio à quietude gelada, levo mais alguns instantes para perceber que estou sozinha, que nenhum dos amigos de Cambry — nem mesmo o seu namorado — vai pular da ponte pela minha irmã.

Só eu e mais ninguém.

Sou a única que pulou atrás de Cambry.

Estou sozinha me debatendo sob as águas frias desse rio. A pressão queima os meus pulmões. O impacto do mergulho me fez perder o fôlego. Sei que devia me impulsionar para cima buscando camadas de água mais quentes, até chegar à superfície banhada pelo sol e respirar, e só então mergulhar novamente. Mas não faço isso. Não posso.

Sou uma péssima nadadora. Minha forma física não é das melhores. Eu não consigo mergulhar mais do que alguns poucos metros na vertical. Portanto esse momento, esse exato momento — a cerca de três metros de profundidade, que consegui alcançar pulando do alto da ponte de dez metros — é a única chance que tenho de encontrá-la. Eu jamais vou conseguir chegar tão fundo novamente. E ela está ficando sem ar, em algum lugar na escuridão do fundo desse rio. Aconteça o que acontecer, a minha decisão já está tomada: se a minha irmã se afogar aqui, eu me afogo também.

Eu me deparo com raízes retorcidas. Estranhas plantas pegajosas se enrolam em meus dedos. Eu me livro delas, mas elas continuam aparecendo e se agarrando a mim fortemente. Meus pulmões estão queimando agora, e o meu cérebro grita por oxigênio, e o meu corpo — em seu estúpido desespero — implora para que eu abra a boca e tente inalar essa água escura.

Vou ser honesta. Não me lembro muito bem do que aconteceu na fria e opressiva profundeza desse rio.

Só sei que encontrei minha irmã.

Nós irrompemos juntas na superfície. Sugo avidamente o ar por minha garganta dolorida, engasgando com a água verde. A luz do sol fere meus olhos. Não me lembro de ter visto o sol brilhar mais do que nesse dia. Minha irmã está comigo; eu a seguro firme. Não sei dizer se ela está consciente — na verdade, nem sei se ela está viva.

Lutando para manter nossa cabeça acima da superfície da água, eu me inclino para trás e começo a nadar de costas. Não consigo enxergar a margem. Apenas um vasto céu azul e a estrutura coberta de piche da ponte da qual saltamos, encobertos pelo movimento das ondas. Eu procuro sincronizar minhas respirações com esse movimento. Meu peito palpita; machucados, meus braços e pernas estão no limite da exaustão, e cada movimento é torturante. Minha energia está no fim. Estou muito fraca. Vamos afundar.

A cabeça da Cambry está sobre o meu ombro; o vaivém das ondas cobre ainda mais o seu rosto, e eu tenho medo de olhar para ela. Tenho medo de que ela já esteja morta, e eu lhe pediria desculpa se eu tivesse fôlego, eu me desculparia por não ter mais forças, por deixá-la afundar, por permitir que nós duas sejamos tragadas pela correnteza e...

Sinto um terreno pedregoso sob os meus pés.

Nós estamos em terra.

Eu me ergo e subo pela elevação até a margem do rio, com minha irmã nos braços. Desabo na areia molhada. Tusso água, cuspindo grama e ramos. E agora os outros aparecem — o namorado dela e os amigos seguiram os trilhos da via férrea e pegaram um caminho mais longo para chegar aqui — e só agora eles se amontoam em torno de nós e perguntam se estamos bem, numa verdadeira floresta de braços, pernas e ombros bloqueando o sol. Cambry está bem ao meu lado, estendida na areia, e o Tipo idiota nº 11 a está puxando para cima. Olho para o rosto dela e me espanto, temendo pelo pior: se ela estiver inconsciente, nenhum de nós sabe aplicar técnicas de reanimação.

Os olhos dela estão bem abertos.

Ela está nos braços do namorado, mas olhando para mim, por sobre o ombro dele, e parece perfeitamente consciente. Há um temor respeitoso no olhar dela, como se ela tivesse se deparado com a morte e testemunhado o próprio fim na escuridão das águas. É algo difícil de descrever, mas eu sinto como se já a tivesse perdido de alguma maneira impalpável.

Um filete de sangue escorre pela sobrancelha dela, formando gotículas em seus cílios. Ela pisca para expulsá-las. Apenas agora eu me dou conta de que o ruído que escutei quando Cambry pulou não era do pulso dela batendo na viga.

Eu me arrependo de ter torcido contra ela; queria não ter feito isso.

Mas nós não abrimos a boca para falar. Apenas ficamos sentadas em silêncio, trêmulas e exaustas, enquanto outros falavam por nós. Dando tapinhas em nossas costas, cumprimentando a gente, fazendo piada. Alguém abriu uma lata de cerveja e praticamente a enfiou na minha cara. Nós fomos embora do rio pouco depois. Os amigos dela seguiram também o seu caminho. A maioria deles eu nunca mais vi. Soube pelo Facebook que um deles morreu no ano passado. De overdose ou coisa parecida.

Depois disso, Cambry e eu nunca falamos sobre esse assunto. Voltamos em carros separados para casa, e na semana seguinte, ela se mudou, em meio a um caos de portas batendo e malas sendo atiradas. Não acredito que ela tenha voltado a visitar o rio Yakima, nem aquela ponte ferroviária de madeira. Para ser bem honesta, talvez minha irmã nem saiba que fui eu quem se atirou no rio à procura dela e a arrastou para fora de lá. É possível que ela acredite que quem fez isso foi o namorado dela. E ele com certeza achou bom que Cambry pensasse assim. Será que algum dos amigos da minha irmã contou a ela o que houve? Porque eu jamais contei.

Eu não estou contando isso para me gabar. Preciso escrever isso porque não posso mais esperar: existe uma chance considerável de que eu não viva por muito mais tempo. Eu gosto dessa lembrança, sempre gostei; eu me agarro a ela quando as pessoas insistem para que eu me lembre das coisas boas que vivi com minha irmã. Não é uma lembrança isenta de vaidade — só porque, de certa forma, por alguns momentos de horror, nosso relacionamento incompleto como irmãs se tornou perfeito e significativo. Ela precisou de ajuda, e eu estava lá.

Espero que ela saiba que era eu.

Não aquele bundão do namorado dela, há muito esquecido.

Eu a amava. Eu *ainda* a amo. Cambry pode ser uma estranha para mim, mas se ela precisar — agora e sempre — eu irei até ela sem hesitar, não importa quantos quilômetros do desconhecido nos separem.

Por isso, amanhã eu vou saltar mais uma vez naquelas águas escuras.

E dessa vez, aconteça o que acontecer, eu sei que não poderei puxá-la para a superfície. Deus, eu queria tanto poder fazer isso. Queria tanto que as histórias dos espíritos que rondam a Ponte do Grampo se tornassem realidade amanhã, queria tanto descobrir que o tecido do espaço-tempo lá é fino o suficiente para que eu possa atravessar do presente para o passado, para o momento em que Raycevic a matou. Eu puxaria uma corda cósmica para mudar o destino da minha irmã. Eu consertaria isso para que ela nunca parasse naquela ponte e pudesse ser para sempre em minha mente aquela garota aventureira, lançando-se por estradas e atalhos de White Sands a Everglades, a garota sempre em movimento com um caderno e muitos truques na manga, que nunca, jamais parava. Eu trocaria de lugar com ela sem pensar duas vezes. Se eu pelo menos pudesse.

Mas talvez, quando confrontar o assassino dela naquela ponte, eu entenda o que aconteceu com ela. Talvez eu conheça um pouco mais sobre a minha irmã, sobre quem ela realmente era. Talvez eu consiga dormir melhor. Talvez os pesadelos acabem, e eu pare de ver os sacos plásticos e os gritos guturais e os intestinos à mostra no teto do meu quarto.

E se eu não tiver sucesso em nada disso...

Sempre existe a possibilidade de vingança.

A vingança bastará para mim.

***

LENA DUVIDAVA DE QUE SEU ÚNICO TIRO, disparado precipitadamente, tivesse acertado o atirador dentro da cabine. Ela viu a janela semiaberta ficar opaca devido às rachaduras. E o cano do rifle oscilou para cima e caiu dentro da cabine.

Silêncio.

O barulho da detonação da Beretta se propagou como um trovão pelo ar. A cápsula ejetada da arma produz um som metálico ao bater no concreto. Lena deixa cair a bolsa e corrige a sua posição de tiro, voltando a mirar na porta do motorista do caminhão. O velho havia sumido de vista. Pode estar agachado, ou talvez tenha sido atingido. Seria ótimo se o tivesse acertado, mas Lena não acreditava que teria tanta sorte. Não hoje.

Seus pensamentos estavam acelerados. A mira da Beretta balançava em sua mão.

Eles mataram a minha irmã. Esses dois!

Então era isto: um caminhoneiro caolho com um sotaque idiota e um patrulheiro rodoviário degenerado. Lena havia se preparado para lidar com o assassino de Cambry. Mas não com *os assassinos* de Cambry. Apesar de toda a estratégia que havia elaborado, algo crucial lhe escapara e ela agora reconhecia isto: até o início do dia de hoje, ela nunca havia considerado a possibilidade de ter de enfrentar mais de um inimigo na Ponte do Grampo. Ela podia manter um homem sob a mira da sua arma. Mas dois não. Principalmente um estranho num caminhão, que sabia usar rifles, e Raycevic...

Raycevic!, ela se lembrou num sobressalto, aterrorizada. Lena havia se esquecido do policial, dando a ele a brecha que ele estava esperando.

Ela girou para a sua esquerda, apontando a pistola para o policial algemado. Lena temia que Raycevic já estivesse tentando se aproximar dela a fim de enfrentá-la e tomar-lhe a Beretta das mãos, mas isso não aconteceu — ele estava caído no pavimento. Torcendo as mãos algemadas atrás das costas. Deslizando-as sobre o tornozelo.

— Ei! — ela gritou, sem saber ao certo o que mais dizer. — Pare.

O eco do tiro que Lena havia disparado ainda reverberava na distância. Não era uma boa hora para se sentir inadequada.

Sobre o concreto, Raycevic continuou torcendo as mãos próximo dos seus pés. Parecia um tanto patético, como uma tartaruga com o casco para baixo. Ele estendeu a cabeça para trás, na direção do caminhão, e gritou:

— Atire nela!

Instintivamente, Lena fez pontaria nele. Por uma fração de segundo, tomada pelo pânico, ela quase atirou em Raycevic. Ali mesmo. E bem no estômago.

A voz do policial soou alto, e um filete de saliva escorreu de sua boca:

— Agora! Atira nela, *atiraaaa!!*

O caminhão!, a mente de Lena gritou. *A porra do caminhão com aquele lixo e aquela porra de rifle!*

O ar se tornou pastoso. Com a adrenalina a milhão, Lena virou-se rápido para olhar o caminhão — sim, o homem do rifle estava novamente posicionado atrás da porta, escondido bem entre o canto da janela e o buraco de bala que ela havia acabado de abrir. Com o cano do rifle apontado diretamente para ela. Um clarão brilhou.

Lena se atirou no chão, e houve uma ensurdecedora explosão. Um projétil de grosso calibre perfurou o ar de modo perturbador e passou assombrosamente perto dela, zunindo sobre a sua cabeça. Com a barriga colada à pista, ela fez pontaria e atirou em resposta.

Um tiro infeliz. Ela nem mesmo teve certeza de ter acertado o caminhão.

O rifle se moveu; o atirador o estava reposicionando. Lena não podia ver o homem agachado dentro da cabine — tinha apenas vislumbres de movimento na escuridão da cabine, alguns centímetros de couro cabeludo exposto, enquanto o caminhoneiro apontava para ela novamente. O estrondo do tiro de rifle provavelmente arrebentou de vez a janela danificada; o vidro temperado caiu pela porta abaixo num feixe azul e branco brilhante. Fosse qual fosse a arma que o sujeito empunhava naquele ninho de escuridão, era uma das grandes. Barulhenta. E ele estava pronto para atirar de novo.

Eu estou exposta.

Ela precisava se abrigar. Precisava se proteger atrás de alguma coisa sólida. Cerca de seis metros de distância atrás dela, à esquerda, estava o Corolla de Cambry. Era isso ou nada.

Lena se levantou. Primeiro pôs as palmas da mão no chão — o cano da Beretta raspou ruidosamente no cimento — e depois se ergueu inclinando-se para a frente, como um corredor na largada de uma competição. *Tenho que chegar ao carro. Não posso parar.*

— Ela está correndo! — Raycevic gritou.

O caminhoneiro atirou mais uma vez. De novo ela *sentiu* a bala zunindo pelo ar à sua esquerda, salpicando-a com lascas de concreto. Ela tropeçou, com areia nos olhos. Ainda correndo, ela girou a cabeça para espiar Raycevic. Ele também estava de pé. Encurvado, com uma das pernas da calça levantada, ele continuou gritando:

— Atire nela! *Não pare de atirar nela!*

Ela corria o mais rápido que podia. *Tenho que chegar lá.*

Lena logo alcançou o carro azul da irmã. Ela ergueu as pernas e se atirou para trás, a fim de escorregar até o carro quando faltava pouco mais de um metro para alcançá-lo. Porém machucou as costas no chão ao deslizar na superfície áspera. Seu cóccix estava protegido pelo jeans, mas seu cotovelo direito ficou todo esfolado, como se tivesse sido passado num ralador.

Ela gritou, ainda escorregando.

Um projétil de rifle atingiu o Corolla — a estrutura da placa do carro explodiu — mas não acertou Lena. Ela bateu o joelho no gradil da ponte. Agora estava segura atrás do carro. Ela havia conseguido.

Depois desse esforço de corrida furioso, seu coração estava martelando no peito. Nada disso parecia real. O horror visceral de passar os últimos vinte segundos trocando tiros não podia ter acontecido de verdade. Ela percebeu que a sua mão direita estava vazia.

Não, a Beretta estava em sua mão esquerda agora. Ela não se lembrava de ter trocado de mão, mas tinha trocado. Seu joelho pulsava no local onde havia batido contra o gradil da ponte. Seu cotovelo esfolado doía. Ela sentia o sangue escorrer pela manga da roupa, quente e pegajoso sob o tecido. E o sol nos olhos dela era tão estranhamente, tão anormalmente *laranja*. A fumaça do incêndio escurecia o ar. Como um sonho estranho, o sol parecia uma estrela moribunda de algum outro planeta.

Foco! O cérebro dela a arrastava para um milhão de direções. Um milhão de detalhes sensoriais que não representavam nada além de distração. Ela rolou de bruços no chão e se arrastou até o para-lama dianteiro do Corolla, e ficou de costas para o metal, protegendo-se atrás do bloco do motor — a parte mais densa e sólida de qualquer carro.

Mais um tiro de rifle foi disparado. Um baque metálico se ouviu quando a bala atingiu o Corolla. Lena sentiu o forte impacto chacoalhar os seus ossos. Por pouco não deixou a Beretta cair entre os joelhos.

Tudo bem.

Ela limpou a poeira dos olhos. Seus dedos tremiam. Ela tentou raciocinar.

Certo, Lena. Pense.

O caminhoneiro estava atirando escondido num ponto da sua cabine, do outro lado da ponte, mas não podia acertá-la sem se reposicionar. Ela estava bem protegida pela estrutura do carro de Cambry. Apesar de ter machucado bastante o cotovelo antes mesmo de alcançar o carro, ela estava temporariamente a salvo.

Contudo, a arma ensurdecedora do homem — fosse qual fosse o diabo da arma — evidentemente tinha um alcance maior do que o da Beretta dela. E era mais poderosa. E mais certeira. E mais barulhenta. Era mais tudo, enfim.

Mantenha o foco. O que Cambry faria?

Ela espiou por sobre o para-lama do Corolla. De lado, expondo-se o menos possível. Lena não conseguia ver o caminhoneiro no interior da cabine.

Mas ela notou alguma coisa — mais movimento. O cano do rifle movendo-se sobre a porta. Fazendo mira. O sujeito se preparava para atirar de novo.

Porém Lena atirou antes.

Ela ergueu a Beretta sobre o para-lama quente e disparou tiros em rápida sequência, na direção em que ela acreditava que a cara do vagabundo estava. Não era possível ter precisão nessa situação. Ela estava em pânico, atirando num alvo do qual mal tinha vislumbres. Ela atirava rápido e sem convicção, e em sua mente contava a munição restante — *Doze balas, onze, dez, nove, oito* — sabendo que assim só conseguia despejar tiros inofensivos sobre a cabeça dele, que entravam por uma janela e saíam pela outra. E enquanto isso ele se mantinha agachado em seu canto protegido, esperando. Ainda assim, ela esperava ter a sorte de atingi-lo num ricochete, ou de enfiar uma bala na testa dele se ele estupidamente resolvesse espiar por cima da porta.

Uma voz se ouviu na distância, soando metálica no ar congestionado, e Lena reconheceu aquele sotaque de duende palerma. Ela se encheu de vergonha e desânimo ao ouvir as palavras do homem:

— Ela está desperdiçando munição.

Mesmo assim, Lena disparou mais um tiro furioso (*Agora faltam sete, puta merda*) e acertou o espelho retrovisor do caminhão, espalhando cacos pela estrada. Um tiro que nem mesmo chegou perto. Um erro constrangedor. O que estava acontecendo? No estande de tiro ela nunca, *jamais* havia errado assim.

— Você acha que ela... — O caminhoneiro riu, uma risada sórdida, e sua voz soou como um gargarejo. — Acha que ela tem mais um cartucho?

Lena parou de atirar e se recolheu atrás do para-lama.

Raycevic não respondeu à pergunta do comparsa. Mas a resposta era sim. Ela havia trazido consigo para a Ponte do Grampo um segundo pente para Beretta com dezessete cartuchos, mas seu coldre de cintura não tinha um porta-pente, e os bolsos do seu jeans estavam cheios de coisas. Por isso ela havia guardado o pente na bolsa. A mesma bolsa que ela tinha deixado cair quando o primeiro tiro passou zunindo por cima da sua cabeça, e estava agora no meio da ponte, a seis ou sete metros de distância.

Ela estava imóvel atrás do motor do Corolla. Já havia usado mais da metade do seu pente. *Merda*.

Teve vontade de esmurrar o concreto.

— Vadia retardada. — Uma risada ofegante veio da cabine do caminhão. — Deve ser o primeiro tiroteio dela...

Ela o odiava. Quem quer que esse homem fosse, ela o *detestava*. E detestava a si mesma, também, por ter cedido à pressão. Por desperdiçar munição preciosa. Por ter se deixado levar por suposições, por agir como a amadora apavorada que eles achavam que ela era. Mas ela era melhor que isso. Tinha de ser.

Um pensamento doloroso fez o rosto dela corar: *O que Cambry acharia disso? Ela me diria para ser mais forte. Mais esperta. "Lute em dobro, Rata", é o que ela diria.*

Outro balaço de rifle atingiu o bloco do motor do Corolla. Encolhendo-se atrás dele, Lena percebeu movimento ao seu redor — Raycevic havia mudado de posição. Ele agora estava de pé diante da viatura policial preta, com uma visão clara do lado esquerdo de Lena. Desprotegido, em espaço aberto, como um soldado perdido no campo de batalha. Por um instante surreal, os dois fizeram contato visual.

Não havia emoção nos olhos dele. Nenhuma pressa. Apenas calma com um verniz de desespero, como quando ele havia implorado a Lena para que fosse embora. Isso parecia ter acontecido tanto tempo atrás! Era estranho — como Síndrome de Estocolmo ou coisa do tipo —, mas ver o cabo Raycevic deu a Lena um sopro de alívio. De familiaridade. Talvez porque ele, algemado e desarmado, representasse um perigo menor; mas ela estava quase *feliz* por vê-lo, como um velho amigo que encontrasse.

Então Raycevic ergueu as duas mãos algemadas juntas, e elas seguravam um objeto grosso e pequeno, que Lena, com uma pontada na boca do estômago, reconheceu imediatamente: era um revólver compacto. Os olhos dele continuavam frios, vazios.

Ah, não pode ser!, ela pensou.

A arma do policial cuspiu fogo, e o espelho retrovisor do Corolla explodiu sobre o ombro de Lena, espalhando vidro e plástico sobre ela. Ela estava novamente exposta, agora no sentido longitudinal *ao lado* do seu carro. Ela mergulhou de bruços, estendeu a pistola na direção de Raycevic empunhando-a com as duas mãos, e revidou com dois tiros. Sem controle do gatilho, sem pontaria — apenas reflexo.

Uma enorme rachadura em formato de estrela apareceu no para-brisa da viatura, à direita de Raycevic. Ele se refugiou atrás do carro. Fora de vista.

Mas ele ia voltar.

Agora me restam cinco balas. Ela voltou a se esconder atrás do carro, escutando em sua mente uma voz: *Isso não é bom.*

Ela estava grudada num carro compacto, encurralada por um rifle devastador, de um lado, e por um policial com um revólver do outro. Eles a haviam apanhado numa linha de fogo de noventa graus. O Corolla não poderia protegê-la dos dois lados. Lena sabia disso. E eles logo saberiam disso também. Ela pressionou o corpo o mais que pôde contra o metal quente do carro, dobrando os tornozelos e encolhendo os ombros, mas não era o bastante.

Eles a cercaram pelos dois lados, Lena.

Geometria básica. Ela estava exposta. Raycevic sairia novamente de trás da sua viatura pelo lado esquerdo de Lena, seu lado desprotegido, e daria outro tiro nela.

Isso é ruim. É ruim, ruim demais.

Seu cotovelo direito, cheio de cascalho, raspou no carro. Sangue pingava por entre os seus dedos, brilhante como *ketchup*. O cheiro da pólvora. Mais detalhes, mais distrações. Ela exigiu mais de si mesma. *Seja como Cambry, que viveu como uma aventureira em seu carro. Concentre-se nas coisas importantes. Esqueça todo o resto.*

Ela se apanhou enrolando distraidamente fios de cabelo em torno do dedo indicador, e torcendo-os violentamente. Enrolando e puxando o cabelo, até num momento como esse? Difícil de acreditar.

Até mesmo no meio de um *tiroteio*?

O rifle foi novamente disparado, com um estrondo assustador. O Corolla tremeu, e gasolina escorreu na estrada. Já fazia algum tempo que o caminhoneiro não dava sinal de vida desde o último tiro na direção dela. Talvez ele estivesse recarregando. Se fez isso, então o rifle dele tinha cinco balas. Mas isso também era uma distração, porque o perigo não estava no gordo filho da puta plantado do outro lado da ponte. O perigo era Raycevic. À sua esquerda.

Ela voltou a mirar na viatura, e esperou que ele reaparecesse. O suor salgado ardeu os olhos de Lena. A Beretta tremia em suas mãos; ela não conseguia se concentrar em seu alvo. Não era possível manter a atenção em dois inimigos ao mesmo tempo, um à frente e o outro atrás. Ela não sabia o que fazer.

Isso era péssimo. O policial tinha cobertura, e ela não. Ele podia atirar no corpo desprotegido dela. Mas Lena só tinha uma pequena parte do rosto exposto dele. Metade de uma carta do seu baralho de cinquenta e duas cartas.

Não erre.

Com o dedo indicador curvado, Lena manteve o gatilho pressionado. Um milímetro a mais, qualquer movimento brusco, e a arma dispararia. Os caras no estande de tiro chamavam isso de *preparar o gatilho*.

— Ray-Ray. — Do outro lado da ponte, aquele familiar sotaque irlandês, tão raro em Montana, ressoou de dentro da cabine. — *Oi.* Ray-Ray.

Atrás da viatura, Raycevic respondeu, sua voz assustadoramente próxima:

— Que é?

— Você a viu?

— Vi. Eu já vi a vadiazinha.

Estão trabalhando juntos. Ouvir os dois se comunicando era de arrepiar. Eles não ligavam que ela ouvisse. Estavam em maior número. Eles a haviam cercado.

— Eu tenho... — Raycevic abaixou o tom de voz e sussurrou. — Tenho uma boa visão dela.

Ela manteve a mira e esperou. Não tinha escolha. Mover-se para qualquer lado significaria a sua morte. O caminhoneiro atirou novamente, mas Lena tentou ignorá-lo. Sabia que era outra distração, eram tiros destinados a confundir. A intenção era levá-la a se expor, para que Raycevic disparasse o tiro mortal.

Lena, enfim, teve uma visão do policial, uma forma indistinta espiando junto dos faróis traseiros. Ela atirou, mas tarde demais. Mais um tiro desperdiçado.

Só tem quatro tiros agora, sua idiota.

Ela manteve a mira. Mordeu a língua com força. Piscou repetidamente para se livrar de outra gota de suor.

Você está perdendo.

— Ela está desperdiçando munição — Raycevic gritou. — Está se borrando agora.

Lena quis retrucar — *Você é que deve estar se mijando de medo, babaca* — mas seria desperdício de energia. Ele a tinha onde queria. Ela estava lutando numa batalha perdida, pois estava à mercê dele, vulnerável, e tudo o que podia fazer era ficar grudada ao carro para tentar diminuir sua exposição lateral. E Raycevic sabia disso.

— Ela sabe que tá encurralada — o policial falou, dirigindo-se ao comparsa. — Não tem para onde fugir. Não pode mudar de lugar. Eu a peguei. Ela está completamente exposta no meu campo de visão, sem cobertura. Não há nada entre nós e...

Lena agarrou a porta do Corolla e a abriu — posicionando-a como barreira entre ela e Raycevic.

— Ah, *maldita seja!* — o policial praguejou.

Ela ficou bem abaixada. Agora a porta do passageiro aberta a protegia do revólver de Raycevic. E o bloco do motor a protegia contra o rifle do caminhoneiro. Dupla proteção.

— Que foi? — o caminhoneiro gritou. — O que aconteceu, Ray-Ray?

— Nada. Não esquenta.

— Ela te bloqueou com uma porta?

— Eu disse *não esquenta!*

Ela deu uma risada engasgada. Estava acocorada contra a salvadora porta do passageiro do Corolla, quase encostada nela. Ela a manteve aberta com a palma da mão, escorregando os joelhos por baixo do corpo. Assim poderia se agachar melhor e revidar o fogo.

Empunhando a Beretta na mão direita, ela percebeu que a arma estava mais leve, pois havia agora bem menos munição nela. A situação de Lena continuava terrível — ela ainda estava encurralada, com menos poder de fogo que o inimigo, e com quatro balas restantes —, mas mesmo assim ela resistia e encontrava saídas, acabando com a alegria dos dois canalhas. Será que a irmã espartana e beligerante aprovaria a sua atuação? Lena esperava que sim.

Bela jogada, Rata. É assim que se faz, a irmã diria.

— Ei. — o policial gritou abruptamente uma pergunta intrigante para o comparsa. — Qual é a diferença entre abrigo e esconderijo?

Seguiu-se um silêncio bizarro.

— Não sei, Ray-Ray — o caminhoneiro respondeu. — Qual é?

Lena sentiu o seu sangue gelar.

Abrigo e *esconderijo*. Isso lhe trazia outra lembrança do estande de tiro. Algo que ela leu. Onde tinha visto isso? Num pôster? Sim. Um pôster com ilustrações perto dos banheiros — do lado esquerdo dos bebedouros — propondo esse mesmo enigma, com imagens de objetos corriqueiros dispostos em duas colunas. A coluna denominada *Abrigo* trazia rochas, cimento, tijolo. Já na coluna *Esconderijo* havia coisas como arbustos, divisórias, móveis...

— Adeus, piranha!

... E portas de carro.

Uma bala explodiu na porta, a centímetros do rosto dela. Estilhaços de metal pintado cortaram seu rosto, feriram seus olhos, salpicaram seus dentes da frente. Ela gritou de susto, agitando uma mão na frente do rosto para protegê-lo, e se atirou no chão. Raycevic atirou de novo — um segundo buraco se abriu na porta, fazendo em pedaços a maçaneta.

Os tiros do policial produziram ecos parecidos com trovões.

Lena permaneceu imóvel. Com o rosto colado ao concreto. Havia sangue em seus dentes, e ela sentiu gosto de cobre.

— Ela gritou! — o caminhoneiro comemorou, vibrando. — Eu ouvi. Igualzinho ao grito da Cambry, hein.

Curvada em posição fetal embaixo da porta esburacada, Lena procurou recuperar o fôlego. Ainda estava viva? Sim. Lascas de pintura do Toyota haviam grudado em sua língua. Seu rosto estava quente, ensanguentado, com muitos cortes minúsculos e finos. A janela havia se desintegrado acima dela, enchendo-a de fragmentos de vidro. Sim, sem sombra de dúvida — a porta era um esconderijo, não um abrigo. Os balaços de Raycevic haviam a atravessado como se fosse papel.

Estúpida, ela pensou. *Estúpida, como sou estúpida! Eu devia ter prestado mais atenção aos pôsteres.*

E ela percebeu que sua mão estava vazia. A Beretta havia caído da sua mão em meio ao pânico.

Uma risada asquerosa soou de dentro da cabine do caminhão. Era como ouvir um porco rindo.

— Eu... Eu adoro esse grito, Ray-Ray!

Ela encontrou a sua pistola caída no concreto à sua esquerda, e a agarrou com seus dedos ensanguentados e escorregadios; apertou acidentalmente o gatilho, e a arma disparou de lado no Corolla. *Três tiros agora! Agora tem só três tiros, sua idiota desastrada de merda!*

— Ray-Ray. Você acertou a mulher?

— Não sei com certeza.

— Então mande bala de novo. Atire mais baixo.

— Certo.

Lena conseguiu escutar a última parte da conversa — sim, ele estava mirando na porta novamente.

Ela ficou rígida de pavor.

Já estava pressionando o seu corpo ao máximo contra o chão de concreto; estava colada nele. Não havia espaço para que se movesse. Nenhuma escapatória. Tudo o que Lena podia fazer era fechar os olhos, cobrir o rosto e esperar pelo que viria.

Nos minguados e terríveis segundos que lhe restavam, Lena tentou imaginar o rosto de Cambry, para imprimi-lo em sua mente. Não conseguiu. Seus pensamentos se desvaneciam como água. Ela tentou reter algo para si. Sem sucesso. Apenas coisas ruins vinham a sua mente: brigas. Plástico. Vísceras fumegantes. Barbies com faces derretidas. Cambry aos doze anos de idade, sua faca deslizando sobre o pelo da corça num jorro de sangue quente. O profundo sofrimento resultante do sonho da noite passada, quando de seu túmulo Cambry a repreendeu e a rejeitou: "Vá, Lena. Por favor, vá. Ape...".

O revólver de Raycevic disparou mais uma vez, abrindo um terceiro buraco na pintura azul da porta logo acima dela, com um grande estrondo e mais estilhaços. Ela conteve a respiração enquanto o tiro repercutia — esperando por ossos despedaçados, pela descarga de dor, pelo fim da existência, pelo túnel luminoso da morte. Porém nada disso aconteceu.

O eco do tiro cessou.

Ela ainda estava viva? Sim. A terceira bala de Raycevic havia passado por cima da sua cabeça, raspando. Para a grande sorte dela. Ela segurou com força a Beretta coberta de cacos de vidro, e prestou atenção ao que se passava à sua volta, piscando para expulsar o suor dos olhos.

— E aí, você a pegou?

— Não sei. Parece que sim. — Raycevic deu uma risada, e Lena escutou. Ela não podia ver o rosto dele, mas sabia que estava estampado ali o mesmo sorrisinho perverso que ela já havia visto antes, uma hora atrás.

O sorriso maldoso depois do comentário maldoso: *Porque ela se livrou de si mesma.*

Lena respirou fundo, sentindo o seu coração aos pulos no peito. E fez uma promessa desesperada: ela mataria aquele policial. Mataria os dois. Nada de levá-los à Justiça. Nada de gravar conversas. Nada de escrever um livro. Tudo isso havia ficado para trás. Já não se tratava mais de levantar provas nem de acionar as vias legais. Tratava-se agora de *matar* os homens que tiraram a vida de Cambry.

Nesse momento, porém, eles estavam vencendo a disputa.

— Ei, Lena. Ainda tá viva? — Raycevic gritou.

Ela não respondeu.

— Você teve todo esse trabalho para descobrir a verdade. E aí, o que tá achando agora? Valeu a pena? Eu lhe dei uma chance de ir embora, Lena. Devia ter aceitado e dado no pé.

Ela não iria. Nem mesmo agora.

— Você é tudo o que sobrou da sua irmã — ele disse, com um tom de voz sério. — Sabe disso, não sabe?

Ela se manteve calada.

— Bom, Lena... A gente vai matar você hoje, e aí vai ser como se a sua irmã tivesse realmente desaparecido. Sem deixar vestígio.

Ele está me provocando, ela percebeu. *Tentando me fazer falar.*

— Sabe, Lena, eu tenho que te contar. — Ele baixou o tom de voz. — Eu comi a Cambry.

Ela não iria morder a isca tão fácil.

— A sua irmã adorou o meu pau, Lena.

Lena não disse uma palavra.

Ela esperou. Os dois também. O silêncio crescia a cada segundo.

Uma sombra passou pela ponte. Era um abutre sobrevoando o lugar, batendo as asas negras sem parar sob os raios de sol.

Lena, espere. Ela reteve a respiração. *Espere, e force-os a fazer algum movimento.*

— Caralho, Ray-Ray, por que não me avisou que a vadia tinha uma arma? — o caminhoneiro ralhou de repente em voz alta, irritado. — Eu não teria parado o caminhão tão perto!

— Eu não sabia que ela tinha uma arma — Raycevic respondeu, na defensiva.

— Você se esqueceu de revistar essa mulher?

— A gente ia se encontrar só pra conversar.

— E depois você *não sabe* por que tomou bomba na seleção da academia?

As palavras do caminhoneiro eram odiosas. Abomináveis.

Lena gostou de ouvir os dois homens brigando. Ela, por sua vez, continuou respirando pausadamente, devagar. E esperando. Ela não se atreveu a fazer o menor movimento — mesmo o som mais insignificante poderia ser percebido pelo inimigo. Lena agarrou a Beretta, pegajosa por estar coberta com o seu próprio sangue, e a apontou para cima, para a porta. Se se fingisse de morta, forçaria Raycevic a se aproximar para ter certeza de que ela estava morta; daí então ela poderia surpreendê-lo com uma bala bem no meio da cara.

— Talvez ela esteja se fingindo de morta — o caminhoneiro disse, inesperadamente. — Para te atrair para perto e te surpreender.

— Eu sei.

Ah, pelo amor de Deus! Ela poderia ter passado sem o comentário.

— Tenha cuidado, Ray-Ray.

Ray-Ray. E Lena odiava esse apelido tedioso de Raycevic. Não havia afeto nem humor na voz do comparsa do policial quando ele usava esse apelido. Não passava de um insulto — sarcasmo e veneno.

Ela ouviu um estalo. E depois outro. E outro. Os ouvidos dela ainda estavam um tanto entupidos devido ao tiroteio, por isso ela levou alguns instantes para reconhecer o ruído de passos no pavimento. Eram as botas de Raycevic.

Ele estava a caminho.

Era a chance que Lena esperava. Ela usou os cotovelos para se firmar e ajustar sua posição de tiro; cacos de vidro estalaram debaixo dela. Com o coração acelerado e os olhos injetados, ela ouviu os passos do policial aproximando-se cada vez mais. Cada som ao seu redor parecia amplificado. O sopro do vento. Uma tênue campainha em seus ouvidos.

Os passos de Raycevic mudaram de direção. Seguiram para a direita. Ela percebeu o motivo disso: em vez de se aproximar diretamente da porta aberta, ele daria a volta pelo lado direito.

Ela se reposicionou, e suas costas tocaram a porta perfurada. Ela apontou a arma para a direita.

— Estou passando pela sua linha de fogo — Raycevic avisou o comparsa.

O atirador em seu caminhão fazia o seu trabalho, dando cobertura ao policial enquanto ele se deslocava. Ambos executavam um movimento de pinça. Era injusto, mas não há jogo limpo num tiroteio. Duelos são para os filmes. Em tiroteios o que importa é a *vantagem*, o que importa é aumentar as chances a seu favor, usar de espertaza e jogar sujo.

Agora aproximando-se mais dela, Raycevic diminuiu a velocidade dos passos. Ele estava agora contornando o Corolla pela frente, passando pelos faróis com seu revólver apontado. Rodeando o canto pouco a pouco, vasculhando o espaço a sua frente centímetro por centímetro.

Agachada ao lado do pneu dianteiro, Lena ergueu a Beretta e traçou um círculo trêmulo onde estimava que a cabeça do policial apareceria. Ela manteve a mira exatamente nesse ponto, nesse pedaço de céu enfumaçado, pressionando o gatilho com o dedo indicador e atenta aos passos dele. O couro rangendo ao se flexionar. O ruído da sola pressionada contra o chão.

Perto demais agora.

— Ray-Ray, ela está morta?

O policial não respondeu. Avançou mais um passo. A que distância estaria ele agora? Três metros? Menos?

— Ray-Ray?

Ela manteve a sua posição de tiro e esperou.

O suor pingou no olho de Lena. Ela piscou várias vezes.

— *Ray-Ray?* Ei. Fale comigo.

Um pequeno consolo: se a própria Lena já estava irritada com o velho no caminhão, Raycevic devia estar também, e muito. Predador e presa estavam a poucos passos de distância um do outro — distância essa que diminuía cada vez mais —, com armas em punho, dedos colados ao gatilho, prestes a encarar a morte certa... e o idiota sem noção *não calava a maldita boca!*

O rosto queimado de sol de Ray entrou no campo de visão de Lena.

Menos de dois metros de distância.

Bem sobre o capô do Corolla. Ela agora mirava bem na testa suada de Raycevic, bem no meio dos olhos espantados do policial quando encontraram os dela. O jogo havia chegado ao fim, e o tiro final seria de Lena. Quando o policial estendeu o revólver na direção dela, ela já estava puxando o gatilho.

Porém nada aconteceu.

Sem coice, sem som de disparo. Nada. A Beretta simplesmente não funcionou.

Travou!

Tomada pelo pânico diante do inacreditável, ela saltou para trás quando Raycevic atirou nela. Lascas de concreto se espalharam pelo ar, a centímetros dela. As explosões dos tiros estavam tão próximas dela que fizeram seus dentes baterem.

O grandalhão se agachou atrás da grade do Corolla, bufando pela ação da adrenalina. Lena estava tão perto dele que podia ouvir sua respiração ofegante, e sentir o cheiro do seu suor.

— Puta que pariu! — ele balbuciou.

Ela continuou recuando, recuando, até bater e fechar a porta do passageiro esburacada; mas não havia saída agora. Ela estava encurralada atrás do carro da irmã. Com uma arma inútil nas mãos. Lena reconheceu a risada gutural de Raycevic, assustadoramente perto.

— Ela quase me pegou.
— Quê?
— Acho que a arma dela travou.

Sim, a Beretta Px4 estava travada e desengatilhada na mão de Lena. Ela já sabia o que havia acontecido: um estúpido erro de amador. Ela havia quebrado uma regra crucial do tiro. Quando ela agarrou a arma com o dedo no gatilho e acidentalmente atirou na altura do chão, o ferrolho deslizou contra o pavimento. E o ciclo foi interrompido. Ela viu um cartucho reluzente espremido dentro da câmara. *Falha do extrator*, disse certa vez um membro mais experiente do clube de tiro. *Esse mecanismo pode ser melindroso.*

Lena puxou o ferrolho da pistola — estava bem preso.

— Chega de dar moleza. — Ela ouviu Raycevic lamber os lábios, encolhido na frente do carro. A voz dele era calma, confiante. — Ela está atrás das portas da frente do veículo. Você está atirando com o calibre .30-30 monstrão, não é?

— É.

— Portas da *frente*. Não as de trás.

— Certo.

Lena entendeu o que estava por vir: *Ah, minha nossa*.

Ela mal teve tempo de se arrastar mais para trás, encolhida com os cotovelos e joelhos no chão — e a pistola com o ferrolho travado na mão —, antes que outro projétil de grosso calibre explodisse na porta do passageiro atrás dela, num impacto tão violento que a fez abrir de novo. Isso fez uma cratera na porta, perto da qual os buracos feitos por Raycevic não passavam de pontinhos.

Lena praguejou baixinho.

O Corolla estava virando um queijo suíço, o que a deixava cada vez mais desprotegida. Apenas o bloco de aço do motor podia realmente parar uma bala. Foi por esse motivo que Raycevic havia arriscado uma aproximação — para afastá-la do motor.

— Acertei a mulher?

— Ela mudou de lugar.

— Onde está agora?

— Portas de trás.

Lena rastejou ainda mais para trás, arrastando-se rápido como um bicho em pânico, e parou na altura do porta-malas do Corolla porque *não tinha mais para onde ir*. Ela então se enrolou em posição fetal, cobrindo o rosto, e esperou. Sabia o que estava por vir. Durante um interminável e torturante momento, nada aconteceu.

E então as portas do inferno se abriram de novo: atrás dela, outra detonação de fazer os ossos tremerem, outra cratera aberta no carro, dessa vez na porta traseira do lado do passageiro. Cacos de vidro voaram para todos os lados. Que rifle era aquele, afinal? A arma abria buracos absurdos em tudo que acertava. Era como ser alvejado por um canhão da época da Guerra de Secessão.

Uma matéria levemente amarelada flutuou em torno dela. Seria neve? Cinzas?

Não. Era a espuma do assento destruído.

Ela agarrou a Beretta com as duas mãos e fez um grande esforço para desbloquear a arma debaixo da surreal nevasca de espuma, torcendo o ferrolho em suas mãos ensanguentadas, mas ele não se moveu. O cartucho de 9 milímetros estava espremido dentro do mecanismo, num entupimento metálico perverso.

Merda, merda, merda!

— Ela não tem mais onde se esconder. — Outra vez aquela nota repugnante na risadinha de Raycevic. — Está atrás do porta-malas agora.

Lena sabia que o policial tinha razão; não havia saída para ela. Presa atrás de um carro esburacado. Lutando com uma pistola travada, inútil, e que escorregava em suas mãos.

Ela começou a puxar os cabelos novamente, torcendo violentamente seu couro cabeludo, como se estivesse puxando carpete. Estava numa merda de dar dó. Como foi deixar a situação sair do controle a esse ponto? Quinze minutos antes, tinha Raycevic sob total domínio, algemado e sozinho sob a mira da sua pistola. Lena *sabia* que ele havia contatado alguém por rádio. Que arrogância da sua parte acreditar que poderia manter tudo sob controle sozinha. Havia trazido uma arma quando deveria ter trazido reforço. Já desde o início ela desconfiava que o cabo Raymond Raycevic era um criminoso, um policial corrupto que trabalhava sozinho. Assassinos seriais operam sempre sozinhos, não é?

No sonho de Lena, Cambry se mostrou inconsolável e rebelde. Recusou-se a se abrir, recusou-se a dizer *eu te amo*, não forneceu nenhuma explicação.

Sinto muito, Cambry.

Lutando para destravar a pistola em suas mãos, ela sentiu as lágrimas chegarem — uma onda de lágrimas quentes enchendo os seus olhos —, e se odiou por isso. Parecia tão completamente errado chorar num momento desses, enquanto rastejava atrás de um carro sob fogo, com as mãos cheias de sangue e pólvora queimada. Estava no meio de um tiroteio. Você não chora no meio de um tiroteio.

Eu estraguei tudo, mana. Subestimei esse sujeito. Sinto muito.

Era mesmo o fim. Os vagabundos que haviam assassinado a sua irmã agora a matariam também, e na mesma ponte. Tudo porque ela teve a ousadia de desafiar um agente da polícia para uma *troca de tiros*. Justamente para uma troca de tiros. Uma atividade na qual ele era fortemente treinado. E agora Lena se via encurralada, cercada, quase sem munição, e não podia nem mesmo disparar as três balas que lhe restavam, enquanto os disparos ferozes do atirador trespassavam o metal frágil do carro, destruindo-o bem diante dos olhos dela.

Então, de repente, ela percebeu.

Espere aí... Se as balas deles perfuram, as minhas também.

Ela imaginou aquele lixo presunçoso em sua cabine, encolhido atrás da sua própria porta para se proteger. Apertou e torceu mais uma vez a Beretta nas mãos, com força, com *mais e mais* força — os dedos esbranquiçados e os olhos cheios de água — até que finalmente o mecanismo cedeu.

Um cartucho deflagrado caiu no colo de Lena.

Ela deixou o ferrolho da arma deslizar para a frente, completando o seu movimento e carregando a câmara com um novo cartucho. Pronto para atirar.

Isso!!

Ela deixou escapar um suspiro quente, sentido. Do outro lado da ponte, um ruído de engatilhamento ecoou da cabine do caminhão.

— Pronto para atirar! — gritou o caminhoneiro.

— Ela está bem atrás do porta-malas.

— Legal.

Lena imaginou o caminhoneiro caolho fazendo pontaria novamente com o seu rifle devastador, mirando dessa vez no porta-malas do Corolla. Os dedos encardidos envolvendo lentamente o gatilho, pressionando-o.

— Explode essa vadia! — Raycevic bradou.

Lena teve uma ideia. Uma ideia louca. Ela se sentou imóvel, de costas para o porta-malas de metal, e esperou; o barulho, o sol e os desconfortos se dissiparam, e o sonho da última noite ganhou contornos reais. Cambry recusando-se até mesmo a olhar para ela. O desgosto pungente nos olhos dela quando ela finalmente olhou para a irmã. Seu sussurro frio, estranho: *Apenas vá.*

Lena esperou.

Agora, Lena, vá.

Não. Ainda não.

Por favor.

Ainda assim, Lena esperou. Não teria uma segunda chance. Precisava calcular o tempo de maneira exata. Agora havia lágrimas nos olhos de Cambry, que empurrava a irmã com a palma de uma mão aberta, a voz cheia de frustração:

Vá. O seu tempo está acabando.

Agora.

Ela girou para a esquerda, e rolou afastando-se do Corolla, na direção do espaço aberto. Quase no mesmo instante, uma bala atingiu e atravessou o porta-malas com um estrondo tremendo, rasgando a barraca e as roupas dobradas de Cambry do lado de dentro e destroçando o painel atrás do qual ela havia se escondido um segundo atrás. Abaixada no chão, Lena segurou a Beretta firmemente com as duas mãos e mirou através das pistas da ponte, direto para a cabine do caminhão. Dessa vez, ela não mirou na janela arrebentada do caminhão, guiada pelo brilho de um cano de rifle e uns poucos centímetros de couro cabeludo.

Dessa vez ela mirou mais abaixo.

Mais abaixo. Diretamente na porta do caminhão. Bem no logotipo da Kenworth. Exatamente onde ela estimava que o homenzinho estivesse encolhido.

Ela disparou três tiros.

Os tiros saíram como três batimentos cardíacos, numa sequência perfeitamente controlada, como se ela estivesse no estande de tiro numa terça à tarde, treinando em seu baralho de 52 cartas: *Pow. Pow. Pow.*

Três belos buracos foram abertos na porta vermelha. Exatamente onde Lena havia mirado.

Ela sentiu algo estranho ao disparar o terceiro tiro. Se você passa um bom tempo praticando tiro, seus músculos podem identificar o movimento mais rápido do ferrolho quando ele desliza vazio. Lena sabia o que isso significava: sua munição havia acabado. Mas ela permaneceu imóvel na mesma posição de tiro, a mira precisa da sua Beretta vazia ainda voltada para o alvo, para o pequeno agrupamento de buracos na porta do caminhão.

O silêncio era completo. Como se o mundo tivesse retido a respiração.

Ela esperou que o homem do rifle reaparecesse sobre a porta. Para acabar de explodir o carro com o seu maldito canhão.

Lena esperou.

E esperou.

Ela estava bastante consciente de que Raycevic se encontrava em algum lugar à sua direita. E consciente de que agora estava vulnerável, de que teria de chegar à sua bolsa caída, recarregar a arma e voltar ao combate — mas tinha a estranha sensação de que Raycevic também estava esperando. Uma compreensão crescia pouco a pouco, e já se tornava quase palpável. Estava no ar. Ela se recusou a acreditar nisso. Não *podia* cair na tentação de acreditar nisso.

Eu peguei o miserável.

***

TRÊS PONTOS DE LUZ HAVIAM APARECIDO na porta do caminhão, bem diante dos olhos dele.

O velho caiu para trás, largando descuidadamente o rifle em seu colo. Piscou várias vezes, dando-se conta do súbito silêncio. O ar ainda carregado de pólvora e fumaça. Ele percebeu que havia sido molhado por um líquido morno que não conseguiu identificar. Seu cabelo estava ensopado com esse líquido. Gotas pingavam em seu rosto.

Ele ficou parado, olhando estupidamente para aqueles três buracos em sua porta.

Então, com um medo terrível, ele girou o pescoço e inspecionou o interior da cabine ao seu redor — tentando traçar o caminho percorrido pelas três balas, tentando descobrir se alguma delas o havia atingido — enquanto mais líquido gotejava por sua sobrancelha e aderia aos seus cílios. Era pegajoso. Da temperatura do corpo.

É sangue!, ele concluiu. *Arrebentaram a minha cabeça...*

O velho reprimiu um grito. Ele sempre se perguntava por que as mulheres gritavam quando ele as sufocava com seu plástico. Jamais havia alguém por perto para ouvir. Era um desperdício do oxigênio que lhes restava. Era uma reação estranha e primitiva, que sempre o intrigava. Como o lamento delas durante o sexo. Porém agora um grito crescia dentro de seu próprio peito, por isso talvez ele tivesse finalmente entendido. Parecia rachar as suas costelas, ameaçando explodir.

Estou morrendo. Ai, Jesus, eu estou morrendo!

Tentou se concentrar nas linhas retas. Ele pensava em termos de linhas, vetores, ângulos. Tinha sido um estudante exemplar de geometria. Nunca utilizava Google Maps nem aplicativos como o Waze, como os outros motoristas. Não, senhor — ele só precisava de um mapa e uma calculadora gráfica para encontrar uma rota para Eureka, Califórnia, como um pombo-correio. E agora, era dessa maneira que ele lidava com o seu choque: reconstituindo o caminho das balas. Como um computador em processo de reinicialização.

Bala número um? Ela havia penetrado na porta logo abaixo da maçaneta e perfurado um mapa aberto antes de atingi-lo logo acima da pelve. Sua camiseta branca estava empapada de sangue. Não chegava exatamente a doer — era mais uma compressão desconfortável, como uma hérnia ou coisa assim. De qualquer maneira, não era fatal. Uma cicatriz para ser exibida.

Mais sangue quente escorreu pela testa dele e caiu em seus olhos. Ele piscou com força, mas não adiantou: era sangue demais. Aquele grito de pânico se manifestou dentro do peito dele novamente.

Eu estou morrendo. Aquela vaca me enfiou uma bala de jeito, meu Deus, foi pela porta que... Ai, eu vou morrer. Não grite! Pense. Para onde foi a bala número dois? Ah... O meu cérebro tá escorrendo como gema de ovo, vazando do crânio...

Ele tentou manter o foco. A bala número dois parecia ter sumido sem causar maiores danos. O projétil de 9 milímetros atingiu de raspão o volante, passou debaixo da axila dele, voou sobre o painel e — provavelmente — saiu pela janela como as outras. É, a bala número dois havia errado o alvo. Um pequeno alívio.

Restava agora a bala número três.

A bala que me matou...

A bala número três havia penetrado a porta seis centímetros acima, à esquerda dele, e arrancado um pedaço do estofamento do assento. Ele seguiu o percurso da bala até o porta-copos, e viu que a sua garrafa de chá tinha sido atingida. Cacos de vidro reluziam aqui e ali. O assento estava coberto pelo líquido, que, aquecido pelo sol...

Ei, espere aí.

Chá?

Ele passou a língua no lábio superior. E sentiu gosto de chá.

Ah, era chá escorrendo da minha cabeça! Não era sangue. Jesus Cristo, ele não tinha sangue, fluido cerebral nem lascas de crânio descendo por seu rosto. Ele estava bem.

Claro que ainda havia o tiro no quadril, que doía de verdade. Brotava sangue da região acima da sua barriga, manchando sua camisa; um vermelho pálido à luz do sol. Mas uma infecção não era assim tão preocupante, e ele conhecia um veterinário que em junho o havia ajudado com uns analgésicos dos bons para o seu olho. Não, as três balas de Lena através da porta não haviam feito nem de longe o estrago que ele tinha imaginado. Ele estava ferido, mas não fora de combate; e ainda tinha a Winchester em seu colo. Sim, estava imobilizado em sua cabine, mas ainda em condições de lutar.

Ele se contorceu, sentindo pontadas de dor na região acima da virilha. Do espaço que ocupava no chão, ele não podia ver sobre a porta. Mas ainda conseguia escutar. Se Lena se aproximasse do seu caminhão, talvez na esperança de pegar o seu rifle para atirar em Ray-Ray, ele ouviria os passos dela. Ele certamente não se encontrava em boas condições para correr, nem para se defender, nem mesmo para se garantir minimamente num tiroteio. Não tinha escolha a não ser ficar com a bunda plantada em seu covil calorento, onde passava dezesseis horas por dia.

Isso não chegava a incomodá-lo. Mas alguma coisa ainda o preocupava. Ele sentia que algo lhe havia escapado. Que estava se esquecendo de alguma coisa.

Para onde teria ido a segunda bala?

Não tinha importância. Não o havia atingido, de qualquer modo. Assim como a bala que explodiu a garrafa de chá na sua cara, e as cinco ou seis balas que Lena havia disparado através da janela, e que passaram por cima da sua cabeça sem lhe causarem dano.

Mas uma voz sussurrava em sua mente: *Esse segundo tiro veio mais baixo que os outros. A bala foi parar em algum lugar.*

Ele checou mais uma vez, experimentando outra torturante pontada de dor, e traçou de novo a trajetória da bala partindo do ponto em que ela atravessou a porta, raspou no volante, passou por seu ombro e continuou por cima do seu rádio Quadratec CB, diretamente na...

Ele gelou.

Kitty.

Ela não estava enrolada em sua posição habitual, na forma de uma bola. Sua postura era estranha, arqueada. Seu pescoço estava inclinado para trás, a mandíbula contorcida num ricto que expunha suas gengivas rosadas e seus dentes de agulha. Um filete de sangue descia pelo painel. Kitty e ele — os dois haviam cruzado juntos milhares de quilômetros de estrada, desde os picos nevados do Colorado até os pântanos da Luisiana. Às vezes, ela viajava em cima dos ombros dele como um cachecol frio e pegajoso. Kitty o havia acompanhado em cada um dos três caminhões que ele teve. Kitty estava lá quando ele enfrentou um divórcio, um diagnóstico de câncer de próstata e o suicídio do seu filho. O aniversário de vinte e três anos de Kitty seria na próxima semana.

Agora, finalmente, Theo Raycevic gritou.

18.

LENA OUVIU O GRITO LANCINANTE QUE saía de dentro da cabine do caminhão. Um grito doloroso, cheio de lamento, que se intensificava como uma sirene. Foi como um soco no estômago dela — a *consequência* do que havia feito. A violência de descarregar uma arma de fogo, vendo-a abrir buracos cruéis e irreversíveis no mundo. Alvos de papel não gritam.

Por uma fração de segundo, Lena sentiu uma ponta de compaixão pelo homem no qual ela havia atirado dentro do caminhão, o homem que alguns instantes atrás tinha tentado matá-la.

Ela engoliu em seco.

A Beretta estava desengatilhada em suas mãos. Vazia e tristemente leve, como um brinquedo de plástico. E o cabo Raycevic ainda estava armado, agachado e escondido, à distância de um carro dela. Ela ouvia a respiração dele; ele bufava ligeiramente, como se pesasse os próximos passos. A luta não havia acabado. Ela tinha ferido um dos seus agressores, talvez fatalmente, mas para fazer isso havia gastado as últimas balas que tinha. Não existem vitórias parciais num tiroteio; tiroteios só acabam quando terminam.

Com uma mão trêmula, Lena girou um dedo em torno do seu cabelo e puxou com força.

Os gritos do homem tornaram-se ainda mais intensos enquanto Lena tentava pensar. Ela se concentrou ao máximo para fazer frente ao barulho: *Estou indefesa. Preciso recarregar a arma. Ou vai ser o meu fim.*

— Pai! — Raycevic gritou. — Pai, você foi ferido?

O canalha filho da puta no caminhão era *pai* de Ray. Ela resolveu ignorar a revelação. Não passava de mais uma distração, sem nenhuma relevância para o problema que enfrentava no momento.

— Diga alguma coisa, pai. Por favor...

Mas os gritos do caminhoneiro já haviam arrefecido, deixando um estranho vazio.

— Pai? — A voz do policial se endureceu. — Eu vou pegá-la. Prometo.

Uma onda de pânico ameaçou tomar conta de Lena, que se sentiu como um animal apanhado numa armadilha. Ela se obrigou a manter o foco. A ignorar as distrações. *Meu segundo carregador. Onde está?*

Na bolsa.

Onde está a minha bolsa?

No meio da ponte. No lugar onde a tinha deixado cair.

Em espaço aberto.

— Merda!

Do lugar onde se encontrava, Lena podia avistar a bolsa. Estava a sete metros de distância? Dez? Mantendo-se imóvel, colada ao para-choque empoeirado do Corolla, ela considerou a possibilidade de correr até a sua bolsa. Ela teria de correr a distância que a separava da bolsa, pegar o pente, encaixá-lo na Beretta e atirar — tudo isso antes que Raycevic lhe metesse uma bala. Será que conseguiria? Não. Impossível.

Pior: como a distância que separava os dois era de um carro apenas, o silêncio funcionaria como um microfone anunciando cada passo dado. Ele a escutaria assim que ela começasse a se mover. Lena não chegaria nem perto da bolsa: na metade do caminho estaria morta, baleada nas costas.

— Eu vou matar essa vadiazinha, pai. Eu prometo!

Ela segurou firme a pistola descarregada, soltando o ar através dos dentes tiritantes. Ideias ruins entupiam a sua mente, uma mais desesperada e inútil que a outra. *Correr até a minha bolsa?* Seria baleada. *Ficar aqui onde estou?* Seria baleada. *Me enfiar debaixo do carro?* Seria baleada.

Mais uma vez, Lena se via num beco sem saída. Não sabia mais o que fazer. Voltou ao seu terrível hábito estúpido de enrolar o cabelo entre os dedos e torcê-lo até a dor se tornar insuportável. Seus olhos se encheram de lágrimas ardentes; suas ideias eram cada vez mais desesperadas.

Atacar Raycevic? Seria baleada.

Jogar a arma vazia na cara dele? Seria baleada.

Outro nó em torno do seu dedo. Ela puxa com força. Com mais força.

Implorar por perdão? Ele daria risada, e ela seria baleada.

O cabelo de Lena se desprendeu do couro cabeludo com um estalo, num rasgo vigoroso. Foi como uma explosão de calor renovado.

Isso a assustou — a sensação doentia de que o próprio corpo estava se desfazendo. Todos os seus sentidos afloraram ao mesmo tempo, e o mundo se tornou palpável, nítido. Dor despontou em seu cotovelo machucado. E à direita dela, ao lado do Corolla, Lena escutou um estalo suave, porém firme. E depois outro estalo.

Passos. Alguém se aproximava.
Era Raycevic.

***

Ele pode me matar amanhã.

Sei disso. Não sou burra. Caso isso aconteça, eu preciso esclarecer alguns fatos a respeito de Cambry.

Aí vai.

Em Oregon, quando Cambry e eu tínhamos doze anos de idade, nós nos deparamos com uma corça que tinha sido atropelada por um caminhão. Suas patas estavam quebradas. Ela pôs aqueles olhos letárgicos sobre nós e produziu um estranho ruído gutural, profundo, como o ruído de um gato ronronando. E se você frequentou a nossa escola, então já ouviu umas mil vezes o que aconteceu depois: que eu observei, horrorizada, Cambry Nguyen — ainda menina — ajoelhar-se em silêncio, puxar seu canivete e cortar a garganta da corça.

E isso é mesmo verdade. Ela fez isso.

Mas só porque eu *pedi* a ela.

Quando ela se recusou, eu lhe implorei que fizesse. Prometi que não contaria nada. Eu não suportava ouvir mais o animal agonizando, nem ver aquelas patas terrivelmente recurvadas; e eu sabia que estávamos a quilômetros de distância da fazenda, e que levaria horas até que um adulto chegasse lá. E eu era covarde demais para fazer eu mesma o que tinha de ser feito.

Então Cambry acabou cedendo.

E eu assisti.

Depois de terminar, ela limpou as mãos em um riacho, e nós não tocamos no assunto durante toda a caminhada de volta. Começou a chover. Eu me recordo de ter choramingado por todo o caminho. Nós duas caminhamos em lados opostos na estrada, debaixo de uma chuva forte. Agora eu sei que dar fim à dor do animal não foi o bastante. Eu precisava de alguém para culpar, e não podia culpar um caminhão.

Quando chegamos em casa, eu não apenas quebrei a minha promessa como ainda fui além. Eu disse aos meus pais que a sua filha Cambry, de doze anos, havia assassinado um animal apavorado. Sem motivo nenhum. Mostrei a eles o sangue no canivete, que, diga-se de passagem, menores de dezoito anos não tinham permissão de portar. Os nossos pais acreditaram em mim. Não nela. Até hoje eles acreditam na minha versão.

Cambry Nguyen. Assassina de cervos.

Graças a mim, ela foi a única aluna do sétimo ano do colégio Middleton Junior High com seu próprio psicoterapeuta. Eu gostava de ser vista como a vítima de uma irmã louca, por isso continuava contando a história com novos detalhes sanguinolentos. Por volta de outubro, Cambry já havia perdido a maioria dos seus amigos — os pais não permitiam a presença dela na casa deles. Alguém encheu o armário dela de tinta vermelha. E à medida que crescia, minha irmã só fez arruinar ainda mais a própria reputação insistindo em se comportar mal — a façanha com a esponja no vaso sanitário foi o auge dessa fase —, mas foi só no ensino médio que o psicólogo finalmente cravou o seu diagnóstico: *transtorno de personalidade esquizoide*. Até hoje, eu não sei se essa condição acompanhou a minha irmã desde sempre ou se fui eu quem acabou acelerando esse distúrbio nela.

Para piorar, o psicoterapeuta era um bêbado. Sinto muito, mas ele era. Em suas consultas domiciliares, ele aparecia em nossa casa com um suéter vermelho que não disfarçava o rosto também vermelho de quem havia enchido a cara. Eu me lembro de fragmentos de conversas que ouvi por acaso nessas sessões; e me recordo particularmente de ter ouvido, numa dessas sessões, a voz aflita e suplicante de Cambry, abafada por uma porta: *Você não está escutando. Você não está me ouvindo.*

E agora eu fico pensando... Se eu tivesse mantido a promessa que fiz à minha irmã doze anos atrás, talvez o nosso relacionamento na idade adulta tivesse sido saudável. Talvez Cambry não tivesse sentido a necessidade de se desvincular dolorosamente, de tempos em tempos, de um mundo com o qual ela nunca podia se relacionar, vivendo como uma nômade em seu Toyota, com vidro do mar no console do carro e uma barraca no porta-malas. Talvez aquele momento, aos doze anos, tenha sido como a primeira de várias peças de dominó enfileiradas; a minha única chance, e eu a perdi. Talvez eu mesma a tenha colocado no alto daquela ponte em Montana.

Talvez a minha irmã tenha morrido por minha culpa.

Talvez.

Eu jamais saberei.

Então aí está tudo, por escrito. Agora não está mais só na minha cabeça. Para mim é um alívio indescritível ver essas palavras na tela do computador, prontas para serem postadas no *Luzes e Sons* com um simples clique. A história desde o início. Se eu morrer amanhã, isso não vai morrer comigo.

Se nada der certo amanhã, talvez isso me traga um último consolo antes que o cabo Raycevic dê um fim à minha vida.

***

RAYCEVIC AVANÇOU LENTAMENTE, com o seu .38 em punho.

Um passo de cada vez, cuidadosamente. Cacos de vidro eram esmigalhados como casca de ovo debaixo das suas botas — ele sabia que era inevitável. Nenhum som, nenhum passo escapava despercebido em meio ao silêncio do lugar. Porém ambos estavam sujeitos a isso: Lena certamente o ouviu se aproximando, mas se ela se movesse ele também a escutaria.

Ele não escutou nada.

Mas para onde a garota poderia ir, afinal? Ela estava escondida atrás do porta-malas do Corolla, e não podia sair de lá. Além disso, estava com pouca munição, se é que ainda tinha alguma. Se tivesse um pente extra, ela já teria recarregado a arma, e se tivesse recarregado, ele teria escutado o clique do carregador sendo inserido na arma.

Mas ele não escutou nada. Apenas o silêncio fustigado pelo sol.

Mantendo a arma posicionada na linha dos olhos, ele avançou. Com o cotovelo, empurrou suavemente a porta do passageiro, que se fechou, mesmo com dobradiças empenadas.

Outro ruído de passo. E mais outro.

— Aguente firme, pai — ele gritou na direção do caminhão. — Já vou dar um jeito nela.

Nenhuma resposta.

Ele segurava o revólver na posição de uso imediato, na posição de tiro conhecida como "pronto alto". A mão dominante no alto e o braço de apoio com o cotovelo para baixo. O pé de apoio num ângulo de noventa graus. É um sistema de utilização de armas de fogo chamado Center Axis Relock. Uma resposta brutalmente pragmática à ultrapassada posição de tiro isósceles — a posição empregada por Lena, e que se baseava na noção radical de que tiroteios não ocorrem em clubes de tiro. Cenários de tiroteio da vida real são súbitos, angustiantes e imprevisíveis, e um atirador deve ser capaz de reter a sua arma num combate corpo a corpo e de passar naturalmente do tiro próximo ao tiro distante. Chega a ser poético observar um adepto da técnica girar o corpo para enfrentar ameaças de modo eficiente.

É. A pequena e convencida Lena Nguyen podia até atirar com precisão em alvos de papel, mas já tinha aprendido que as suas habilidades conquistadas com exercícios em estandes não eram muito úteis para enfrentar os horrores de uma situação real de tiroteio. Ela já havia errado vários tiros, havia lidado com uma pane em sua arma, e a sua cobertura quase foi pelos ares. E ela estava prestes a receber a sua última lição.

Ele continuou avançando até Lena. Afastou-se de lado próximo do porta-malas do Toyota, com a arma em posição de tiro. Com visada perfeita, ele examinou o espaço hostil atrás do porta-malas do veículo, avançando centímetro por centímetro, como se cortasse uma torta, até que finalmente se revelou...

O chão de concreto vazio.

Ela não estava lá.

Raycevic ficou aturdido. *O que é isso?*

Um par de tênis tinha sido deixado para trás. Alguém os havia tirado e colocado lado a lado.

O cérebro dele lutou para processar isso. Era uma situação tão detestável quanto a que ele havia enfrentado três meses antes, quando Cambry pareceu sumir de repente na noite atrás das curvas da estrada escura, como se tivesse evaporado. Onde é que Lena havia se metido? E por que ela tiraria os seus tê...

Algo foi pressionado contra a nuca de Raycevic. Era um pequeno círculo de metal quente.

— Solte a arma, Ray.

Cristo! Ele engoliu em seco, assombrado. *Elas eram mesmo irmãs.*

***

LENA TROCOU DE MÃOS A FIM DE APONTAR para o policial o revólver que havia acabado de tomar dele, e então o conduziu, sob a mira da arma, até o local em que estava a sua bolsa. Lá ela se ajoelhou rapidamente, pegou o pente extra e recarregou a pistola Beretta.

Ele assistiu a tudo isso com tristeza.

— Ah, não. Você estava *sem munição?*

Ela sorriu, satisfeita. Dezessete novas balas de ponta oca, carregadas e prontas. Ela estava ficando boa nisso.

— Vamos lá. — Ela enfiou o revólver dele no bolso de trás da sua calça. — Vamos ver se o papai ainda está vivo.

Ele suspirou, derrotado.

Enquanto se aproximavam do caminhão, ela o fez andar na frente — assim, se o velho na cabine escura ainda estivesse vivo o suficiente para erguer o rifle e atirar novamente, o filho dele ficaria no caminho.

O *filho* dele, Raycevic. Lena ainda estava tentando assimilar essa informação.

— Você se deu mal nos exames da academia de polícia? — ela alfinetou, sarcástica. — E eu que achei que você fosse um supertira.

Ele não disse nada.

— Em que tomou bomba? Nas flexões? Não conseguia memorizar os códigos de rádio?

Nenhuma resposta.

— Ou será que foi um exame para não ser ludibriado e desarmado por uma mulher com metade do seu tamanho? Porque eu acho que você se fodeu *bonito* nesse, hein... Ray-Ray.

Ray-Ray. O detestável apelido usado pelo pai dele.

Mesmo depois dessas provocações, Raycevic continuou quieto, sem dizer uma palavra; e ambos caminharam em silêncio em meio ao ar enfumaçado. Lena percebeu que não tinha estômago para continuar zombando dele. Não tinha energia para ser cruel com um homem que talvez tivesse acabado de perder o pai. Ela sabia o que significava tal perda. Durante um incômodo momento, Lena se esqueceu de todo o horror e agonia dos últimos dez minutos, e se sentiu ela própria a agressora. A vilã.

Eu não sou uma pessoa má. Só quero buscar justiça para a minha irmã. Certo?

Uma lufada de vento soprou sobre a ponte, resfriando o suor na pele de Lena. Ela estremeceu. Ocorreu a ela que o primeiro tiro disparado no embate entre os três havia partido dela, não deles. Não foi legítima defesa. Não exatamente. De qualquer modo, fosse qual fosse a verdade, ela precisava obtê-la de ambos, do pai e do filho — e assim teria finalmente as respostas que buscava. Assim poderia ouvir a verdade da boca dos dois, desses malditos doentes que estrangularam Cambry até a morte e então jogaram seu corpo do alto da ponte para simular suicídio.

Ela sabia disso. Só precisava ouvir isso deles.

Estava tão perto agora.

Eles chegaram à cabine do caminhão.

— Fique aqui — ela ordenou a Raycevic.

O policial obedeceu, olhando amedrontado para a cabine alta do caminhão, para os três buracos abertos na porta vermelha. Com voz hesitante, ele chamou:

— Pai?

— Quieto. — Lena se aproximou da cabine com sua Beretta apontada para a frente. Os gritos lá dentro haviam cessado fazia um bom tempo, mas isso não significava que o velho estivesse morto. Ele podia ter armado uma emboscada. Lena decidiu que tentaria argumentar com o homem se ele estivesse vivo. Se estivesse morto, ela confirmaria isso. De qualquer modo, havia um rifle devastador ali, e ela não podia permitir que Raycevic pusesse as mãos nele.

Lena limpou a poeira nos olhos. Suas bochechas ardiam e coçavam, salpicadas com estilhaços que queimavam na pele como picadas de inseto. Além disso, seu cotovelo ferido latejava. Mas ela não podia perder o foco. Não agora. Não quando estava tão perto da verdade.

Ela subiu no degrau liso do caminhão. Era escorregadio, e estava muito quente pela exposição ao sol. Queimava os pés dela através das meias.

— Pai — Raycevic disse, com a voz rouca. — Ela está subindo até a porta agora...

Lena se voltou para ele irritada, mas o policial já tinha terminado a sua frase:

— ... então, *por favor*, pai, não atire nela.

Ela observou Raycevic, confusa. O policial algemado não a encarou; olhou para baixo, para o chão, mostrando abatimento. Seu queixo tremia. Ele piscou, e uma lágrima brilhou ao sol. Só podia ser uma encenação — ele estava atuando.

Por favor, não atire nela não significava nada. Ela sabia disso. Mas e as palavras *Ela está subindo até a porta agora*? Isso certamente significava alguma coisa.

Empoleirada no degrau da cabine, mantendo o corpo afastado da porta, Lena estendeu a mão livre e tocou a maçaneta. Era uma peça fina e polida. Ela o alisou com as pontas dos dedos pegajosas de sangue. E fechou lentamente os dedos em torno dele. Respirou fundo, tensa, esperando que outro tiro explodisse de dentro da cabine escura, atravessasse a porta e arrancasse uns dois ou três dedos dela, num estrondo apavorante.

Mas não houve tiro nenhum.

O trinco da maçaneta se abriu. Lena puxou a porta, abrindo-a. A porta se moveu pesadamente, fazendo ranger a estrutura, e alguns cacos da janela quebrada caíram na estrada. Ela se manteve afastada, tentando permanecer firme de meias sobre o degrau escorregadio. Considerou dizer alguma coisa para o homem lá dentro, mas mudou de ideia. Raycevic já tinha dito o suficiente.

Então, ela espiou dentro da cabine, num movimento rápido, como se fosse um pássaro dando uma bicada. Viu uma única pessoa ali, caída no chão. Com a cabeça caída. E viu sangue, muito sangue.

Ela recuou de novo, bufando.

— Ele tá morto? — Raycevic murmurou do chão.

Lena o ignorou, passou a Beretta para a mão esquerda e espiou mais uma vez, agora mais demoradamente. Enquanto corria os olhos pelo interior escuro da cabine, manteve o dedo indicador curvado sobre o gatilho, pronto para atirar. O homem ali dentro parecia morto, como Ray temia. Sua camiseta branca — com os dizeres *Eu acredito no Pé-Grande* — estava manchada de sangue vermelho-vivo. Ela sem dúvida o havia acertado com seus tiros. Ele estava curvado sobre a alavanca de câmbio, com a cabeça pendendo para baixo, na direção do próprio colo. Lena podia ver a tira marrom do tapa-olho, que havia sido deslocada para o cabelo grisalho do caminhoneiro. A fumaça dos tiros ainda pairava no ar. Os odores dentro da cabine a atingiram todos de uma vez. Fétidos, pestilentos. Suor seco, mau hálito, peidos envelhecidos — o que acontece inevitavelmente quando um homem na casa dos sessenta anos fica confinado dentro de um espaço pequeno durante dias, sem tomar banho.

Ela respirou da melhor maneira que pôde. Viu o rifle que o sujeito estava usando para atirar nela — parecia ultrapassado, mas muito bem conservado — no colo dele, com o cano voltado para baixo. Ao alcance dela.

Pegue a arma, Lena.

Ela começou a se inclinar para dentro, mas se deteve. Parecia uma armadilha. Ela teria de dar as costas para Raycevic, que estava logo ali embaixo. E se o velho estivesse se fingindo de morto? Ele poderia subitamente despertar e agarrar o seu pulso, mantendo a Beretta afastada dele, e ela estaria perto demais do homem para se virar e atirar nele de novo.

Pegue o rifle no colo dele. Aproveite a chance.

Ela não fez isso. Não parecia certo. Lena já tinha duas armas. Por que arriscaria o pescoço para obter uma terceira arma que ela nem sabia operar?

Então jogue-a de cima da ponte.

Não. Seria arriscado demais, não valia a pena.

Deixar a arma onde está também é arriscado. Vai deixá-la no colo de um homem que pode não estar morto?

Ela tentou pesar as opções ruins que tinha. Sentiu uma pontada no estômago. Olhou com atenção para a camisa manchada de sangue do homem velho, mas não soube dizer em que parte do corpo ela o havia atingido. No peito? Provavelmente seria fatal. Na altura do estômago ou do quadril? Nem tanto.

— *Ei, ei!* — Ela percebeu que Raycevic estava se mexendo à sua esquerda. — Não mandei chegar perto de mim, Ray-Ray.

Ele ficou imóvel. Apanhado com a mão na massa.

Lena apontou na direção do pneu dianteiro.

— Vá pra lá. E não saia de lá.

— Ele está morto?

Ela não respondeu. Não sabia. Sua pele se eriçou de arrepios quando ela se empoleirou na porta do caminhão, orientando-se para conseguir vigiar os dois. Ela temia tirar os olhos do homem ensanguentado dentro do caminhão, e temia também tirar os olhos de Raycevic. Mesmo algemado, ele estava perigosamente perto dela. Num piscar de olhos, seria capaz de agarrá-la pelos tornozelos, arrancá-la do degrau e atirá-la no concreto, e então pisar em sua traqueia antes que ela tivesse tempo de disparar um tiro. De quantas maneiras diferentes um homem como Raycevic podia matar alguém com as próprias mãos?

Fique alerta, Lena. São muitas distrações.

O policial perguntou uma terceira vez:

— Ele está morto?

— Está.

— Tem certeza?

— Sim — ela mentiu, olhando de perto o corpo do caminhoneiro.

— Eu posso vê-lo? Por favor?

Isso parecia um erro, de alguma forma. Lena balançou a cabeça numa negativa, e o mundo oscilou. Por um vertiginoso instante, ela se sentiu nauseada. Todos os horrores que os seus sentidos haviam experimentado retornaram de uma só vez — o medo apavorante de levar um tiro, o cheiro forte de pólvora, o estrondo dos tiros, o gosto do sangue. O estranho som de ganido que as balas fazem quando cortam o ar logo acima da cabeça. O homem morto na cabine, o estranho que ela mesma havia *matado* à bala.

— Ele... — Ela falou em voz alta, como se precisasse se justificar. — Ele atirou em mim!

— Você atirou primeiro — Raycevic murmurou. — Nós estávamos nos defendendo...

— Conversa. Um de vocês dois estrangulou a minha irmã. Vocês a enrolaram num plástico, assim não deixariam células de pele, nem pelos, nem fibras. E vocês a asfixiaram, com pressão controlada, para não deixarem contusões ou marcas na pele, ou sangue pisado nos olhos...

— Lena, você *não está escutando.*

— Diga a verdade. Agora. Quem foi, você ou ele?

— Nenhum de nós dois.

— Mentira.

— Cambry pulou da ponte. — O policial chegou mais perto dela enquanto falava; perto demais. — Estou tentando lhe contar a verdade, Lena. Você continua perguntando, esperando uma resposta diferente...

No painel de instrumentos do caminhão, Lena notou uma meia marrom suja enrolada em um nó. Levou alguns segundos para que ela percebesse do que se tratava realmente. O suco gástrico subiu à sua garganta, e ela balançou a cabeça novamente, sentindo a precária situação escapar do seu controle.

— Não, não, não. Vocês, seus filhos da puta, vocês é que mataram a minha irmã. Jogaram o corpo dela da ponte e fingiram que...

— Nós não conseguimos pegá-la.

Lena arregalou os olhos.

— O que... o que quer dizer com isso? — A mente dela se acelerou, tentando desesperadamente buscar algum sentido nas palavras dele. — Como assim vocês *não conseguiram pegar* a Cambry?

Raycevic aproximou-se mais um passo dela. Estava agora suficientemente perto para causar dano a Lena; perto o bastante para agarrá-la pelos tornozelos com as mãos algemadas, se desejasse.

Mas ele não fez isso. Apenas a olhou direto nos olhos.

— Lena, escute. Ela *fugiu* da gente.

19.
A HISTÓRIA DE CAMBRY

Cambry não perdeu a consciência — não ainda. Ela está apenas fingindo. Deixar os membros moles e arquear o corpo impotentemente nos braços do Homem de Plástico é só encenação.

E ele cai direitinho.

Os lábios do homem se movem ao lado da orelha dela.

— Já se foi? — ele diz.

Meu canivete. *Está no bolso direito dela — uma leve pressão contra a sua coxa, para onde todos os pensamentos dela convergem.* Está *bem aqui. A centímetros de distância. E agora, no momento em que o Homem de Plástico afrouxa o seu aperto levemente para checar o pulso de Cambry, ela finalmente,* finalmente *pode alcançá-lo.*

Num movimento imperceptível ela segurou o cabo do canivete Ka-Bar, retirando-o discretamente do bolso. Com o polegar, abriu a lâmina de oito centímetros. Sua mão se fechou sobre o cabo do canivete com um aperto firme.

— Unff! — ele bufou, desapontado. — Sabe, filha, eu pensei que você fosse durar mais do q...

Num movimento rápido, Cambry o esfaqueia bem no rosto.

A lâmina encontra tecido mole, como se ela tivesse furado gelatina. Bem mais fácil do que ela tinha imaginado. Cambry não pode ver exatamente onde enfiou a lâmina, mas tem um bom palpite. No início, o Homem de Plástico mal reage. Ele só aspira o ar intensamente pelo nariz, amarrotando o plástico. Como a preparação para um espirro.

E então ele a solta.

Cambry se projeta para a frente, batendo com a palma das mãos na lona escorregadia. Já não está mais com o canivete, que permanece enterrado no rosto do homem atrás dela. Ela se põe de pé num salto, e enquanto tenta se firmar na su-

perfície escorregadia, reconhece as formas do caminhão em meio à escuridão. O ar da noite é terrivelmente frio, e queima a sua garganta. Ela tenta enxergar algo, procura pelas luzes vermelhas e azuis de Raycevic, mas só encontra escuridão.

Ela se volta novamente para o Homem de Plástico.

Ele não se mexeu. Parado, em silêncio, com as duas mãos levantadas na altura do rosto. Está com medo de tocar no rosto. Dois relâmpagos iluminam o local e revelam uma extremidade do Ka-Bar sobre a máscara com respirador, inserido entre a maçã do rosto e o globo ocular. Suas pálpebras abriam e fechavam sem parar, como se ele tentasse expulsar um grão de areia do olho, balançando o punho da faca para cima e para baixo.

O homem toca no punho do canivete, apalpando-o de leve com a ponta dos dedos. Dessa vez ele reage com um profundo e terrível assombro.

— Oh — ele diz. — Oh, woooh...

Cambry saboreia a sua vingança — mas então sente medo. Ele não está morto. Nem perto disso. É um animal ferido, chocado com a visão do próprio sangue. A qualquer momento, ele poderá reagir com raiva. Ela se afasta dele, mais e mais, até que suas costas batem no metal frio do caminhão.

Cambry ainda pode ouvir o homem gemendo na escuridão, mas não pode vê-lo.

— Pai? — alguém diz atrás dela.

O coração de Cambry quase salta pela boca — pois é a voz de Raycevic. Mas uma voz processada, elétrica. Vem de uma unidade de rádio. Então o policial não está por perto. Não mais.

— Pai, você quer que eu volte? — A voz soa através do rádio de novo. — Eu estou na ponte...

O Homem de Plástico agora pisoteia o chão furiosamente. Com as mãos cerradas, vocalizando com uma espécie de zumbido de agonia o seu imenso sofrimento. Cambry não consegue enxergar detalhes sem outro relâmpago, mas sabe que ele está arrancando a lâmina do seu globo ocular. Seus pensamentos estão acelerados, e ela considera a possibilidade de atacar o homem. Imediatamente. Lançando-se contra ele, derrubando-o, posicionando-se sobre ele e empurrando com ambas as mãos o cabo da faca para baixo. Dessa maneira, e usando todo o peso do seu corpo, ela poderia enterrar a lâmina bem no cérebro do miserável.

Essa é a sua chance!, suas fúrias insistiram. É a sua única chance. Agora! Pegue-o, Cambry!

Mas já é tarde demais. Ele grita, puxando o canivete para fora do rosto. O canivete voa e cai em algum ponto da lona estendida. Um grunhido de puro ódio ecoa.

— Pai. Responda.

Invisível na escuridão, o Homem de Plástico se lança sobre Cambry agora. Mas ela percebe o movimento do agressor pelo deslocamento de ar, abaixa-se e escapa por debaixo do braço dele. Então ela gira nos calcanhares, escorrega para baixo do caminhão e rasteja até o outro lado.

— SUA PUTA! — Ele desaba no chão, fica de quatro e começa a persegui-la. — VADIA DESGRAÇADA!!...

Cambry se arrasta por entre os pneus gigantes, engatinhando com os cotovelos e os joelhos no chão, abrindo caminho entre as correntes suspensas. Não pode ver o Homem de Plástico, mas o escuta arrastando-se logo atrás dela, resfolegando, tentando avidamente agarrar o tornozelo dela com sua mão enrugada.

— Peguei!

O homem a agarra, mas ela consegue puxar a perna e se desvencilhar. Ele é lento demais. E Cambry é muito rápida. Ela nasceu para correr. Cambry sempre foi veloz como um demônio; impossível alcançá-la, impossível capturá-la. Estava sempre um passo à frente, saindo graciosamente à francesa antes que a polícia aparecesse. Ela chega ao outro lado do caminhão e salta de debaixo dele, virando bruscamente para a esquerda e chutando o cascalho em seu caminho.

Ela pode ver o seu Corolla agora — lá está ele, iluminado por outro relâmpago — *e dispara a correr, enquanto o Homem de Plástico berra atrás dela, com um ódio aterrador:*

— *Aaah!* CARALHO!!

— Pai? — *A voz soa no rádio.* — O que ela fez?

— ELA... AH, CRISTO, PUTA QUE...! AAH... MEU OLHO, EU NÃO POSSO VER!!

— Hein?

— ELA ARREBENTOU O MEU OLHO!

Ótimo, *ela pensa com satisfação. Ela chega ao carro e puxa a porta* — ainda está entreaberta — *e se lança sobre o assento do motorista. Em casa de novo. Gira a chave; o motor engasga, e leva alguns segundos barulhentos para pegar. Praticamente só há fumaça de combustível no tanque.*

Mas a interestadual não pode estar longe agora.

Você consegue, Cambry. Não olhe para o relógio.

São 8h58 da noite.

Ela dá a partida no carro. Você só precisa chegar a algum lugar, encontrar uma área pública bem iluminada e chamar a polícia. A polícia de verdade. E esses dois vagabundos vão pagar caro.

— ELA ESTÁ NO CARRO DELA!

— Calma, pai. O que aconteceu com o seu olho?

Cambry pisa no acelerador, e o motor ruge. Um som revigorante, que ela sempre associou à liberdade. O Corolla arranca, passando em velocidade pelo caminhão. Ela aciona os faróis dianteiros, enchendo a estrada vazia de luz, e tenta avistar o covarde cego de um olho, na esperança de pegá-lo em cheio ao passar pelo caminhão. Mas não tem essa sorte. As vozes dos dois se perdem no ar:

— ELA ESTÁ ESCAPANDO!...

E tudo começa a desaparecer atrás dela. O caminhão Cascavel do Deserto. O Homem de Plástico. As vozes deles discutindo, a pressão sufocante em sua traqueia, o cheiro rançoso de suor e merda de cobra dentro da cabine. Tudo isso fica mais e mais distante, até finalmente sumir.

Seu velocímetro marca noventa, cento e dez, cento e trinta quilômetros. As curvas da estrada se sucedem. O ar da noite sopra através das janelas, jogando seu cabelo para trás. Ela estremece e ri nervosamente. A armadilha dos dementes filhos da puta não funcionou. Pelo visto, ela havia testemunhado algo que não deveria; e depois de escapar das garras deles, logo o mundo inteiro tomaria conhecimento do que ela sabia. Ela iria deixar aqueles dois bem famosos. Eles seriam presos, acorrentados, sentenciados. O gordo provavelmente precisaria de uma cadeira elétrica com o dobro do tamanho normal.

Agora a estrada se torce numa inclinação, como uma tira. Um último trecho de montanha antes da interestadual. Então ela está fora de perigo. Ela checa o espelho retrovisor para saber se há alguém perseguindo-a. Nada. Outro relâmpago ilumina a estrada e confirma isso. Cambry está sozinha.

Ela pisa fundo ao entrar numa reta. O ar frio faz as lágrimas em seus olhos se espalharem. Ela não consegue evitar — está chorando, rindo e gritando, tudo ao mesmo tempo, porque cada instante é mágico: Mamãe, papai, Lena, *ela pensa com alegria e saudade.* Vou vê-los de novo! Quando eu voltar para Washington, prometo que vou procurar todos vocês, e nós seremos uma família.

***

Eu peço desculpa. Eu devia parar.

Eu estou fantasiando. A verdade é que eu não tenho a menor ideia do que se passava na cabeça dela a essa altura.

Preciso me ater aos fatos enquanto escrevo isso.

Mas gosto de imaginar a minha irmã pensando em nós de maneira afetuosa enquanto dirige para longe do perigo e se salva. Imaginá-la fazendo as pazes com a mamãe e o papai. Talvez ela arranjasse um apartamento, parasse de viver de modo tão precário, fizesse um curso de desenho gráfico. Talvez, quem sabe, Cambry até pense em mim enquanto dirige: Também tenho saudade de você, Rata. É uma pena que a gente nunca tenha conversado. Sinto muito se somos como estranhas. Eu queria ter me relacionado com você de maneira diferente.

Também é possível que eu nunca tenha captado os pensamentos dela naquela noite fria de junho. Não posso provar isso. Com base no relato do cabo Raycevic, eu sei apenas que a minha irmã escapou do ataque do Homem de Plástico e continuou dirigindo na direção norte, rumo à interestadual. Ou seja...

***

Na estrada diante de Cambry há uma curva acentuada.
Revelando uma ponte.
A ponte surge rapidamente. Emerge da escuridão, desolada, corroída e muito feia. Sua estrutura de vigas compridas entrecruzadas está fixada solidamente nas rochas. Os faróis de Cambry iluminam uma placa enferrujada, e ela vê de relance o que está escrito em tinta spray preta quando o Corolla passa pela placa:
TODOS OS SEUS CAMINHOS DESEMBOCAM AQUI.

20.
LENA

— O QUE REALMENTE ACONTECEU COM A MINHA IRMÃ?

Theo Raycevic se manteve totalmente imóvel, com o rifle Winchester em seu colo, o cano apontado para baixo. Continuou com a cabeça abaixada, respirando muito devagar. E escutando. Sabia, com base na altura e na impostação da voz de Lena, que a pergunta dela era direcionada a Ray-Ray.

Saber ouvir é maravilhoso.

Os olhos? Exageradamente valorizados. As jiboias, em sua maioria, têm visão diurna quase inútil, mas em compensação contam com uma capacidade quase sobrenatural de perceber vibrações e cheiros. Theo entendeu isso. Ele desfruta dos seus melhores momentos no escuro, quando está enrolado em lona de pintura e parado dentro de um armário de motel como se fosse um casaco pendurado no cabide. Ignore a sua visão e os outros sentidos irão se sobressair. O pequeno quarto se torna um inebriante universo de sensações táteis. A sutil respiração da mulher. O ritmo da pulsação dela. Os passos dela da cama até a pia do banheiro. Tão descontraidamente alheia ao fato de que ela e o seu matador estão respirando o mesmo ar.

A sua situação agora não era muito diferente.

Ray-Ray deve ter hesitado, porque Lena subiu o tom de voz:

— *Fale*, Ray.

A respiração dela era agitada, trêmula. Theo disse a si mesmo que isso não era uma filmagem clandestina do tipo snuff, e Lena não era uma estúpida de uma perdida, com agulhas de heroína na bolsa. Lena era uma lutadora, uma asiática beligerante tal qual a irmã, e ainda cheia de adrenalina em razão do intenso tiroteio. Era perigosa, uma sobrevivente, e a situação em que estavam provava isso. Porém Theo tinha conseguido uma margem de manobra agarrando a oportunidade de se fingir de morto, e agora ele escolheria o melhor momento para contra-atacar. Lena pagaria com a própria vida por não ter confirmado a morte dele.

Você não tem os instintos necessários para isso, ele pensou. *Não como a Cambry tinha. Você não passa de uma sombra da sua irmã.*

Ele sentiu o cheiro do suor da garota. Havia essência de maçã-verde no xampu dela. Ou talvez um desodorante, algo floral, casual. Elas sempre cheiravam bem.

Finalmente, Ray-Ray disse alguma coisa:

— Ele... Ele não é um bom homem.

— O seu pai?

— Eu sei que ele não é um bom homem.

Fale por você, Ray-Ray. Isso era como ouvir o próprio discurso fúnebre.

— Ele, hum... Ele mata pessoas.

Nossa, como eu sou ruim.

— Não só pessoas. As vítimas dele são mulheres.

Ah, eu faço isso, que droga. Um desrespeito à igualdade de gênero.

— Ele pega essas mulheres... ahn... — A voz de Ray-Ray estremeceu de constrangimento. — Pelas estradas. Ele percorre as rodovias, de Chicago a Austin e a Memphis, como um demônio sobre rodas nesse caminhão. Ele se oferece para ajudar garotas desamparadas, caronistas, meninas bêbadas que só precisam de uma carona para casa. Se não pudesse pegá-las dentro do caminhão, meu pai descobria onde elas iriam dormir à noite. Ele chamava as vítimas de suas *perdidas*. Qualquer uma que fosse jovem, atormentada, vivendo dentro de um carro, fugindo de um passado difícil... Enfim, qualquer uma sem endereço certo, que pudesse desaparecer facilmente.

Não cuspa onde você come. Eu te ensinei isso, Ray-Ray.

— Uma vez, quando eu tinha cinco ou seis anos, meu irmão e eu estávamos jogando Nintendo e o pai entrou em casa, vindo da oficina. Ele estava coberto com aquela capa impermeável. Da cabeça aos pés, como um cadáver ambulante numa mortalha. Isso apavorou a gente. Perguntei o que ele estava fazendo. Sem hesitar, ele abriu o seu grande sorriso de crocodilo através do respirador e disse: "*Porque, filho, eu sou o Homem de Plástico!*". Ele disse isso com uma voz ridícula.

Theo mal se lembrava disso. Mas era estranhamente emocionante saber que Ray-Ray se lembrava.

— Como um super-herói — Ray-Ray disse. — Como Clark Kent desaparecendo numa cabine telefônica. Tornou-se normal para mim saber que o meu pai às vezes desaparecia porque tinha se transformado no Homem de Plástico.

A voz dele ganhou um tom sombrio. Como o sol passando atrás das nuvens.

— Meu irmão e eu entendemos o significado disso mais tarde, quando tínhamos dezoito anos. Nós lidamos com a situação de maneira diferente. Ele colocou uma escopeta debaixo do queixo, como já lhe contei. Quanto a mim, eu estava prestes a começar na academia em Missoula, o meu sonho de toda uma vida. Mas tinha acabado de perder o meu irmão gêmeo, e o meu pai, o único membro vivo da minha família, era um assassino psicopata. O que fazer?

Theo percebeu um movimento. A cerca de um metro de distância, a garota ajustou a sua posição junto à porta. A atenção dela estava voltada para Ray-Ray mais abaixo, e não para o cadáver curvado no chão da cabine.

Era uma ótima ocasião para agir.

Ele abriu cautelosamente o seu olho bom. Respirando através do nariz. Bem devagar, deslizou a mão direita na direção da coronha de nogueira polida do rifle Winchester. Uma forma familiar e reconfortante, pegajosa devido ao sangue e ao chá. Theo ensaiou mentalmente o seu ataque: levantaria a cabeça, ergueria o rifle e arrancaria fora os pulmões da garota. Tudo numa fração de segundo, antes que ela tivesse tempo de apontar a pistola para ele. Sim, ele poderia fazer isso agora mesmo — não fosse por um problema.

Um grande problema.

Não havia bala na câmara. Ele teria de engatilhar a arma para poder atirar, e não conseguiria sem fazer barulho. E Lena escutaria.

Bosta. Ele havia se esquecido desse detalhe.

— Propus um acordo ao meu pai — Ray-Ray prosseguiu. — Se ele prometesse nunca mais voltar a fazer isso, nunca mais mesmo, eu... eu ajudaria a encobrir os rastros dele.

— Mas ele fez de novo, não é?

Pode apostar que fiz.

— É, ele voltou a fazer, sim.

— Pobre de você.

Enquanto eles falavam, Theo aplicava uma lenta e constante pressão na alavanca do rifle. Movimentando o mecanismo da arma, milímetro a milímetro, a fim de engatilhá-la o mais silenciosamente possível.

Então poderia se levantar e acabar com ela.

— Dezessete anos — Ray-Ray prosseguiu. — Há dezessete anos eu limpo a sujeira dele. Cuido de tudo para ele. A qualquer hora. Fiz corpos desaparecerem. Queimei evidências. Enterrei veículos. Ocultei registros. É um segredo horrível que venho guardando durante toda a minha carreira: sou o anjo da guarda do meu pai.

Meu anjo da guarda. Theo se lembrou de ter dito isso — exatamente essas palavras — certa manhã, enquanto eles lidavam com cimento. Foi no Dia dos

Pais. Não dá pra inventar uma coisa dessas. Sob a sua barriga, Theo sentiu o mecanismo articulado do rifle se abrir mais e mais; sua arma logo estaria preparada para atirar.

— Mas... — Ray-Ray acrescentou, como se fosse importante. — Eu só limpei a sujeira. Só cuidei das consequências. Jamais tive estômago para... Bom, você sabe.

Isso era verdade. Seu jovem filho idolatrava a polícia; sonhava em ser tira desde que havia prendido o irmão com algemas de plástico pela primeira vez. Deve ter sido simplesmente devastador para Ray-Ray tornar-se adulto e se ver protegendo o lado contrário. Quando a vida puxa o nosso tapete, é mesmo uma merda, não é?

A alavanca do rifle chegou ao fim do seu movimento e empurrou para fora uma bala deflagrada .30-30, que Theo silenciosamente amparou com a palma da mão. Não podia deixar que Lena ouvisse o projétil bater no chão.

— Você não tentou detê-lo? — Lena perguntou.

— E-eu *sempre* tentei detê-lo — Ray-Ray gaguejou. — Eu ameacei acabar com tudo, entregá-lo e com isso me entregar também. Muitas vezes. Mas ele sempre pagou para ver, porque sabia que eu estava metido nisso até o pescoço. E eu tinha mais a perder.

Essa vai ser a parte arriscada, Theo pensou. Ele segurou a arma com as duas mãos e fechou a alavanca em minúsculas etapas, com pressão lenta e contínua, até colocar uma nova bala na câmara do rifle. Por fim, encerrou o movimento com o clique mais absolutamente suave e fraco que pôde conseguir.

Então ele percebeu um tênue movimento. Era Lena virando-se para olhá-lo.

Ela percebeu.

Theo paralisou no mais completo silêncio, suando frio. Seu ventre perfurado se contraiu, os pelos se eriçaram em sua pele. Ele se perguntou se Lena havia reconhecido o som de alavanca terminando de engatilhar. Ela conhecia bem armas, não conhecia? Coisa incomum para uma mulher. A temperatura dentro da cabine pareceu mudar. A situação dele era bastante delicada. Se Lena se inclinasse para olhar mais de perto, ela perceberia que os dedos ensanguentados do cadáver se encontravam agora *dentro* do guarda-mato do rifle.

Um segundo se passou.

Dois segundos.

Theo esperou nas sombras, com o olho bom bem fechado. Uma gota de suor escorreu por seu nariz e parou pendurada em sua narina. Fez cócegas nele.

Ele finalmente ouviu a garota bufar baixinho e voltar a falar. Ela se dirigiu a Ray:

— Então é isso? Eu estive na sua cola o tempo todo. Mas você nem mesmo é o assassino. — Lena parecia desapontada, como se todo o tiroteio que realizaram tivesse sido perda de tempo para ela. — Você é o *faxineiro* do matador.

Seu filho suspirou, e foi possível ouvir a angústia em sua voz.

Theo teve vontade de rir, o que lhe causou uma pontada de dor na região onde a bala de nove milímetros estava alojada. Talvez ele gostasse da garota. Talvez ela tivesse de fato o DNA da Cambry. Não que isso importasse: o rifle estava agora inclinado e pronto entre os seus joelhos.

— A minha... Ela... — Lena tinha uma pergunta a fazer, mas hesitou, como se tivesse medo de perguntar.

— Quê? — Raycevic disse.

— A minha irmã foi uma das vítimas dele?

Que ótima pergunta essa. Merecia uma resposta devastadora, para que Theo soubesse que havia chegado o seu momento de atacar — de olhar para a maluca, endireitar o corpo e erguer o cano do seu rifle recém-municiado para fuzilá-la bem no peito. Ele esperou, em sua escuridão particular, que Ray-Ray se preparasse para responder, e só então ele daria a essa vadia a maior surpresa da vida dela...

* * *

LENA ATIROU NA CABEÇA DO CAMINHONEIRO, por via das dúvidas.

Ele se debateu, lançando um jato fino de sangue, que encheu a cabine como pó iluminado pelo sol. Sua cabeça se chocou contra o rádio, e ele tombou sobre a alavanca de câmbio, movendo-a para a frente. O rifle ficou caído. Talvez fosse só imaginação, mas Lena poderia jurar que viu, por uma fração de segundo, um resquício de expressão na face do cadáver.

E parecia uma expressão de *surpresa*.

O tiro reverberou no espaço confinado. Raycevic gritou, chocado.

— Precisei me certificar — ela disse. — Como saber se ele não estava se fingindo de morto?

Ela havia atirado com o revólver, acertando o lábio superior do sujeito. Um pouco abaixo do ponto em que costumava alvejar os seus alvos no estande, porque ela estava tensa e atirou com a mão esquerda. Mesmo assim, o tiro foi certeiro. Ela verificou o cilindro do revólver — toda a munição havia sido utilizada. Ela deixou cair a arma vazia.

Raycevic não se movia. Estava paralisado de horror e desnorteado.

— Por que... Por que tinha de fazer *isso*?

Pressentimento, Lena quase respondeu.

E agora mesmo ela estava percebendo alguma outra coisa — um movimento perturbador. Ele sentiu que o caminhão estava se movendo. O pavimento se moveu debaixo do degrau onde ela estava. Como quando se fica de pé na maré vazante.

Raycevic também percebeu isso.

Ao bater no câmbio, o corpo do velho provavelmente colocou o veículo em ponto morto. Dez toneladas de caminhão e de carga agora deslizavam pela leve inclinação da Ponte do Grampo. Os freios a ar guincharam suavemente — resistindo, mas não o suficiente.

Lena não se importou com isso. Já havia gastado tempo demais empoleirada na porta dessa cabine com cheiro de suor velho e cocô de cobra. Eles continuariam a sua conversa perto dos carros, e perto do gravador, para que o restante da confissão de Raycevic pudesse ser registrado para a posteridade. Se o caminhão tinha um encontro com o fundo do vale, ela com certeza não gostaria de estar dentro dele quando isso acontecesse.

— Para trás, Ray.

Enquanto Ray obedientemente recuava, afastando-se do caminhão em movimento, Lena manteve a pistola apontada para ele e desceu os degraus. Pulou para o chão um pouco desequilibrada, com os olhos semicerrados devido à forte luz do sol. Raycevic olhava estupefato para alguma coisa na distância. Ela logo viu do que se tratava.

A leste da ponte, a colina mais próxima — e sua cobertura de pinheiros — estava agora sendo consumida por uma parede de fogo de proporções apocalípticas.

O incêndio Briggs-Daniels se aproximava.

21.

— O NOSSO TEMPO ESTÁ ACABANDO, LENA.

Ignorando Raycevic, ela colocou outra fita cassete de noventa minutos no gravador. Apertou o botão de gravação, deixando nele uma impressão de sangue. Já tinha ido longe demais, e lutado hoje como nunca em sua vida; não deixaria que um incêndio florestal interferisse bem agora.

— Lena — ele sussurrou. — Nós *temos de ir embora...*

— Ainda não. Como foi que a minha irmã morreu?

— Você é louca.

— Ela foi uma das... — Lena havia levado algum tempo para entender a implicação vil dessa palavra. — Uma das *"perdidas"* do seu pai?

— Não. Cambry era diferente. — Raycevic observou as árvores distantes queimarem como pavios de mais de vinte metros, alimentando colunas encorpadas de fogo. — Ela não era uma vítima. Ela me flagrou queimando coisas na minha área de fogueiras, e viu algo que não deveria ter visto.

— A sua área de *quê*?

— Minha área de fogueiras.

— Não entendo.

Raycevic se esforçou para organizar os pensamentos.

— Lá pelos lados da Estrada da Fazenda Pickle, há... logo depois do celeiro queimado, se você for pela estrada de terra ao sul... meu pai tem um pedaço de terra ali, dado pelo meu tio quando a madeireira dele faliu. Nós chamamos o lugar de Propriedade dos Raycevic. O legado da família devia ter sido uma grande casa, uma casa magnífica, mas isso jamais se concretizou. As estradas ficavam intransitáveis no inverno. Os caminhões nunca levaram os materiais até lá. Então a fundação se deteriorou, e o poço secou, e a propriedade acabou se tornando um lugar onde eu... ahn... — Ele se calou, abaixou a cabeça e ficou olhando para o chão.

A sua área de fogueiras.

Lena sentiu gosto de ácido gástrico na garganta.

— Ela... viu você queimando algum cadáver?

— Não é simples assim. Há muito mais do que isso.

— E você teve de fazê-la desaparecer também?

— Eu queria que isso nunca tivesse acontecido, Lena.

Ele está falando sério. De uma coisa ela tinha certeza: isso não era mentira.

Movendo-se vagarosamente, o caminhão havia agora rodado cerca de trinta metros pela ponte. Com o pai de Ray dentro da cabine, caído ao lado da sua cobra morta. O predador humano que rondava rodovias e colecionava almas como uma gralha coleciona vidro. Ele era o coração sombrio desse mistério — talvez o maior responsável pela morte de Cambry —, e já estava morto. Inacessível. Não poderia mais sofrer nenhum castigo. Foi bom atirar nele? Foi o momento da vingança, um momento de supremo prazer que já havia passado?

Lena sentiu os olhos se encherem de lágrimas em meio ao ar enfumaçado.

— E só por esse motivo Cambry tinha que morrer? — O queixo dela tremeu, mas Lena se esforçou para evitar isso. — Tinha que morrer porque viu uma estúpida fogueira? *A minha irmã se foi* só por causa disso?

— Mas o que você esperava?

Lena não sabia. Uma conspiração, talvez? Fantasmas na Ponte do Grampo? Qualquer explicação seria melhor que essa. O verdadeiro monstro já estava morto dentro de um caminhão de dezoito rodas que descia lentamente a ponte, e tudo o que restava a Lena era Ray-Ray, o empregadinho chorão do assassino.

Cambry morreu. Tudo por causa de uma fogueira.

Respostas podem desapontar você. Lena sabia disso muito bem. Seus amigos podem se afastar. Seu caro diploma em inglês pode qualificar você para uma carreira como vendedora. Seu sonho com a sua irmã morta, uma noite antes de você vingar o assassinato dela, pode mostrá-la recusando-se a olhar para você, recusando-se a falar com você, praticamente dizendo "vá se foder" do túmulo. *Vá, Lena. Apenas vá. Por favor, vá...*

Um guincho chegou aos ouvidos dela. Áspero, metálico, como uma chave de fenda riscando um quadro-negro. Era a lateral direita do caminhão raspando no gradil da ponte. Faltavam agora cerca de sessenta metros.

— Ela estava correndo, Lena. Eu tive de pará-la. Me perdoe.

— Perdoar você?

— Sim. Por tudo. Eu mereço o que você me fez. É isso mesmo. Meu pai e eu fizemos isso juntos. Você apareceu como uma pistoleira num faroeste, para limpar esse lugar e deter o *serial killer* da região, e foi o que fez. Ele está morto agora, e você me pegou. — A voz dele perdeu força. — E eu sinto muito pelo que aconteceu com Cambry.

— Não pronuncie o nome dela.

— *Cambry Lynne Nguyen*. Eu guardo o nome de todas. Precisei guardar, porque o meu pai não se lembrava de nenhuma. É como você disse: quando você está morto, não é mais uma pessoa. É apenas uma ideia.

O som agudo de metal contra metal se intensificava, ecoando pela ponte. O gradil da ponte se arqueava e amolecia, prestes a se romper.

— Anna Richter. Molly Wilson. Kara Patrick. Ingrid Wells. — Ele respirou fundo, num movimento brusco. — Janelle Ross. Ellie Erickson. Erin DeSilva. Megan Hernandez. Mary Keller. Sara Smith.

Lena deu um passo para trás. Os nomes continuavam surgindo.

— Karen Fuller. Alex Ford. Kelly Sloan. Melanie Lopez. — Ele olhou para o gravador. — Você gravou tudo? Todas essas pessoas foram destruídas, desapareceram da face da terra. O meu pai operava principalmente nos meses de verão, quando mulheres viajam tarde da noite e sozinhas. Não havia planejamento. Nenhuma estratégia. Ele simplesmente cedia aos caprichos delas, mimava-as. E depois que terminava com elas me chamava. E eu estava em casa com a Liza, ou levantando peso na delegacia, e o meu telefone tocava: "Tenho uma *perdida pra você*", ele dizia. E eu ia lá fazer a minha parte.

Ela o imaginou "fazendo a parte dele" e obedientemente queimando o corpo de alguma estranha até que só restassem ossos carbonizados. E Cambry, pobre Cambry, rebelde e voluntariosa, deparando-se por puro azar com a macabra cena em seu caminho, testemunhando o segredo da família Raycevic — o que selou o seu destino.

O som de guincho se intensificou a ponto de se tornar angustiante. O gradil finalmente cedeu sob o peso de dez toneladas do caminhão. Os rebites explodiam como tiros. O caminhão se inclinou sobre o rio Silver, agora a centímetros de despencar.

— Eu matei uma *criança* esta semana — ele disse com voz fraca.

Lena o encarou.

— Meu pai ligou pra mim um certo dia e me disse que tínhamos de dar sumiço em outra perdida. E no carro dela. E... ele disse que havia uma *situação* para ser resolvida no banco de trás de um carro.

Os olhos dela faiscaram.

Você não fez isso, ela pensou. *Você não...*

— Três anos, talvez quatro. — A voz dele vacilou. — Um garotinho de cabelo castanho, que se parecia comigo e com o meu irmão quando éramos pequenos. Num banco de carro cheio de adesivos de super-heróis: Capitão

América, Thor, Hulk. O menino estava chorando, porque tinha acabado de ver a mãe ser levada. Essa era a "situação" à qual o meu pai se referia. Era o que ele esperava que eu "resolvesse".

Lena queria fechar os olhos, fazer tudo isso parar. O barulho de guincho do caminhão aumentou ainda mais.

— Eu levei o menino para o nosso galpão e o mantive lá. O papai me disse que era uma ideia ruim. Mas eu não sabia mais o que fazer. Dei a ele comida e roupas, e velhos brinquedos que peguei em meu sótão. Montei Legos com ele. Ele teve uma infecção na orelha, e eu dei a ele alguns antibióticos do meu pai. Eu pensei... Porra, sei lá o que eu pensei. Que nós podíamos criá-lo, eu acho. Mas a minha mulher jamais poderia saber. Depois eu considerei a possibilidade de colocá-lo no carro e partir com ele rumo ao Arizona, ou ao Novo México, e deixá-lo na frente de um quartel de bombeiros no meio da noite. Eles cuidariam para que o garoto fosse entregue a membros da sua família. Não é?

Raycevic fez uma pausa, esperando a anuência de Lena. Mas ela não daria validação para os seus atos.

— O problema é que ele viu o nosso rosto. Ele se lembrava de *tudo*.

Raycevic falava como se *ele* fosse a vítima.

— Eu não tive escolha. — Ele engoliu em seco, e então contou tudo. — Passei três meses considerando todas as opções que eu tinha, entende? E, por fim, esta semana eu vendei o garoto e lhe disse que quando retirasse a camiseta do rosto dele ele veria a sua mamãezinha de novo. E eu o levei até o poço. O poço está seco, e são pouco mais de doze metros de queda até a rocha de xisto. E eu... deixei o menino cair de cabeça. Ouvi quando ele bateu no fundo. Foi rápido. Rápido demais para ter doído, assim como foi com Cambry. Acho que ele morreu instantaneamente com o impacto, o que é bom, porque uma morte lenta por desidratação teria sido bem pior...

A voz dele ficou arrastada de novo. Ele estava apenas tentando convencer a si mesmo. Olhou para Lena. Parecia uma patética criança gigantesca dentro de um uniforme, esperando que ela puxasse o gatilho a qualquer instante.

Ela pensou em fazer isso.

— Isso aconteceu dois dias atrás. Você me perguntou por que eu não conseguia dormir desde quinta-feira? *Esse* é o motivo.

Quinta-feira. O dia em que o cabo Raymond Raycevic perdeu definitivamente a batalha por sua alma.

— Bom, é isso. — Ele fungou. — Parabéns. Você acaba de solucionar catorze casos arquivados que se arrastaram por uma década, de pessoas desaparecidas da Califórnia até Philly. Isso daria um livro e tanto. Você vai ficar famosa.

Você também, ela pensou.

O matador de crianças exibiu os dentes numa tentativa de sorriso, atormentado.

— Está satisfeita, Lena?

A noventa metros de distância, o caminhão em marcha lenta continuou rasgando o gradil, que guinchava e cedia cada vez mais, até que todo o veículo rompeu a amurada e finalmente pendeu para baixo, submetendo-se à gravidade — apenas para parar subitamente o seu movimento de queda. Dez instáveis toneladas, penduradas sobre a Ponte do Grampo por um gradil retorcido.

O caso não parecia solucionado.

Ela tinha a dolorosa sensação de que algo faltava, como um vazio dentro dela. Alguma coisa estava ausente. Ausente o dia inteiro, e ela não podia explicar isso. Através do vale, ela observou o incêndio distante passar de árvore para árvore, fazendo ondular a paisagem coberta de laranja. No ar, gosto de cinzas de fogueira.

Se eles mataram Cambry, por que simularam o suicídio dela? Por que não a queimaram e apagaram os vestígios dela, como fizeram com todos os outros?

— Você pode nos matar, Lena, mas não pode mudar o passado. E a sua irmã, eu repito, *escolheu* pular desta ponte — Raycevic disse. — Bem ali. Daquele gradil. — Ele abaixou a voz. — Eu estava lá. No instante em que ela pulou.

22.
A HISTÓRIA DE CAMBRY

Cambry pisa no freio, mas seu coração se acelera.
Não, não, não!
À sua frente, a familiar viatura policial de Raycevic está estacionada no final da ponte. Na lateral. Esperando por ela. Ela pode ver o homem simiesco sentado no capô do carro com aquele rifle semiautomático preto no colo. Ele olha para Cambry, semicerrando os olhos ofuscados pelos faróis do Corolla.

Há uma armadilha à espera dela: formas escuras parecidas com garras dispostas ordenadamente diante do carro de patrulha, estendendo-se no chão de um gradil a outro. Como crocodilos espreitando nas águas de um rio, submersos, mas com uma pequena parte do corpo fora da água. São diliceradores, usados pela polícia para retalhar pneus.

Não, *ela quer gritar.* Isso não é justo. Eu consegui escapar...

Ela dá um soco no volante. A buzina soa. Ela grita para o nada, para tudo, para ele, para si mesma — porque ela sabe que o seu destino estava selado no instante em que escapou do Homem de Plástico e escolheu seguir na direção norte. Ela tinha duas opções — norte ou sul — e fez a escolha errada. Assim como a coruja guia as almas dos que estão para partir, assim como o Ceifador encontra a sua presa na caverna, Cambry já tinha um encontro marcado nessa ponte; um encontro inevitável.

Não há como desfazer isso. Não há como resistir.

O relógio digital marca 9h da noite.

Ela recupera o fôlego e analisa as suas chances. E se passasse por cima dos diliceradores de Raycevic e continuasse em frente? Não iria longe. Não com quatro pneus rasgados. Ele a pegaria com facilidade.

O policial balança a cabeça numa negativa. Como se tivesse lido a mente dela.

Lágrimas rolam por seus olhos.

— Não. Por favor.

Então ele ergue o rifle na altura do ombro, e aponta o cano mortal para ela através do para-brisa. Em pânico, a mente de Cambry se acelera. *Dê meia-volta, Cambry, vire o carro. Volte e vá na direção da...*

De súbito ela nota, pelo espelho retrovisor, a luz de faróis também atrás dela. São os familiares faróis do caminhão de dezoito rodas do Homem de Plástico, voltando como em um pesadelo. Mesmo depois de ter perdido um olho. *Como isso é possível?*

Ela está presa. Encurralada na Ponte do Grampo.

À sua frente, Raycevic se aproxima, passando pelos seus diliceradores no chão, e com o rifle apontado para ela. Ele balança o cano para a esquerda, num gesto claro: "Saia do carro. Agora".

Ela sacode a cabeça, negando-se. Lágrimas mornas descem por seu rosto.

Raycevic gesticula mais uma vez com o cano da arma, agora com mais vigor, mandando-a sair. Seu dedo está no gatilho.

— Por favor, Ray. — Ela odeia ter de pronunciar o nome dele. — Por favor. Só precisa me deixar ir.

Sob a luz intensa, Cambry finalmente vê os olhos dele. Pela primeira vez desde que a noite começara a cair, ele não é um monstro com o porte físico de um Hulk e corte de cabelo escovinha. Ele parece humano, de carne e osso, sujeito a falhas — e nesse momento, profundamente cansado. Ele não quer estar ali. Ele odeia a vida que leva.

— Cambry... — Há cansaço na voz dele também. — *Vou atirar em você se não sair do veículo.*

Ela obedece. Não tem escolha. A porta do Corolla se abre. Cambry pisa no concreto da ponte com pés trêmulos. Ela está muito arfante, e sente um aperto no peito.

— Fique lá — Raycevic diz.

Ele aponta para o gradil da ponte, a três metros de distância dela. É uma estrutura com marcas de ferrugem, que sob a luz dos faróis brilha como brasa. Cambry se aproxima do gradil com as pernas bambas, certa de que vai morrer aqui. É uma sensação de miserável impotência, caminhar bovinamente para onde mandam você caminhar. *Ela sabe que sair do carro foi um erro.* Devia ter pisado no acelerador e dirigido direto para Raycevic, e ele então a fuzilaria, encheria o seu peito e seu rosto de balas. Mais uma vez, ela considera a possibilidade de fuga: *Eu preciso fugir. Pelo menos não vou morrer parada.*

Mas Cambry Nguyen sempre foi uma corredora. Ela havia fugido a sua vida inteira — da terapia, do dentista, de dizer "eu amo vocês" para a família. É triste, é estranho, mas ela está cheia disso. Estar encurralada e não ter para onde correr traz uma espécie de paz.

Chega até a ser engraçado. Essa ponte esteve à espera dela durante toda a sua vida.

— Encostada no gradil — Raycevic orienta gentilmente. — Por favor.

— Por quê?

— Já vou explicar.

Ele age com polidez excessiva. Isso a apavora.

Cambry olha para o caminhão de dezoito rodas do Homem de Plástico, que bloqueia a entrada da ponte. Ela vê a silhueta do gordo desprezível de pé nos degraus da cabine, observando-os com uma mão aberta sobre o rosto. Com a outra mão ele segura um modelo antigo de rifle.

Raycevic está mais perto dela agora.

— O seu nome é Cambry Lynne Nguyen — ele diz. — Você tem vinte e quatro anos. Gosta de desafiar a lei. Eu testemunhei uma transgressão. Comportamento indecoroso. Vandalismo. Furto em loja. Condução perigosa. Você cresceu em Washington...

Minha carteira de motorista!, *ela entendeu de repente.* Quando ele me fez parar, jogou meus dados no computador dele.

— Seus pais são John e Maisie Nguyen, e eles moram na West Cedar Avenue, 2013, em Olympia. Suas idades: cinquenta e quatro e cinquenta e nove...

— Por favor — ela murmura. — Pare, por favor.

— E não podemos nos esquecer da sua irmã. Lena Marie Nguyen. Mesma idade e data de nascimento, então deve ser sua irmã gêmea. Vocês são próximas? A sua foto é exatamente igual à dela. Ela mora num apartamento na Wabash Avenue, na região de White Center, em Seattle. Unidade 211.

Ela não consegue falar.

O policial se aproxima mais. Ela sente o cheiro do seu suor azedo.

— É uma merda de trato, Cambry, e você tem toda a minha simpatia, mas peço que me escute com atenção. — Ele abaixa o tom de voz, como se compartilhasse um segredo sinistro com ela. — É o único trato que vai conseguir *esta noite.*

— Do que você está falando?

— Eu preciso que me ajude. — Ele sorri, mas seu sorriso mais parece uma careta. — Cambry, tudo depende de você. A sua família depende de você. Você pode salvar a vida deles. John, Maisie e a sua irmã, Lena, nunca terão que se ver nem comigo nem com o meu pai. Nunca, jamais. Mas com uma condição: você precisa fazer uma coisa para mim. — Ele aponta na direção dela. — Essa única coisinha, Cambry.

Cada vez mais assustada, ela percebe que Raycevic está apontando para um local atrás dela. Sobre o ombro dela. Sobre o gradil cheio de bolhas da ponte, para a vasta e perfeita escuridão mais além.

— Pule.

PARTE 3
A ÚLTIMA PALAVRA

23.

Cambry passa por cima do gradil sem quase se dar conta disso. Quando dá por si, simplesmente está lá, como se tivesse sido teletransportada, erguendo os tornozelos dormentes sobre o gradil, um de cada vez. Sua respiração está acelerada, e é dolorosa. Seus tênis se arqueiam sobre o peitoril de concreto agora, e ela fica empoleirada nos dedos dos pés.

— Não olhe para baixo — *Raycevic sussurra.* — Apenas desista e solte.

Com os dedos agarrados fortemente ao metal frio, ela acaba olhando para baixo — para a vasta noite que espreita abaixo — e a brutal, apavorante profundidade do que há lá arranca-lhe o ar dos pulmões. Ela não pode pular. Não vai pular. Ele vai ter de atirar na cabeça dela. Ela desaba contra o gradil, sentindo lágrimas correrem por sua face vermelha e quente.

— Faça isso, por favor. — *A voz do policial se suaviza.* — Por sua família.

A voz do Homem de Plástico ecoa, um grito distante, que Cambry tem dificuldade de entender devido à adrenalina. Ela leva alguns instantes para entender o que ele diz.

— Mande bala logo nessa vadia.

— Não — *Raycevic grita em resposta.* — Vou dar uma chance a ela primeiro.

Então ele está dando uma chance a ela? Que barbárie monstruosa. Ela se agarra com firmeza à parte externa do gradil, firmando os pés. Ela jura por Deus, jura com todas as suas forças que nunca, jamais se soltará do gradil da ponte. Depois de morta, vão ter de serrar seus dedos para desgrudá-los da amurada. Jamais largará o gradil, mesmo que Raycevic enfie uma bala em sua cabeça e massacre os membros da sua família um a um.

— Ray-Ray! Atire nela e pronto.

Ela balança a cabeça para tirar o cabelo dos olhos, e fita Raycevic.

— Por favor... — *Ela implora num fio de voz.* — Por favor, só me deixa ir embora!

Ele balança a cabeça numa negativa.

— Não vou dizer nada sobre as suas fogueiras.

— Não vai mesmo. *A coisa é a seguinte, Cambry. Eu vou fazer contagem regressiva. Quando chegar a zero, vou dar um tiro bem na sua cabeça. E depois, nesse fim de semana, vou tirar uma folga e viajar até Washington.* — Ele exibe novamente o seu sorriso cheio de dentes. — *Você pode salvá-los, Cambry. Pode garantir que eles jamais tenham de me encontrar pelo caminho. Mas você está ficando sem tempo.*

— Você não precisa fazer isso...

— Dez.

— Por favor!...

— Nove.

— Não! — *A voz dela falha.* — Vamos conversar. Talvez a gente possa...

— Não temos nada para conversar. Oito.

Outro raio silencioso corta o céu, e o Homem de Plástico volta a gritar:

— Ela não vai pular. Eu preciso ir pro hospital. Então atire nela logo, Ray-Ray. Ou eu mesmo atiro.

— Sete. — *Seu olhar sombrio não se desvia dela.* — Tome uma decisão, Cambry.

— Não foi assim que aconteceu, Lena.

— Você não precisou atirá-la da ponte — ela sussurrou, horrorizada. — Você a *pressionou* para que ela mesma se atirasse! Você tem um computador da polícia. Ameaçou a família dela. Eu, meus pais... Você nos usou para intimidá-la!

— Não, eu tentei salvá-la. Você... — Ele abranda o tom de voz. — Você está em negação.

— Continue mentindo, Ray.

— Eu acho que você vai escrever um livro excitante sobre a sua irmã. Com perseguição. Com uma heroína desesperada. Um tira malvado na cola dela. Um segundo vilão que aparece de surpresa. Muita emoção e aventura.

Ela quase puxou o gatilho. *Que tal se essas forem as suas últimas palavras?*

— Mas... — Ele lambeu os lábios. — A história tem alguns furos.

Furos? Ela sentiu raiva ao ouvir isso.

— Vamos começar com o Dinossauro Bob. Lembra-se dele? — Com a cabeça, Raycevic gesticulou na direção da sua viatura. — De que maneira o personagem de desenho da Cambry foi parar no meu veículo, gravado no banco? Você diz que eu a forcei a pular da ponte sob a mira de uma arma. Me responda o seguinte: em sua versão dos acontecimentos do dia 6 de junho, alguma vez ela esteve dentro do meu veículo? E de qualquer modo, ela perderia tempo *rabiscando* durante uma perseguição de vida ou morte?

Lena tentou pensar. Por um momento, ela ficou desnorteada, até que encontrou uma explicação plausível:

— Ela fez o desenho como uma pista, talvez. Para que eu encontrasse e...

— Quando ela poderia ter feito isso?

— Não sei.

— É vaidade da sua parte, Lena. Isso não diz respeito a você. — Ele se aproximou dela, passando a língua pelos lábios. — Me diga: em sua versão, por que é que a gasolina da Cambry acabou?

— Quê?

— Você me ouviu.

— O tanque dela estava vazio. Quando você disse que encontrou o corpo dela...

— Não foi o que eu perguntei. Eu perguntei: a sua irmã tinha o hábito de dirigir por aí sem rumo, sozinha, com menos de *um quarto* de tanque, para cima e para baixo nas estradas secundárias de Montana?

— Talvez. Se ela estivesse com pouco dinheiro.

— Que conveniente.

— Ela roubou. Ela furtava gasolina quando precisava...

— Não. Quando você precisa furtar gasolina você vai pra cidade, Lena. Sou policial, sei o que estou dizendo. Você vai a um shopping, ou a uma pista de boliche, ou a um condomínio de apartamentos. Você não furta gasolina no meio do nada. Nessas estradas, você pode passar horas sem ver outra pessoa.

— O desespero pode te levar a fazer isso.

— Não, a *burrice* pode te levar a fazer isso. Sua irmã não era burra.

— Você por acaso a conhecia?

— Melhor que você.

Mais uma vez, Lena quase atirou nele. Bem na garganta.

— De qualquer maneira, eu não poderia ter coagido Cambry a pular. — O sorriso dele se alargou. — A base de dados não funciona assim. Não temos *wi-fi* por esses lados. Eu teria que solicitar informações por rádio, o que teria sido suspeito. E eu conseguiria no máximo o endereço da Cambry, que estaria absolutamente desatualizado.

— Você blefou, então...

— E esse nem chega a ser o maior furo na história, Lena.

Lascas de cinzas flutuaram entre eles. Fizeram os olhos de Lena arderem.

Ela sabia o que estava por vir.

Ela esperava por isso.

— Me responda, Lena: por que eu simplesmente não queimei o corpo de Cambry, como fiz com todos os outros? Seria bem mais vantajoso para mim. A solução mais simples e mais segura. Vivendo fora do radar como uma nômade, ela devia ter sido apenas mais uma das perdidas do meu pai. Dar um sumiço nela seria fácil. Então, o que a tornaria tão especial?

— Diga-me você.

— Por que eu a forçaria a pular, afinal? Em vez de simplesmente atirar nela ali mesmo?

— Sei lá. Porque você é um monte de lixo?

Ele começou a contar nos dedos:

— Preparar a cena da morte. Queimar os cadernos dela. Limpar evidências do veículo dela. Forjar uma mensagem de suicídio. Declarar que mandei Cambry parar. Você realmente acredita que eu faria tudo isso por *diversão*?

— Talvez. — Ela recuou um passo.

— Você não conhecia a sua irmã. — Ele sorriu com crueldade adolescente. — Não faz a menor ideia de quem ela era. Não foi por vingança que quis me encontrar aqui nessa ponte hoje. Vingança é só uma desculpa. Você está aqui para *aprender, para descobrir* alguma coisa a respeito da sua irmã, *qualquer coisa*, a fim de preencher o doloroso vazio dentro de você. Porque a verdade é que você teve quase vinte e quatro anos para conhecê-la enquanto ela estava viva, mas você desperdiçou cada minuto que teve. — Ele deu uma cusparada perto dos pés dela. Uma massa pegajosa, detestável. — Você foi uma bosta de irmã, Lena. Reconheça isso.

O vento soprou novamente, espalhando mais cinzas entre os dois. Por um momento, as palavras de Raycevic ecoaram no silêncio, e Lena não disse nada em resposta.

Tudo bem, ela pensou. *Vamos reconhecer.*

Ele estava certo. Tudo o que ele tinha acabado de dizer era verdade, e havia destruído Lena com facilidade e eficiência. Ele a havia cortado em pedaços e exposto cada um desses pedaços, e agora compreendia cada centímetro confidencial dela. As palavras dele tinham a atingido fundo, dolorosamente fundo. Eram inegáveis, incontestáveis.

Mas Lena se lembrava da menina Cambry, que aos doze anos deu fim à vida de um animal ferido de morte — fazendo assim o que precisava ser feito. Lena sabia que compartilhava esse DNA, que o mesmo sangue corria em suas veias aqui e agora. As mesmas fúrias, as mesmas falhas, a mesma luta.

Você pode me ferir, Raycevic. E feriu. Ele sabia exatamente onde golpear. Mas agora ela também sabe.

Vou te ferir ainda pior.

— Eu acho que sei o seu segredo, Ray — ela disse com voz calma.

— Pela última vez, nós não matamos a sua ir...

— Não estou falando de Cambry. É *você*. — Ela o fitou sobre a mira da Beretta. — Quem você é realmente.

— Hã?

— Você não é policial.

— Quê?

— Você não é policial — ela repetiu.

— Isso não faz sentido.

— Você *não é policial de verdade*, Ray. Você é uma fraude.

Ele emudeceu.

— Porque você não é o Ray — ela sussurrou. — Você é o Rick.

Pasmo e silêncio total.

— Você é o Rick, não é? — Ela o olhou direto nos olhos. — Você roubou a identidade do seu irmão depois que ele se matou, não roubou? Ele, o verdadeiro Raymond Raycevic, foi o irmão aceito na academia de polícia de Missoula aos dezoito anos. Não você. Você era o gêmeo fracassado que não conseguiu ser selecionado. Foi reprovado. Considerado incapaz. E então, quando vocês dois descobriram que o seu pai era estuprador e assassino em série, o seu irmão Ray explodiu a própria cabeça com um tiro. Ele era um homem bom e não conseguiu suportar. Mas você conseguiu.

Ele não disse nada.

Lena imitou o sotaque de Theo:

— E depois você *não sabe* por que tomou bomba na seleção da academia?

O rosto dele ficou todo vermelho. Muito vermelho. Ele a fitou cheio de ódio. Seus dedos amassavam o ar, como se ele estivesse ensaiando como quebraria os ossos do pescoço dela.

Agora Lena entendia. O sutil veneno que havia no apelido que seu pai lhe dera: *Ray-Ray*.

E ela adorava isso.

— Mas me diga... O Ray se matou mesmo? Ou você ficou falando ao ouvido dele para convencê-lo, como fez com a minha irmã para que ela pulasse? Estou perguntando porque o seu irmão era o favorito do seu pai, e era idêntico a você, e tinha uma passagem de ônibus para Missoula, onde seria treinado para o emprego dos seus sonhos. Isso deve ter doído, hein?

Ela olhou de relance para o gravador. Estava registrando cada maldita palavra.

— Você *não é um policial de verdade*, Rick. — Ela não podia mais se controlar; sua raiva agora havia aflorado, e suas palavras cortavam a garganta como vidro. — Você ingressou na polícia usando o nome do seu irmão. Recebeu o treinamento, o distintivo, o uniforme. Mas você não merece nada disso,

Rick. Você é um insulto a milhares de pessoas que acordam pela manhã todos os dias e fazem o trabalho mais duro que existe. E os seus heróis? Eles vão se revoltar quando souberem a verdade sobre você. Você jamais poderia vestir esse uniforme. Você é um assassino de criança, é uma fraude. Deixou-se usar pelo seu pai. Que foi, *bundão*? Não está gostando? Vai fazer o quê? Seu grande idi...

Ele atacou.

O homem que se fazia passar por Raymond Raycevic se lançou contra Lena como um zagueiro de futebol americano, com uma velocidade impressionante. Ele investiu com suas grandes mãos erguidas na direção da arma dela, para forçá-la para cima a fim de poder quebrar o seu pescoço, ou esmagar a sua traqueia, ou para colocar à força a arma debaixo do queixo dela e puxar o gatilho. Mas o que ele pretendia fazer não importava, porque ela havia passado três horas o estudando hoje. Lena havia reparado em todos os seus maneirismos, tiques nervosos e atitudes. Ela estava pronta.

Antes que ele pudesse alcançá-la, Lena baleou o cabo Raycevic no peito. Três vezes.

* * *

TRÊS TIROS DE PISTOLA ABALARAM o mundo de Theo Raycevic.

Seu olho bom se abriu, mas ele não enxergou de imediato. No início, tudo o que ele via era vermelho, um espaço turvo de forte vermelhidão imerso em canais subterrâneos. Então ele reconheceu os peitos de Marilyn Monroe, e percebeu que estava virado para baixo, com o rosto numa *Playboy* encharcada de sangue. Não, dessa vez não era chá. Era sangue — o *seu* sangue. Litros dele.

Ela atirou em mim...

Theo não conseguia acreditar nisso.

E no rosto!

Ele não devia estar vivo. Era impossível.

Pois é, aqui estou eu.

Theo não podia se olhar no espelho, mas supôs que a bala de Lena havia atingido o seu lábio superior. Um gosto metálico de sangue enchia a sua boca, vazando através dos seus lábios. Sua mandíbula estava toda torta. Seus dentes tinham sido arrancados, quebrados e triturados de uma maneira inédita e particularmente horrível.

Vadiazinha dos infernos!...

Pelo menos o caminhão havia parado de se mover, ligeiramente inclinado num emaranhado de ferro retorcido do gradil. Ele reconheceu que esse foi um golpe de sorte — as dez toneladas de peso teriam arrebentado facilmente as barreiras finas da ponte e despencado lá embaixo. Mas o gradil evitou que isso acontecesse. Mas por pouco.

Ele ergueu o seu rifle do chão, ainda quente. Ainda carregado e engatilhado. Ele o suspendeu com dificuldade até o seu colo.

— É isso aí.

Sua língua explorou os novos contornos da sua boca dilacerada.

Oh... Oow.

Dizem que gêmeos compartilham uma alma. É uma abominação quando um deles morre. O outro é condenado a vagar pela terra incompleto e só. Ray e Rick tinham sido condenados a se separarem para sempre, e nada mudaria isso; mas as irmãs Nguyen deviam terminar juntas. E terminariam — bem aqui, na Ponte do Grampo.

Theo se certificaria disso.

24.

— DOUTRINA DOS TRÊS METROS, LENA.

Ela sentiu no rosto o hálito quente de Raycevic. Fazendo arderem os cortes em seu rosto. As mãos enormes dele estavam fechadas sobre as dela, lutando pelo controle da Beretta.

Um tiro foi disparado no ar, numa explosão ensurdecedora.

Para um homem que havia recebido três tiros no meio do peito, o cabo Raycevic ainda exibia uma força surpreendente. Tentando arrancar a arma das mãos dela, ele a balançava de um lado para o outro, como se ela fosse uma boneca de pano. Uma boneca na boca de um pitbull. Mas Lena contava com uma vantagem: ela já o havia ferido fatalmente. Tudo o que precisava fazer era segurar a arma por tempo suficiente para que o gigante algemado sangrasse até morrer, e ver a vida se esvair dos seus grandes olhos a centímetros dos dela.

Mas isso não aconteceu.

E o sorriso dele se ampliou. O hálito dele soprou com força novamente por entre os seus dentes. O enjoativo odor adocicado do suor dele. Havia algo errado.

Então, ela ouviu um "clique". Um pequeno objeto caiu no chão de concreto entre eles. Uma moeda? Lena teve medo de olhar para baixo a fim de conferir — ela continuou olhando Raycevic nos olhos. Tentando não piscar. Tentando não demonstrar medo. Tudo o que importava era a pistola que agarrava com todas as suas forças. Ela não a largaria.

O estranho ruído soou mais duas vezes — "clique, clique" — e o pavor começou a tomar força dentro dela. O sorriso de Raycevic se alargou tanto que ela agora podia contar os seus dentes e ver o seu tártaro espesso. Ele a estava desafiando a olhar para baixo. Queria que Lena visse o que havia ali.

Não olhe para baixo, Lena. É uma distração.

Ela precisava olhar.

Não faça, não olhe...

Mas ela olhou.

E viu três peças de metal no pavimento. Amassados, com formato de cogumelo. Esmagados depois de se chocarem contra uma proteção sólida e impenetrável; algo sob o uniforme dele. Ela se lembrou do estranho som metálico que tinha escutado horas atrás, quando Raycevic bateu de leve no próprio peito.

Ele está usando um...

Raycevic a sacudiu com toda a força. Os pés de Lena saíram do chão, como se ela estivesse numa centrífuga, sem peso — era assim que o seu tio a girava no ar quando ela era pequena, com a brisa quente do verão roçando em suas orelhas —, até que bateu de costas na porta da viatura policial. Ela sentiu as suas costelas estalarem, e uma dor implacável. O ar foi arrancado dos seus pulmões, e ela gritou com uma voz sibilante, que não reconheceu.

Ele a levantou de novo pelas mãos entrelaçadas e a arremessou contra a porta de novo. E de novo. Ela sentiu a porta amassar. O vidro da janela se espatifou. A Beretta disparou outro tiro ensurdecedor a centímetros da orelha dela, e seus ouvidos zumbiram. Mas Lena não soltou a arma. Segurou a pistola com as duas mãos entre as dele, recusando-se a ceder, com o dedo indicador preso atrás do gatilho.

— Solte, Lena! — ele esbravejou bem diante dos olhos dela.

Antes que ela pudesse dizer algo, o grandalhão a levantou e a girou novamente, jogando-a sobre o painel dianteiro da viatura. Com o rosto para baixo. Ela sentiu seu osso malar se rachar. Ela mordeu a língua, e sentiu o gosto de sangue. O carro balançou com o impacto.

O gravador escorregou do capô e caiu no chão. Ainda funcionando, ainda gravando cada golpe, cada grunhido, cada grito.

— Mãe, pai! — Lena gritou na direção do gravador. — Eu amo muito vocês...

— Eles não podem te ajudar, Lena.

— Cambry *não se matou!* — Sua voz se intensificou quando Raycevic a ergueu novamente e bateu seu corpo contra o capô da viatura. — Eu encontrei os assassinos dela!

— Quem liga? — ele resmungou. — Eu vou arrebentar essa droga de fita mesmo.

— Eu sempre estarei com vocês, mãe! — Ela lutou enquanto Raycevic levantava a arma para o alto em suas mãos solidamente cerradas, torcendo as dela para cima. — Não importa o que ele faça comigo, Cambry não está no inferno!

Com sua força, Raycevic quase a levantou do chão também. Os cotovelos dela estavam esticados. Por um momento, os ombros de gorila do cabo Raycevic bloquearam o sol vermelho — seus bíceps estavam quase rompendo as mangas do uniforme — e subitamente ele bateu na têmpora dela com a pistola de alumínio, como se fosse um porrete. Um clarão branco brilhou atrás dos olhos dela. Algo pareceu se quebrar como vidro dentro do seu crânio.

— Mãe... — ela balbuciou, com a boca cheia de sangue. Um dente da frente balançava frouxamente agora, fazendo suas últimas palavras soarem como assobios. — *Mãe!*

Raycevic levantou mais uma vez a Beretta em suas mãos. E usou-a como se fosse um taco, atingindo-a diretamente no rosto.

— Mãe, Cambry *não está no inferno...*

Lena ouviu o horrível som de algo se partindo; ele havia quebrado o seu nariz. Suas narinas explodiram como fogos de artifício por trás da cartilagem, e sangue quente começou a escorrer. Ela afrouxou o aperto das mãos na arma, e Raycevic quase a arrancou dos dedos cerrados dela. Quase.

Ela continuou segurando a arma.

— Desista! — ele ralhou, bufando. — Apenas desista...

— Desista, Cambry.

Equilibrando-se sobre os dedos dos pés na beirada da ponte, e agarrada ao gradil, Cambry — com os olhos cheios de lágrimas — ouve a voz de Raycevic, que agora se suaviza e se torna quase solidária. Quase reconfortante.

— Por favor. Desista. — Ele está mais perto agora, e seu rifle negro está abaixado. — Eu não quero ter que procurar a sua família nesse fim de semana, tá? Não quero atirar em seus pais na própria cama deles. Não quero invadir o apartamento da Lena no meio da noite e cortar a garganta dela. Eu não sou assim. Sou um cara do bem.

Ela fecha os olhos. A voz dele se aproxima mais e mais.

— Por favor, Cambry. Por favor, não me obrigue a fazer todas essas coisas horríveis. Eu não sou uma pessoa ruim.

Não! *Ela se segura com mais força ainda no gradil. Não, ele está mentindo, mentindo sobre quase tudo o que disse de si mesmo. Raycevic não é um cara bom. Não é nem mesmo uma pessoa ruim — ele é uma pessoa* repugnante. *Ele inventou o mal. É um vírus com número de seguro social. É um inseto de um metro e oitenta de altura, um inseto gigante que fala e anda.*

— Seis — ele conta. — Cambry, você pode salvá-los...

Ela olha para baixo, com o cotovelo enganchado no gradil. Nesse momento, seus olhos já estavam mais adaptados à escuridão. Ela pode ver o precipício abaixo dos seus tênis encolhidos; pode vê-lo com terrível nitidez: uma queda de mais de sessenta metros até as pedras do leito de um rio guarnecido de rochas e de madeira flutuante. Uma pessoa não deveria ver com tanta clareza a coisa que estava prestes a matá-la.

Em que a minha irmã pensou antes de morrer?
Eu tenho um palpite.

A garota ousada que sabotou um banheiro na escola, que caiu na estrada e se aventurou pelo país com um idiota inútil e fez o caminho de volta sem ele — essa garota não desiste. É teimosa demais. Aguerrida demais. Nem mesmo agora, com um rifle apontado para as suas costas e uma queda fatal diante dela. Ela pensa: Não posso soltar. Se eu fizer isso, os Raycevic vencem. Eu tenho de forçá-lo a atirar em mim. Tenho de ser um pé no saco insuportável para ele. Tenho de resistir, lutar até o fim, com o menor sopro de vida que me restar; e mesmo depois de morta, tenho de lutar contra ele.

— Desista. Por favor — ele continua.

Não mesmo. Não vou soltar esse gradil jamais, de jeito nenhum, e vou forçá-lo a atirar na minha cabeça. E depois ele irá atrás da minha família, se não estiver blefando. Ele provavelmente vai procurá-la primeiro, Lena. O seu apartamento em Seattle fica no meio do caminho para Olympia.

Me perdoem. É tudo minha culpa.

Ele irá atrás de você, mana, com todas as suas armas, e o seu treinamento, e os seus músculos. Você vai ter de enfrentá-lo. Precisa enfrentar Raycevic de cabeça erguida. Não tenha medo dele. Lute com inteligência. Lute com garra. Lute sujo. E, acima de tudo — mesmo que tudo pareça perdido —, não desista, Lena.

Não desista!

Raycevic finalmente conseguiu arrancar a arma das mãos dela.
Sinto muito, Cambry. Ele é forte demais.

Por inércia, o puxão de Raycevic acabou lançando-a sobre o capô. Nesse momento, ela já sabia que tudo havia terminado. Ela machucou o cóccix no para-brisa, arrancando um dos limpadores, e caiu de boca contra o gradil da ponte. Depois aterrissou no concreto sólido, ficando com metade do corpo estendida na beira da ponte. Erguendo-se sobre um cotovelo, ela se deu conta de que as suas pernas pendiam sobre o terrível vazio. Uma queda de sessenta metros.

— Até que enfim — o policial esbravejou.

Ele tinha a arma agora.

Os pensamentos de Lena chegavam lentamente, tomando formas estranhas em sua mente debilitada. Ela piscava e via estrelas em decomposição. Sangue jorrava do seu nariz quebrado, obstruindo-lhe a garganta.

De pé, Lena.

— Essa ponte... — ele resfolegou. — A Ponte do Suicídio não é realmente assombrada, devo dizer. Nunca foi. Meu pai começou a matar aqui. Ele fingia que seu carro estava com algum problema, fazia sinal para algum passante, e depois empurrava da ponte o pobre coitado. Ele nem mesmo sabia que havia tornado a ponte famosa. Teve de jogar *quatro* lá pra baixo pra merecer isso.

Lena ouviu a porta do carro abrir, e então um clique. Ele estava abrindo as suas algemas.

Ela se afastou do precipício arrastando-se, e puxou as pernas para trás. Cada uma delas pesava como um tronco. Tentou se levantar, mas só conseguiu rastejar. O mundo girava de maneira vertiginosa em volta dela, o céu escurecido, a fumaça, as pedras e o concreto, numa órbita nauseabunda. Ela tentou se concentrar em seus olhos embaçados, e percebeu que as suas lentes de contato haviam caído. Ela não podia ver Raycevic.

— Sabe o que é mais engraçado? — A voz enojante dele soou do outro lado do carro. — Faz *anos* que venho pensando em matar o meu pai. Acredita? E você simplesmente chega e me livra de um problemão!

A mente dela gritava: *Levante-se. Enfrente-o! Agora!*

Mas Lena estava exausta. Seus músculos não lhe obedeciam. Todos os ossos do seu corpo doíam. Enxergava muito mal sem as lentes de contato, e como se isso não bastasse, um olho já nem abria mais de tão inchado. Seus dentes faziam sons estranhos e pareciam desalinhados na boca. Se ela não conseguia nem mesmo se levantar, como enfrentaria Raycevic, um homem de mais de cento e dez quilos? Não de novo.

Cambry, eu lamento. Falhei com você.

Ela olhou para trás, tentando enxergar com os olhos cheios de sangue e lágrimas. Viu a sombra embaçada do cabo Raycevic contornando o carro em sua direção, e ao longe o incêndio — era como um carrasco envolto em chamas. Suas mãos estavam livres das algemas. E ele tinha uma arma. A Beretta *dela*.

Lena rastejou para se afastar dele. Mas era inútil.

— Aquele garotinho jogado no poço dois dias atrás... Chega, isso nunca mais vai acontecer. — Ele caminhou atrás dela, forçando uma risada. — Eu amo o meu pai, mas tenha dó, tenho meus limites. E o meu pai não tem nenhum.

Ela continuou rastejando. Fechando os olhos. Esperando, preparando-se para ser executada.

Sinto tanto, Cambry...

— E agora... acabou! — A voz dele estava *muito* próxima agora. Lena podia sentir o hálito dele em seu pescoço. — Meu pai nunca mais vai ter outra perdida. E isso significa que eu nunca mais vou ter de queimar outro cadá...

Lena demorou alguns instantes para notar que Raycevic havia parado de falar no meio da frase.

Ele havia percebido alguma coisa.

25.

ELE HAVIA SE ESQUECIDO DO GRAVADOR. O aparelho estava no chão, e ele o pegou.

— Espere... — Lena disse.

Ele avaliou o gravador em sua mão — era grande, mas surpreendentemente leve. Havia gravado zelosamente cada palavra dita, cada acusação, cada engasgo. Cada tiro. A fita dentro dele era o principal trunfo de Lena, e continha a confissão completa do cabo Raymond Raycevic — sua participação em catorze homicídios, colaborando com o assassino e ocultando indícios, e também o assassinato de uma criança pequena. Porém, quando ele terminasse de limpar os rastros desse dia escabroso, seria como se nada disso tivesse acontecido.

Não restaria nada para contar a história. Nem o corpo de seu pai. Nem o corpo de Lena. Nem os seus veículos crivados de balas.

Ele viu Lena erguendo-se sobre os cotovelos, toda ensanguentada. Jesus, o rosto dela era uma máscara pavorosa de Halloween. A pele estava cheia de manchas roxas. A cartilagem do seu nariz estava afundada, e brotava muito sangue do seu lábio cortado.

— Durante toda a minha vida eu fiz coisas desaparecerem. — Ele sorriu, sentindo o mundo aos seus pés. — Você se acha especial? Pois você é só mais um esqueleto com carne em volta. Você resolveu o maior problema da minha vida, e eu vou voltar ao trabalho na segunda-feira.

— Por favor, espere... — ela balbuciou, engasgada com o sangue.

Ele levantou o gravador acima da cabeça.

— Não, não, *não!*

E ele atirou o aparelho no chão de concreto. O gravador explodiu em fragmentos de plástico bem diante dos olhos impotentes de Lena. Para completar o trabalho, ele esmagou a fita cassete debaixo da sua bota. Um dia inteiro de conversação, todos os detalhes, toda a confissão — tudo instantaneamente, irreversivelmente perdido.

— Você não me deteve, Lena. *Você me libertou!*

***

Os acontecimentos de amanhã terão como resultado um dos seguintes cenários:

1 – <u>Raycevic me mata.</u> Isso é possível; é até provável, na verdade. Vou confrontar sozinha um assassino armado, e só contarei com uma arma escondida e com os meus instintos. Se esses recursos falharem, não terei sinal de celular nem apoio a que recorrer.

E o segundo resultado?

2 – <u>Eu venço.</u> O cabo Raycevic confessa o assassinato de Cambry Nguyen, e eu gravo essa confissão. Ele acaba morto ou algemado, e eu me torno uma heroína.

E depois?
Depois... Pego o carro e volto para casa, eu acho.
Vou parar numa lanchonete, talvez, e pedir banana split — um daqueles que eu e Cambry costumávamos dividir quando éramos crianças. Vou recomeçar a vida de onde parei. Vou vender a minha arma. Vou voltar a trabalhar, pagar minhas contas, e tentar ser a pessoa que eu era antes da morte da minha irmã. A Lena Nguyen que retorce o cabelo, que jamais teve um namorado, que se esconde atrás de perfis *on-line* e raramente deixa o seu apartamento.
Isso me apavora.
Começo a perceber que não tenho muito interesse em sobreviver ao meu encontro com Raycevic amanhã. Se conseguir sair viva dessa, não será realmente uma vitória, porque os meus problemas continuarão e os dele vão terminar.
Eu assimilei essa missão, eu a internalizei, eu a externalizei, fiz dela uma obsessão, entreguei-me a ela com cada célula do meu corpo — em incontáveis idas ao estande de tiro, perfurando exaustivamente grupos de cinco balas em cada carta de cada baralho de cinquenta e duas — e depois que eu acertar as coisas e acabar com Raycevic, não tenho ideia do que eu serei. Será que continuarei sendo a mesma de antes? De certa maneira, acho que Lena Nguyen morreu no mesmo instante em que você morreu, Cambry. Ambas fomos assassinadas por Raycevic.

Dizem eles que você cometeu suicídio, não é?

Acho que vou fazer isso também.

Acho que o meu plano é morrer na Ponte do Grampo amanhã. Eu não pedi folga no meu trabalho. Não paguei o aluguel desse mês (munição para a prática de tiro custa caro). Não disse a ninguém aonde eu iria, nem o que iria fazer, porque sem dúvida tentariam me deter.

Como de costume, estou fazendo rodeios e me alongando demais. Pois bem, direto ao ponto: acho que essa minha postagem no blog *Luzes e Sons* é o meu bilhete de suicídio. O último texto de Lena Nguyen. Formada em inglês, irmã ausente, amante de sanduíches. Onze de abril de 1995 – Vinte e um de setembro de 2019.

Queridos leitores, perdoem-me.

Provavelmente, não teremos resenha de livro na semana que vem.

Vamos falar francamente. Não é possível que vocês não tenham percebido que a coisa toda estava tomando um rumo estranho. Eu pareço bem? As últimas cinco mil palavras que escrevi podem ser observações e pensamentos de uma pessoa emocionalmente sã? E se (ou quando) eu morrer amanhã, quero que saibam, caros leitores, que eu tenho um plano B. E dos bons.

Posso até ser suicida.

Mas estúpida eu não sou.

***

— DÊ OUTRA OLHADA NISSO AÍ — A GAROTA SUSSURROU.

— Quê?

— Essa coisa que você esmagou. Dê uma olhada nela.

Sério mesmo, é?, ele pensou, chutando um fragmento da fita com sua bota.

— Não, Rick. — Lena disse a palavra "Rick" num tom condescendente, que o fez estremecer de ira por dentro. — Olhe de verdade para a peça, olhe *bem*.

— Você está atordoada.

— Eu vou esperar. — Ela cuspiu sangue no chão, ainda olhando para o policial com uma estranha calma. Dano no cérebro, talvez? A maçã do seu rosto estava inchada logo abaixo do olho, ganhando a cor de abóbora podre.

Raycevic sabia que não tinha tempo para isso. Precisava agir rápido: matar Lena, enfiar os corpos dentro do porta-malas e tirar os veículos da ponte antes que o incêndio que se aproximava atraísse os bombeiros. Ele tinha de sumir com dois corpos, um caminhão e um Corolla, tudo isso no meio de um *incêndio florestal*, pelo amor de Deus. Ele teria um fim de semana terrivelmente corrido — mas de alguma maneira o seu orgulho havia sido atingido, e ele tinha de ceder à garota apenas para provar que ela estava errada.

A primeira peça que ele pegou do chão foi uma placa de circuito verde. Nada de mais. Ele, então, pegou outro fragmento — uma peça branca onde a fita se encaixava. Nada de especial nisso também. Era só um gravador antigo para fitas cassete, do tipo que eles ainda usavam no escritório da ouvidoria do Condado de Howard.

— Satisfeita, Lena?

Ela continuou com a mesma expressão serena e calma. Mas não olhava para ele — não mais — e sim para um ponto na estrada onde havia restos espalhados do aparelho. Ela fitava uma peça apenas, na verdade.

Raycevic seguiu o olhar dela. Até chegar a uma cápsula de polímero preta, semelhante a uma concha, quebrada no meio. Não era feita do mesmo material que o gravador. Provavelmente estava fixada na parte de trás com fita isolante. Na lateral do objeto havia letras brancas gravadas.

Ele virou o objeto com a bota. A peça girou no chão até parar, revelando letras maciças: *Motorola*.

Raycevic sentiu um calafrio na espinha.

Lena olhou para ele e sorriu — um sorriso perverso, com os dentes vermelhos de sangue.

* * *

Essa postagem do blog *Luzes e Sons* não será publicada em tempo real; está programada para ser publicada no dia 22 de setembro, domingo, à meia-noite. (Portanto, se você estiver lendo este texto, isso significa que é tarde demais para me impedir.) Sinto muito, mas é necessário.

E já que a Ponte do Grampo se encontra em uma região que sabidamente não conta com sinal de celular, vou gravar Raycevic com o antigo gravador Shoebox de Cambry, e – como medida de segurança – através de um walkie-talkie preso com fita adesiva na parte de trás do gravador. O outro walkie-talkie estará digitalmente ligado ao meu laptop, registrando tudo na nuvem. Tudo será carregado automaticamente. Ficará tudo armazenado. E quando chegar a meia-noite, vai invadir a internet através desta postagem.

Não acredita em mim?

Pois deveria.

Se você simplesmente clicar no link abaixo, vai poder ouvir a conversa. Não é legal? Quem quiser pode baixar toda a minha conversa do dia 21 de setembro com o cabo Raymond R. Raycevic:

Cabo Raymond R. Raycevic: <u>SS9.21.19Raycevic.gxf</u>
Divirtam-se!
Mas tenham cautela ao ouvir. Pode conter o meu assassinato.

* * *

RAYCEVIC OLHOU PARA LENA, com os olhos arregalados.
— Onde e... está...
Ela sorriu. Isso fez a musculatura do seu rosto doer.
— Onde está o segundo walkie-talkie?
Ela balançou a cabeça numa negativa, cuspindo mais sangue no concreto. Depois se virou para observar a coluna de fogo na distância. Pinheiros tomados pelo fogo se assemelhavam a lança-chamas, alimentando ondas turbulentas de fumaça em espiral. Desde que era menina, Lena sempre adorou ver coisas queimando.
— *Onde está??!* — ele berrou.
— Sério? — Ela o encarou. — A sua ficha ainda não caiu? Você estava lá. Lá no restaurante Magma Springs. Está lembrado?
Raycevic franziu as sobrancelhas. Não, ele não se lembrava.
— Eu não entrei lá para comprar água, seu otário. O segundo walkie está conectado ao meu laptop. Cada palavra que você e eu trocamos aqui já foi enviada. O velho gravador de fita cassete é perfeitamente dispensável. Toda a nossa conversa vai ser publicada hoje à noite, integrada ao meu blog. Não há força na terra capaz de evitar isso. — Ela cuspiu uma grande bola de sangue no uniforme dele. — Você até pode pegar o carro e voltar para Magma Sprigs agora mesmo, se quiser, e esmagar o meu laptop também. Não vai mudar nada. Já está feito. Neste exato instante, a sua confissão está em algum lugar no espaço, engatilhada, aguardando o momento de se materializar.
Ele ouviu tudo calado.
Lena não conseguiu resistir. Ela riu, esticando o rosto inchado.
— Pensou mesmo que eu fosse tão ingênua? Que eu apostaria tudo numa *troca de tiros* com você, um provável assassino?
O matador de criança não disse nada.
— Eu estou disposta a arriscar a minha vida. Até mesmo a jogá-la fora. Mas não vou arriscar a verdade. A verdade é preciosa demais. Pela verdade eu tomei precauções, para garantir que o mundo tomasse conhecimento de tudo o que aconteceria nesta ponte hoje.
E você fez pouco de mim porque eu trabalho numa loja de eletrônicos, ela quase acrescentou. Segurando-se na estrutura do gradil, Lena tentou se levantar. Iria morrer de pé, não jogada no chão.

— Ei, a beira da ponte é logo ali — ela disse, apontando o local. — Caso você queira... bem, escapar do que te aguarda. Antes que o seu departamento descubra que você jogou uma criança viva num poço esta semana.

Raycevic parecia menor. Encolhido, com os ombros caídos — um impostor usando uniforme da polícia. A arma chacoalhava na mão dele. Um tremor febril. Talvez tudo estivesse se voltando contra ele, como um carrinho de mão cheio de blocos de concreto — pois amanhã, mais ou menos no mesmo horário de agora, ele seria alvo de uma caçada humana de alcance nacional.

— Mas... — Lena recuperou o fôlego. — De uma coisa você pode ter certeza.

Raycevic olhou novamente para Lena, que sorriu.

— Você *não vai* voltar ao trabalho na segunda-feira.

O policial também sorriu. Mas sem convicção — os cantos da sua boca se curvaram de maneira hesitante. Os músculos de seu rosto pareciam se recusar a obedecer. Então, num piscar de olhos, o rosto dele voltou a ficar estranhamente inexpressivo. Ele havia tomado uma decisão. E Lena sabia qual era.

— Pode atirar em mim se quiser — ela disse. — Isso não vai mudar a sua situação.

— Mas vai mudar a sua.

Ele encostou a Beretta na testa dela e apertou o gatilho.

O disparo é ensurdecedor.

Cambry grita em meio à explosão de ar pressurizado. Seus calçados perdem tração no precipício de concreto, e ela se agarra ao gradil com a ponta dos dedos. Ela não conseguirá se segurar por muito tempo.

— *Cinco. Esse foi só um tiro de aviso, sobre a sua cabeça.* — *Ele aponta o rifle semiautomático mais para baixo.* — *O próximo vai ser bem no meio da sua cabeça. E então os seus problemas chegarão ao fim. Mas e quanto aos problemas da sua mãe, do seu pai e da sua irmã? Ah, você pode apostar que os problemas desse pessoal só estão começando.*

Cambry continua agarrada ao gradil, mas está perdendo a firmeza. Ela é forte e persistente, mas seus músculos parecem não passar de carne morta agora. O suor frio faz seus dedos escorregarem. Ela está sucumbindo à gravidade, centímetro a centímetro deslizando rumo à queda livre.

— *Quatro. Cambry, desista.* — *A voz dele torna-se suave de novo.* — *Não se preocupe. Vou escrever uma linda nota de suicídio para a sua família. Vou enviar uma mensagem de texto para a sua irmã. Que tal?*

— *Por favor, me perdoe* — *o Homem de Plástico diz, imitando uma voz feminina para zombar dela.* — *Eu não podia mais viver com isso...*

Uma explosão abafada soa atrás dela. O motor do Corolla finalmente morre. O combustível agora chegou ao fim. Se tivesse tentado fugir, até onde conseguiria chegar? Conseguiria percorrer mais um quilômetro? As estimativas variam. Ninguém sabe exatamente quanto combustível ela tinha no início.

O leito do rio é um buraco negro a chamá-la. E a voz de Raycevic é um sussurro venenoso ao ouvido dela: "Ninguém vai sentir a sua falta, Cambry. Sabe disso, não sabe?".

Deus, eu espero que Cambry não tenha acreditado nele.

— Você é só uma solitária desajustada fugindo dos seus problemas. Milhares de pessoas como você morrem todo ano. Você é uma estatística.

Em que a minha irmã pensava nesse momento, enquanto olhava para baixo, para o fundo da Ponte do Grampo? É difícil para mim escrever essa parte.

Ninguém jamais saberia.

— Três.

Jesus, eu daria tudo para saber.

— Dois.

No meu coração, eu acredito que sei: ela decidiu nos salvar. Cambry Lynne Nguyen percebeu que não havia saída e fez uma escolha racional para proteger o pai, a mãe e a mim da vingança de um policial psicopata. Ela provavelmente acreditava que nós jamais descobriríamos a verdade. Que Raycevic nos convenceria com suas mentiras, e nos faria crer que ela havia sido vítima das próprias fúrias numa estrada desolada de Montana.

Ela fez isso por nós. Em 6 de junho, ela se tornou o nosso anjo da guarda.

— Ray-Ray, atire logo nessa vadia.

A voz de Raycevic se eleva, e ele faz pontaria.

— Um...

Minha irmã se solta do gradil da ponte.

Eu estou morta.

Lena demorou um breve instante para perceber que ainda estava viva.

As chamas distantes do incêndio ainda rugiam, o seu coração ainda batia forte no peito, e a Beretta na mão de Raycevic — a arma *dela*, na mão dele, apontada para a cabeça de Lena — havia negado fogo subitamente. Ele apertou o gatilho mais uma vez, com mais força, e então olhou embasbacado para a arma que não funcionava.

Isso encheu Lena de entusiasmo. Deixou-a em júbilo. Ela quis rir de novo bem na cara avermelhada dele; porque o cabo Raymond (Rick) Raycevic — com confissões gravadas de ocultação de provas em catorze homicídios e do assassinato de uma criança, e que amanhã a essa hora viraria manchete no país inteiro — não conseguia nem mesmo executar a mulher que o tornaria famoso.

Cambry, ela pensou, arrepiando-se.

Lena sabia. Sabia o que havia realmente acontecido. *Obrigada, Cambry, obrigada...*

Ela girou o corpo para se afastar de Raycevic e lutou para ficar de pé, com o cabelo coberto de sangue lhe batendo no rosto. As chaves do Toyota em sua mão. Então, mesmo muito ferida, ela se lançou em fuga na direção do Corolla.

Eu lhe sou grata, mana, por essa última ajuda. Daqui em diante, eu assumo o controle.

* * *

RAYCEVIC ESTICOU O CARREGADOR DA arma, ejetando o cartucho.

Não havia ocorrido milagre nenhum ali. Nada de sobrenatural. Durante a briga, as mãos dele haviam se fechado fortemente sobre a pistola; e quando o disparo foi acionado, o mecanismo acabou travando e falhando. Uma das primeiras falhas que os instrutores ensinam a corrigir; era um problema fácil de resolver.

Ele deixou o carregador da arma deslizar para a frente com satisfação. Ergueu a Beretta mais uma vez para fazer pontaria nas costas da garota em fuga. Ela tinha acabado de chegar ao Corolla, que se encontrava a uns seis metros de distância. Arrastando-se nos calcanhares, ela se contorceu para abrir a porta.

Ele atirou quando Lena mergulhou dentro do veículo. O espelho lateral foi atingido e se estilhaçou.

Raycevic deu um passo para a esquerda em busca de um ângulo melhor, e mirou através da janela traseira do Corolla. Lena ainda estava exposta. Um frágil assento não a protegeria. Ele viu Lena através do vidro, viu os movimentos frenéticos dela no assento do motorista enquanto enfiava a chave na ignição.

O motor do Corolla mais uma vez despertou, reverberando. As luzes vermelhas dos faróis traseiros se acenderam. Mas fugir assim não iria salvá-la. Enquanto mirava com cuidado no descanso de cabeça do banco, notou que se sentia um tanto decepcionado com a garota que estava prestes a matar.

Só isso, Lena? Você veio me caçar aqui. Você me achou... Ele pressionou o gatilho. *E agora está fugindo?*

* * *

LENA COLOCOU O CÂMBIO em marcha à ré.

Pensa que eu vou fugir, filho da puta?

Ela pisou no pedal do acelerador, e o Corolla se projetou para trás "cantando pneu". Direto para cima de Raycevic.

Ele abriu fogo.

Lena se encolheu quando as balas atravessaram o vidro de trás e rasgaram o seu assento, espalhando pedaços amarelos de espuma. O painel de instrumentos explodiu. O para-brisa rachou e ficou cheio de fendas. Encolhida o mais que podia debaixo da coluna de direção, ela apertava o pedal com o joelho, e o carro continuava a se mover velozmente para trás; ela sabia que os disparos ensurdecedores dele eram uma coisa boa — porque Raycevic havia desperdiçado segundos valiosos atirando em vez de se esquivar, e agora era tarde demais para que conseguisse sair do caminho do Corolla.

Ela sentiu a traseira do carro chocar-se contra o policial com um baque surdo.

Um impacto satisfatório, brutal. Lena adorou. Ela virou a cabeça e viu os grandes ombros dele colados na janela de trás do Corolla. A pancada havia deixado o grandalhão sem ar. Suspenso sobre o porta-malas do veículo, Raycevic se agarrava ao aerofólio com a mão direita.

E sua mão direita estava erguida. Com a arma.

Apontada diretamente para Lena. Perto demais para errar agora. Ele sorriu cruel para Lena através do vidro rachado. Mas não teria rido se soubesse o que havia atrás dele, aproximando-se rápido.

Lena sabia. E se encolheu o quanto pôde para se proteger... Quando a traseira do Corolla bateu em cheio na viatura do cabo Raycevic.

***

ELE SENTIU SEUS JOELHOS SE PARTIREM como gravetos secos.

O cérebro humano "desliga" como reação a um traumatismo físico — pelo menos é isso o que a classe médica havia garantido a ele por duas décadas. De algum modo, porém, o homem que tinha dado a si mesmo o nome de Raymond Raycevic experimentou cada detalhe sensorial como se fosse em resolução de tela de cinema. A explosão de metal colidindo contra metal. A dor lancinante, excruciante. A aterradora visão das suas pernas desaparecendo abaixo dos joelhos. Elas ainda estavam em algum lugar lá embaixo entre as mandíbulas de metal amassado, felizmente ainda ligadas ao seu corpo.

Depois, como se fosse um chicote, seu corpo foi lançado com violência sobre o capô da sua própria viatura, e ele bateu a cabeça com tanta força que temeu ter fraturado o crânio.

Nesse ponto, o tempo se expandiu. Ele se lembrava de ter visto um planeta vermelho semelhante a Marte. Viu brasas flutuando no ar como vaga-lumes. Ele havia perdido a pistola na colisão — mas mesmo assim, absurdamente, havia algo em sua mão direita. Raycevic estava segurando alguma coisa. Ele virou o pescoço para olhar.

Era um sapato de tecido, infantil, com uma tira de velcro.

Ele sentiu o estômago revirar. *Não!*

Sim. Um tênis de criança bem na palma da sua mão, com as solas de borracha porosas sob a luz do sol forte. O calçado tinha escorregado dos pezinhos do seu dono puramente por acidente...

Não, não, não...

Ele havia ficado lá, de pé diante daquele poço, ouvindo o grito do garotinho desaparecer dentro do túnel de pedra. De repente, bem no fundo do poço, um baque ecoou, com uma solidez deprimente. Como se fosse um saco de farinha. O grito se extinguiu imediatamente, e estava acabado. Não havia mais volta. Raycevic sentiu um gosto azedo na boca, um gosto ruim de refluxo gástrico. Sem nada mais a fazer, e sentindo-se inepto por deixar uma tarefa pela metade, ele jogou o pequeno calçado no poço também, para que ficasse com o seu dono doze metros abaixo.

Não havia alternativa. Teve de ser o poço. Ele não conseguiria queimar um corpo tão pequeno. Era repugnante demais; ele nem podia se imaginar escolhendo os pontos onde iria cortar. Sozinho com os seus pensamentos na noite passada, a centímetros da cabeça da sua mulher no travesseiro ao lado dele, ele tinha tomado a decisão de encher o poço de concreto no domingo, para enterrar para sempre a construção de pedra.

Aquele menininho de cabelo castanho que ele conheceu sentado no banco de um carro, coberto com figuras adesivas Marvel, era o primeiro ser humano que ele havia matado pessoalmente. E ele havia feito isso quarenta e oito horas atrás.

Eu devia simplesmente ter deixado ele num quartel de bombeiros, ele havia concluído na noite anterior, com lágrimas nos olhos enquanto Liza roncava num sono profundo. *Se ele crescesse e identificasse a gente, paciência. Eu fiz uma escolha diabólica. Nunca vou me perdoar por isso, nunca.*

De súbito, as pernas de Raycevic queimaram. Com os nervos espremidos, os sentidos de Raycevic foram cruelmente estimulados, e uma onda de dor crescente e devastadora o fez despertar para uma terrível realidade. Ele se bateu e urrou com os dentes cerrados; mas estava imobilizado, preso entre o veículo de Cambry e a sua própria viatura. Tentou se erguer, e sentiu a rótula esquerda estalar desagradavelmente dentro de uma estrutura óssea quebrada. Com os olhos marejados, ele viu de relance um osso exposto.

Mais à frente, ele ouviu a porta do Corolla abrindo-se com um rangido. Fragmentos de vidro se espalharam pela estrada. Outra onda de dor varreu os seus nervos espremidos — porque o Corolla balançou quando Lena saiu do veículo.

A hora do acerto de contas havia enfim chegado para ele.

E o seu carrasco tinha o rosto de Cambry.

***

Então é isso, pessoal.

Acho que o blog chegou ao fim.

Já passa da meia-noite agora, no momento em que digito este texto no meu apartamento, então tecnicamente podemos dizer que já começou o dia 21 de setembro. O dia em que vou confrontar o policial.

Tudo já foi devidamente arranjado. Minhas cartas aos meus pais, aos meus colegas de trabalho e aos meus amigos estão todas escritas e seladas. Algumas foram enviadas pelo correio hoje. Algumas são digitais. O restante está cuidadosamente disposto na minha mesinha de centro. Agora preciso ir dormir, para ter pelo menos cinco horas de sono. Preciso estar razoavelmente descansada para aquele que será o dia mais importante da minha vida, na Ponte do Grampo.

Antes de ir, porém...

Uma última carta. Para você, Cambry. Porque me dei conta de que nunca escrevi nada para você. Não oficialmente.

Para A Minha Irmã Gêmea

Sejam quais forem nossas diferenças, seja qual for a distância entre nós, eu me orgulho de ter um rosto igual ao seu. Em determinado momento, no útero, nós até fomos a mesma pessoa. Nós compartilhamos átomos. E um dia, quando os nossos corpos se tornarem pó, compartilharemos novamente. Me perdoe por mentir para os nossos pais sobre aquela corça. Perdoe-me por nunca ter contado a verdade durante todos esses anos. Sinto muito, muito mesmo, por termos conversado tão pouco. Foi por minha culpa que você acabou naquela ponte.

Vou consertar isso amanhã.

Agora vou para a cama. E quando acordar, vou viajar até Montana para acabar com a raça do filho da puta que te matou, mana.

Rata,
21/09/2019, 00h11.

26.

ELA VIU RAYCEVIC SE CONTORCENDO, prensado entre a traseira do Corolla e a grade de sua própria viatura como um inseto esmagado. Ela não conseguiu ver as pernas dele abaixo do joelho, e nem precisava. A enorme poça de sangue no chão já era suficiente.

Ela pegou a sua Beretta.

— Eu... Vo... cê... — Ele lutou para falar. — Você precisa saber disso... Antes de me matar.

Lena checou a câmara da pistola e fez pontaria.

— Fale rápido.

— Não é culpa sua — ele balbuciou, engasgando. — O que aconteceu com... a Cambry.

Quê?, ela pensou.

Lena esperava ouvir palavras venenosas da boca do cabo Raycevic, mais mentiras e sarcasmo e ódio. Mais detalhes sangrentos. Talvez um último insulto do tipo "Eu comi a sua irmã", ou "Ela amava o meu pau", dito com raiva e dentes cerrados. Tudo menos o que havia acabado de ouvir desse homem arruinado que respirava com dificuldade, massageando as pernas prensadas entre os carros e lutando para conseguir falar. Sua calça estava reluzente de tanto sangue.

Ela esperou. Com o dedo no gatilho.

— Cambry era um indivíduo, uma pessoa, você é outra. — Ele forçou um sussurro gutural. — Eu aprendi... quando o Ray se matou, que você precisa deixar que os mortos fiquem com uma parte da culpa. Odiar-se não vai trazê-la de volta.

Os olhos dela ficaram marejados. A arma pareceu mais pesada em sua mão.

— Lena, *não é sua culpa* que Cambry tenha morrido. As escolhas dela a trouxeram até esta ponte.

Ela virou a cabeça para o outro lado. Não deixaria que ele a visse chorando. Levantou a cabeça, olhou para o céu e piscou com força, várias vezes, fitando as colunas de fogo. A fumaça tingia o céu como tinta marrom. A beleza triste que havia no fato de as coisas queimarem e definharem e se espalharem. Ela se lembrou de ter ficado horas olhando fixamente para uma fogueira num acampamento, na infância, enquanto Cambry apanhava insetos para o seu jarro em meio à escuridão.

Cambry, minha inquieta irmã. Sempre em movimento. Sempre buscando algo.

Não é sua culpa.

Ela voltou a olhar para o policial.

— Obrigada, Ray.

— Me chame de Rick. — Ele sorriu gentilmente, e por um momento viu o homem que ele havia desejado ser quando se tornasse adulto, não o homem que atirava criancinhas em poços. — Meu Deus, você é... *exatamente* igual a ela.

— Eu sei.

— É como ver um fantasma...

— Eu sei.

— Ela nunca falou de você, nunca a mencionou — Raycevic sussurrou. — Nem uma vez.

Ei! Essa peça girou em falso na mente de Lena, recusando-se a se encaixar. *O quê?*

Ele havia desafivelado o seu cinto, e estava amarrando um torniquete improvisado sobre um joelho. Fez uma careta de dor quando apertou o nó com força. Lena esperou que ele voltasse a falar, repassando as palavras dele em sua mente — não, não fazia sentido. Havia algo de errado. Raycevic estava mentindo novamente. Era mais um joguinho.

Ela se lembrou da carteira dele.

Na estrada. Como um disco de hóquei. Bem no lugar onde Lena a havia deixado uma ou duas horas antes, na ocasião em que Raycevic tentou distraí-la enquanto o seu pai apontava um rifle para as costas dela. Raycevic mentiu para distraí-la, ela teve certeza disso. Tanta certeza.

Agora, porém, um desagradável calafrio percorria a sua espinha. Uma vértebra de cada vez.

Com as pernas bambas, Lena caminhou até o centro da ponte. Ajoelhou-se e pegou a carteira de Raycevic com os dedos trêmulos. Abriu as laterais dela, deixando os cartões dele caírem no chão.

No fundo da carteira. A última foto...

Dessa vez ela prendeu a Beretta debaixo do braço e usou as duas mãos. Encontrou a fotografia dentro de um compartimento oculto. Um papel denso, parecido com cartolina. Lena a puxou para fora com o polegar e virou-a para olhar.

Ela não reconheceu Raycevic vestido com roupas de civil — calça jeans rasgada e uma camisa salmão que não poderia ser mais caipira. Ele estava sentado numa canoa com dois lugares, com uma vara de pesca no colo e água cristalina atrás dele. No outro assento, a segunda ocupante do bote estava inclinada para a frente, aproximando-se de Raycevic para a foto, estendendo o pescoço e posicionando o rosto. Com a palma da mão sobre a coxa de Raycevic. E ela era...

Lena virou a cabeça para o lado abruptamente, para não olhar mais. Quis jogar fora a foto. Jogá-la da ponte, e deixar que o fogo a destruísse.

Ele a estava observando.

— Eu *te disse*, Lena.

Lena cravou os olhos no céu poluído, piscando com força. Ela chorou — um longo e estranho lamento. Não havia como esquecer ou apagar o que tinha visto, e dessa vez não havia tiroteio para desviar a sua atenção. Finalmente, com o coração despedaçado, ela voltou a olhar para a fotografia.

Para o próprio rosto.

— Eu sabia que gostava dela. — Raycevic sorriu melancolicamente. — Desde o dia em que a peguei furtando gasolina nas proximidades do supermercado Super One e a convenci a ficar na cidade por algum tempo. Foi em março, eu acho...

Não, não, não! Isso não fazia sentido. Era totalmente absurdo.

Ela esquadrinhou a imagem à procura de erros de edição ou de montagem. Tentou encontrar sombras incompatíveis, margens cortadas. Sinais de coação, talvez, como uma arma pressionada nas costelas dela — porque era impossível que Cambry pudesse parecer tão descontraidamente feliz com esse homem, pescando com ele, beijando-o, conversando junto à lareira e bebendo da mesma garrafa. A pele dela estava bronzeada, sua boca curvada com aquele sorriso familiar. Radiante e travesso.

— Você não a conhecia, Lena.

— Mas você a perseguiu — ela disse, hesitante.

— Persegui.

— Depois que ela viu aquelas suas fogueiras...

— Tudo isso é verdade. Você sabe tudo sobre a perseguição, e por que nós a perseguimos. — Os olhos dele brilharam, indicando que ele havia se lembrado de algo. — Mas você não sabe por que *ela fugiu*.

A pausa que se seguiu foi torturante.

Como o silêncio antes que a lâmina da guilhotina desça.

— Cambry e eu passamos aquela tarde no lago. Nós nos divertimos. Nossos últimos bons momentos juntos. Ela pescou uma truta do tamanho do meu braço. Mas ela acabou percebendo que eu estava alheio, com a cabeça em outro lugar, porque eu só conseguia pensar naquele menininho no meu galpão. Me corroía por dentro o fato de ser um monstro secretamente. E Cambry sabia que eu estava escondendo algo dela. Mentir só fez tudo piorar ainda mais. Nós brigamos. Ela foi embora zangada. Eu fui embora também. Voltei de carro para a propriedade do meu pai, *furioso*, transtornado por ter a minha vida tão arruinada por causa dele. Eu acho que seria capaz de matá-lo naquele dia. Mas ele não estava em casa, é claro.

E então — ele continuou — eu ouvi um som metálico, vindo de dentro do reboque do caminhão do meu pai. Parecia o som de uma corrente de metal, mas sutil. Quando eu finalmente me dei conta de que era o som de algemas se abrindo, um rifle foi encostado na minha nuca.

Ele engoliu em seco.

— Era a última perdida do meu pai. Uma mulher na casa dos trinta anos, raptada na interestadual. Ela havia acabado de se libertar. Livrou-se das algemas de alguma maneira, ou talvez o meu pai estivesse bêbado demais para trancá-las direito na noite anterior. E ela pegou o rifle da cabine do caminhão, aproximou-se rastejando por trás de mim e me emboscou com a arma. Que sorte a minha, não é? Ela estava coberta de sangue, transtornada e agitada, e com muita raiva. E me ameaçou com o dedo no gatilho: *Me diga para onde levou o meu filho. Ou vou explodir a sua cabeça em pedaços.*

Ele respirou com dificuldade, e prosseguiu.

— Daí, com aquele cano de rifle .30-30 pressionando a minha nuca, eu disse a ela: "*Não sou o Homem de Plástico*, sou apenas o cara que apaga os vestígios dele". E prometi que o garotinho dela estava bem, que eu o havia colocado num lugar seguro para a própria proteção dele, que ela não precisava me matar, que nós encontraríamos uma saída...

Ele bufou.

— E então Cambry atirou nela.

***

NÃO!

Tudo desabou dentro da mente de Lena; ela agora não conseguia mais nem pensar.

Não, não!

— Cambry tinha me seguido. E então viu uma estranha apontar uma arma para a minha cabeça. Entende? Ela *agiu*. A sua irmã salvou a minha vida.

As palavras dele soavam fracas. Distantes.

— Mas em seguida ela olhou dentro do reboque. E viu as algemas. A câmera de vídeo. Cambry percebeu que havia uma *fita adesiva* pendurada na mulher que ela tinha acabado de matar. Com tudo isso bem diante dela, ela começou a perceber que havia algo muito estranho. E eu tive de olhar nos olhos dela e lhe explicar a verdade. O que o meu pai fazia. O que eu fazia pelo meu pai. E também o que Cambry tinha acabado de fazer.

Lena ainda não conseguia acreditar no que ouvia. Tanto horror, tanta dureza de coração.

— E ela... ficou... *mortificada!*...

Lena sentiu a ponte oscilar sob os seus pés, a ponto de sentir vertigem. Por pouco não perdeu o equilíbrio.

— ... beijei a cabeça dela e lhe disse que ela estava segura, que agora fazia parte da tribo Raycevic, que ninguém jamais saberia o que ela havia feito...

Lena teve ânsia de vômito.

— Eu mostrei a ela como eu cortava os corpos e os drenava...

Ela tombou no chão apoiada nas palmas das mãos, e tossiu. Um gosto ácido chegou à sua garganta.

— Eu amava a sua irmã, Lena. Eu a *amava*. Disse a ela que a levaria para tomar um sundae na manhã seguinte. Eu queria alegrá-la, levantar o astral dela. Essa é a parte triste. Eu achava que aquilo era um tipo de *celebração*. Porque durante toda a minha vida eu havia carregado sozinho o fardo do meu pai nas costas, e com Cambry talvez eu tivesse alguém para dividir esse fardo.

Ele forçou um sorriso. Sem malícia. Pura aflição.

— Então eu mostrei a Cambry o garotinho no galpão. Tive uma ideia brilhante: eu e ela, nós dois cuidaríamos do menino. Certo? Eu já tinha decidido que daria um pé naquela vaca leiteira que tenho como esposa, e nós formaríamos a nossa própria família. Cacete, era *tão* perfeito! Nós poderíamos fazer algo de bom depois de todas aquelas coisas terríveis. Salvaríamos o menino. Ela teria a chance de reparar o pecado que cometeu. De equilibrar a balança. Mas Cambry não me deu ouvidos. Apenas ficou sentada lá, observando-me enquanto eu queimava o corpo da mulher. Na ocasião em que tudo aconteceu eu não entendi, mas acho que agora entendo: ver o garotinho provavelmente destruiu o que restava dentro dela para ser destruído. Ela não havia somente matado uma mulher inocente por engano. Havia matado uma *mãe*.

Com a arma de Blake, Lena se deu conta. *Ela roubou mesmo a arma dele.*

Raycevic cuspiu saliva cheia de sangue.

— Ela também me enrolou, sabe? Ela me perguntou se poderia ir até o carro dela pra enrolar um baseado e ficar sozinha para pensar um pouco. Eu disse que tudo bem, porque àquela altura eu já tinha tirado a arma de Cambry, e também tirado a gasolina do tanque do carro dela. O que ela poderia fazer? Mas eu esqueci que haveria uma reserva no tanque. Cerca de um galão.

Então foi por isso que ela fugiu.

— Ela deu a partida e *saiu a toda velocidade.*

Os olhos de Lena se encheram de lágrimas.

— Eu só queria falar com ela, acalmá-la, antes que ela chegasse a Magma Springs. Não queria machucá-la. Mas ela podia nos destruir. Ela estava aos prantos, correndo num carro quase sem combustível, tentando desesperadamente ligar para o 911, para escapar e denunciar a gente.

Em sua mente, Lena voltou a encenar a perseguição. Cambry enganando Raycevic depois que ele a deteve. Cambry se escondendo dele no entroncamento, e quase escapando, mas denunciada no último segundo por um clarão de relâmpago. Esquivando-se da manobra de abordagem dele por centímetros e atirando-o para fora da estrada. Perseguindo o caminhão, lutando com o Homem de Plástico...

— Nós a encurralamos na ponte. Meu pai estava furioso por causa do seu olho, pedindo-me aos gritos para atirar nela de uma vez. E Cambry não tinha escapatória. Nenhuma saída, nenhuma opção. E sabia que eu não podia mais protegê-la. Ela tentou enviar uma última mensagem de texto, saiu do carro e subiu na amurada da ponte, bem ali... E antes que eu pudesse detê-la, ela...

Lena balançava a cabeça com horror impotente, torturante. Queria que ele parasse, que ele *calasse a maldita boca...*

— Ela pulou, Lena.

— Pare de falar!

— Ela se matou. É verdade. Você a colocou num pedestal. — Ele sorriu, como se se lembrasse de algo engraçado. — Ei, isso vai entrar no seu livro? Ela daria uma heroína e tanto...

— Pare...

— Isso vai acabar partindo o coração da sua mãe, não é? Saber que Cambry não apenas se matou, mas que também matou *outra pessoa.* É, ela sem dúvida foi pro inferno, é lá que ela es...

— Pare, por favor!...

— O grande problema foi o texto de suicídio dela. Quando eu desliguei o telefone dela, a mensagem foi enviada automaticamente para você. Dá pra acreditar? Se não fosse por esse pequeno texto eu poderia ter queimado o corpo dela, como fiz com todos os outros. Mas agora era diferente: uma mensagem havia sido enviada direto para a família dela, e o *meu nome* estava nessa mensagem... Por isso eu precisei inventar uma história.

O coração de Lena se agarrou a uma ponta de esperança quando ela se lembrou da frase final da mensagem: *Por favor, me perdoe. Eu não posso viver com isso. Espero que você consiga, policial Raycevic.*

— Vingança — ela sussurrou.

— Não, não foi isso...

— Cambry mencionou o seu nome na mensagem que me enviou, para que eu viesse atrás de você.

— Não. — Raycevic pareceu relutante. Como se a revelação que estava prestes a fazer fosse cruel demais até mesmo para ele. — A mensagem não foi destinada a você, Lena. Cambry estava se desculpando para *mim*. Ela não podia viver com a culpa de ter assassinado aquela mulher. E talvez ela tenha ficado indignada por saber que eu poderia. Mas quando ela tentou enviar a mensagem naquele celular detonado dela, acho que ela selecionou o seu número por acidente na lista de contatos. *Rata* fica logo acima de *Ray*.

Essa era a última coisa que Lena poderia esperar. Foi como se um buraco se abrisse dentro do seu estômago.

— Eu não... — Ele deu de ombros debilmente. — Eu acho que ela não tinha nada a lhe dizer, Lena.

Na fotografia em sua mão trêmula, a irmã sorria para ela. Era o sorriso de uma estranha cuja face era idêntica à sua, impenetrável, desconhecida.

— Voc... você pensou... o que, que o espírito dela te enviou pra cá num sonho? *Vê se cresce*, Lena!

Ela se virou.

— Espere aí. Tem mais uma coisa...

Lena o largou lá. Nem passava pela cabeça dela atirar nesse homem horrível. Talvez ele sangrasse até morrer. Ou quem sabe o calor e a fumaça o assassem vivo.

— Ei — ele gritou. — Quer saber quais foram as últimas palavras dela?

Não, ela não queria.

— Na beirada da ponte, antes de pular?

Ignorando-o, ela abriu a porta do Corolla.

— A sua irmã me implorou chorando: *Ray, não conte à minha família, por favor...*

Ela se sentou pesadamente no banco do motorista e bateu a porta.

— *Por favor, Ray.* — A voz do policial atravessou as janelas quebradas. — *Não conte aos meus pais o que eu fiz.*

Lena colocou a sua pistola no porta-copos e engatou a primeira marcha. Não podia executar Raycevic sumariamente, mas sentiu um enorme prazer ouvindo-o gritar quando separou os dois carros e o fez tombar no pavimento sobre as próprias rótulas expostas.

27.

UMA DOR ALUCINANTE.

Theo estava se suspendendo e se arrastando pelos agonizantes centímetros finais que o separavam da porta da cabine, quando ouviu o eco dos gritos do filho. Por um caco que havia restado do seu espelho lateral, viu os dois carros separando-se. Ray-Ray desabando no concreto. O Corolla colocando-se em movimento e partindo.

Partindo na direção de Theo.

O tempo de Theo estava terminando. Sua mandíbula destruída despejava jorros de sangue entre os dedos a intervalos regulares. Ele estava se esvaindo, sucumbindo aos poucos ao seu ferimento fatal, enquanto via pelo espelho aquele carro azul aproximando-se cada vez mais. Dentro dele se encontrava Lena Nguyen; ela pensava que tudo havia acabado, e que ia deixar a ponte vitoriosa. Em mais alguns segundos, ela passaria bem diante do seu caminhão, e durante uma mágica fração de segundo Theo Raycevic a teria em sua mira num ângulo perfeito.

Ele teria a sua chance. Sua vingança.

Pela Kitty!

Ele tirou a mão pegajosa da garganta e ergueu a Winchester .30-30 para apoiar o cano sobre a porta. Mais uma vez — a última. Levantar a arma exigiu dele um esforço hercúleo, mas ele grunhiu e posicionou a arma. Pressionou o rosto contra a coronha e fez pontaria enquanto o carro se aproximava.

Uma última perdida. Uma última emboscada.

Ele firmou o rifle. *Kitty, você iria adorar isso.*

Sem os dedos pressionando a sua garganta, o sangue quente esguichava livremente em sua camiseta. Ele morreria tentando acabar com Lena Nguyen, e isso era perfeitamente justo. Por que temer a morte? Inconsciência é ausência de dor, a inexistência de tudo é nada... e isso resolveria a questão da próstata, diabos. O mundo flutuava ao redor de Theo, vagamente tingido de laranja e branco. Ele calculou que ainda lhe restavam cerca de trinta segundos antes de perder a consciência.

Tudo bem, porque para Lena restava menos tempo. Três segundos, talvez?

O carro entrou no campo de visão dele. O rosto de Lena tomou forma através do para-brisa quebrado. Ela estava pálida, assustada, coberta de sangue. A garota não fazia a menor ideia de que seria a última vítima do Homem de Plástico. A tensão era deliciosa. Era o ponto alto da vida de Theo, um verdadeiro êxtase: como uma perdida aproximando-se despreocupadamente da porta vazada do guarda-roupa de um quarto de motel para pegar o roupão de banho, Lena se aproximava cada vez mais, prestes a conceder a ele a mira perfeita e o privilégio de lhe meter um lindo tiro na cabeça.

Dois segundos agora.

Ele nem mesmo precisava se dar ao trabalho de mover o rifle. Deixou apenas que o rosto de Lena deslizasse perfeitamente para dentro da sua alça de mira. E com cuidado, com todos os vetores alinhados até o alvo, ele se preparou para apertar o gatilho.

Um...

A morte é indolor.

O cérebro de Cambry se destrói instantaneamente.

Depois de aproximadamente três segundos de queda livre da beirada da Ponte do Grampo, Cambry se choca de cabeça contra o solo de pedras a cerca de cento e sessenta quilômetros por hora. Tudo termina numa fração de segundo. Os miolos do cérebro dela se liquefazem, cada sinapse explode como um milhão de fragmentos de lâmpadas de Natal — e tudo o que Cambry Lynne Nguyen é desaparece instantaneamente, irreversivelmente. Todos os seus segredos, as suas piadas, as suas paixões. O Dinossauro Bob, a letra da sua música favorita, o motivo desconhecido que a levou a me chamar de Rata. Como eletrodos numa placa de circuito destruída, seus dados se foram para sempre.

Pelo menos é assim que eu imagino que isso tenha acontecido.

A comunidade médica concorda com o testemunho de Raycevic — é improvável que quem caia de uma altura dessas sinta a dor do impacto. Então foi assim que eu descrevi esse momento. Mas a verdade é que... eu não tenho a mais vaga ideia. E odeio dizer isso. Quem pode saber qual é a sensação de morrer? Tudo o que eu sei, caros leitores, é que a história da minha irmã termina aqui, e eu gostaria que terminasse de modo diferente.

Mais do que vocês jamais entenderão.

Eu escrevi este relato da maneira mais exata possível, baseada no testemunho verbal gravado por mim no dia 21 de setembro, durante o meu confronto com o cabo

Raycevic e seu pai, Theo — o assassino em série que agora se tornou famoso como o Homem de Plástico. Depois que eu esmaguei as pernas de Raycevic entre os nossos carros, ele ainda me fez uma última revelação: que lamentava ter assassinado a minha irmã. O walkie-talkie preso ao gravador havia sido destruído por ele a essa altura, por isso não existe áudio dessa confissão. Mas é importante mencionar que depois de horas de intimidação e de mentiras naquele dia, ele finalmente confessou o assassinato da minha irmã.

"Eu sinto muito por termos matado a Cambry." *Essas foram suas exatas — e últimas — palavras dirigidas a mim.*

Eu jamais concederia a ele perdão de espécie alguma. Mas também não podia executá-lo. Eu não sabia o que fazer. Deixei-o lá, voltei para o meu carro e parti.

Não. "Parti" não é a palavra correta.

Eu fugi.

E com essa minha demonstração de fraqueza eu acabei permitindo que um maníaco perverso ficasse com um carro em boas condições e um rifle semiautomático no porta-malas. Mesmo ferido ele poderia escapar, fazer reféns ou emboscar socorristas. O incêndio próximo não o teria matado — até hoje a ponte permanece onde está, enegrecida pela fuligem porém intacta.

Quando fui embora e o deixei para trás, lembro-me de ter olhado pelo espelho retrovisor e visto o rosto ensanguentado e machucado de Cambry. Um pensamento claro invadiu a minha mente.

No funeral da minha irmã, lembro-me de ter ouvido alguém dizer que quando você morre, deixa de ser uma pessoa e se transforma em uma ideia. Em meados de junho, eu acreditava que tivesse entendido; mas agora é que eu compreendo isso perfeitamente — a morte em toda a sua crueldade. Minha irmã perdeu a sua condição de membro participante deste mundo. Cambry não tem voz, não tem corpo, não tem eu. Ela existe em nossa lembrança, e no modo como nos lembramos dela. Tudo o que resta dela é o que carregamos dentro de nós agora, como as tribos nômades costumavam transportar fogo dentro de um chifre para manter as brasas acesas.

No momento em que eu passava pelo caminhão com o reboque tombado na beirada da ponte — o caminhão onde jazia o corpo do Homem de Plástico —, decidi que apenas uma pessoa carregaria o fogo da memória de Cambry. E essa pessoa não seria o seu único assassino ainda vivo.

Quem vai contar a história das horas finais da minha irmã não será Raycevic. Eu é que contarei essa história.

E é por esse motivo...

É por esse motivo que dei meia-volta, eu acho.

O Corolla mudou bruscamente de direção, sumindo da alça de mira de Theo.

Quê??
O espanto se transformou em descrença.
Não, não, nããããooo!...
O Corolla azul deu meia-volta de repente, negando a Theo o tiro perfeito em Lena Nguyen. Num piscar de olhos, o rosto do seu alvo se foi, encoberto pela estrutura do veículo.

Isso era inacreditável. Ela estava no papo. *No papo.* Era dele, completamente. Por que diabos ela havia resolvido dar a volta, nesse exato momento, nesse exato lugar?

O rifle balançou em suas mãos. Sua visão se turvou. Ele quis se inclinar para fora e atirar no carro da garota intempestivamente — o carro dela agora se afastava rapidamente de Theo, voltando ao outro extremo da ponte —, mas quase não tinha ângulo para o tiro; seria um milagre se acertasse. De qualquer maneira, estava fraco demais para se erguer sobre a porta.

Agora Theo teria de pagar o preço por sua tentativa. O sangue descia aos borbotões por sua camiseta. Sua mente se tornou mais turva e escura enquanto ele via o Corolla se afastar. Um único pensamento ecoava nas paredes agonizantes do seu cérebro:

Ela estava na minha mira. Eu a tinha. Eu a tinha. Eu sempre pego as minhas perdidas...

* * *

LENA ACELEROU DE VOLTA PARA a entrada da Ponte do Grampo.

Na direção da viatura de Raycevic, aproximando-se rápido em meio à fumaça. O assassino de crianças estava no chão, deixando um rastro denso de sangue enquanto fugia arrastando-se com suas pernas arruinadas.

Lena freou o carro, pegou a Beretta no porta-copos e ejetou o carregador em sua mão: vazio. Só restava uma bala de nove milímetros na câmara.

Ela só precisava de uma bala.

Cerca de cinquenta metros de distância dela, Raycevic a viu chegando. Ele sabia. Começou a se arrastar mais rápido. Com ossos em estado lamentável, tentando em vão parar em pé, ele lutou para chegar à parte de trás da sua viatura.

Lena voltou a encaixar o carregador vazio na pistola. Isso acrescentaria à arma alguns gramas a mais de peso, ajudando-a a ter firmeza na pontaria. Pegou os óculos de sol da irmã, que estavam sobre o painel de instrumentos, e os colocou no rosto. Esfregou os olhos com os polegares, respirou fundo, e num murmúrio desolado fez uma promessa final — *A mamãe e o papai jamais irão saber*, jamais! — antes de sair do carro e bater a porta com força. Ali, respirando o ar calcinado que se espalhava pelo lugar, ela enfrentaria o cabo Raycevic pela última vez.

Mana, eu te prometo. A mamãe nunca saberá.

Na entrada da ponte, Raycevic havia chegado ao porta-malas do seu veículo — que estava trancado. Ele o abriu, deixando marcas de dedo sangrentas na porta, e vasculhou dentro dele...

***

E NO MOMENTO SEGUINTE ERGUIA no ar o seu fuzil AR-15.

O fuzil havia esperado nas sombras o dia inteiro, e agora finalmente, *finalmente* estava em seu poder. Negro e reluzente, com seu odor pungente de solvente, levemente adocicado.

— Surpresa! *Sua puta!* — ele murmurou, voltando-se na direção de Lena e reprimindo uma risada.

Lena estava fora do carro agora. Ela parou calmamente ao lado da porta do veículo com os pés afastados na largura dos ombros. Seus cotovelos se ergueram, formando uma perfeita posição isósceles de tiro enquanto ela erguia a Beretta e mirava em Raycevic. Ela nem mesmo usou o veículo para se proteger.

O fator mais desconcertante nessa situação era a distância. Eles estavam a cinquenta metros de distância um do outro.

Raycevic deu um tapa na trava de parafuso para engatilhar a arma. Ele apontou o rifle para Lena, pousando a mortalha do cano no para-choque do veículo. A mira holográfica com sistema multirretículo encontrou o alvo facilmente. Avidamente.

Cambry estava de pé. E também apontava sua pistola para ele.

Cambry não, *Lena*. Usando os óculos de Cambry. Ela era uma estátua a uma distância de meio campo de futebol, bem centralizada na mira do fuzil de Rick, apontando para ele a sua pistola sem magnificador de mira. Por um instante surreal, ele teve a sensação de que estavam fazendo contato visual através das suas armas. Alguma coisa nessa situação — nesse duelo aberto sob um céu em chamas — o apavorou. Sem proteção. Sem palavras. Sem desculpas.

Sério mesmo, garota?, ele quis gritar. *Vai parar um balaço com a força do pensamento?*

Cinquenta metros era uma distância fácil para uma AR-15 com magnificador de mira, mas para a pistola dela era o dobro da distância para um disparo eficaz. Pistolas são armas de curto alcance; a longa distância é extremamente difícil disparar tiros precisos. As balas de baixa velocidade são muito mais vulneráveis ao vento e à gravidade. Por mais que Lena tenha praticado tiro, com certeza nenhum estande com ar-condicionado de Seattle poderia proporcionar uma distância de tiro de cinquenta metros. Ele ainda tinha o seu colete balístico, que só não o protegia de ser alvejado na cabeça. Lena era ótima atiradora. Mas ela não podia ser *tão* boa assim. Certo?

Certo. Ele soltou a trava de segurança da arma.

Lena provavelmente já havia percebido o erro fatal que tinha cometido ao voltar para executá-lo — ao voltar e ser apanhada na armadilha de uma troca de tiros que ela jamais venceria. Ela teria tempo para se arrepender de ter voltado, enquanto Rick Raycevic apontava bem no meio do peito dela com sua mira holográfica magnificada e se preparava para atirar. E o que restava a ela? Fazer o mesmo que já havia feito antes: segurar a pistola com as duas mãos na posição de isósceles, respirar fundo e mirar.

Ela não é tão boa assim, ele pensou, iniciando o acionamento do gatilho. *Não é possível que ela seja tão bo...*

Ele viu um clarão na mão dela — Lena atirou primeiro. A cinquenta metros de distância, a luz o alcançou imediatamente, e logo em seguida a bala, e uma fração de segundo depois, o som.

Raycevic jamais ouviu o som.

***

QUATRO MINUTOS DEPOIS, o Corolla das irmãs Nguyen deixou a Ponte do Grampo pela última vez, e no caminho de saída passou novamente pelo caminhão inutilizado de Theo Raycevic na rampa sul.

No caminhão, o seu rifle Winchester de ação por alavanca descansava sobre a porta, com um cartucho .30-30 revestido de aço na câmara. Um dedo rígido estava no gatilho. O Corolla surgiu primeiro no espelho quebrado do caminhão, e, em seguida, entrou na alça de mira do rifle. Mas o rifle não disparou, porque o homem que o segurava havia sucumbido à perda de sangue minutos antes.

O carro entrou e saiu da mira da arma.

E seguiu caminho.

O caminhão de Theo continuou pendurado por um trecho retorcido do gradil, na beirada da ponte, por mais quarenta e oito minutos. Então, um último rebite estourou sob a pressão do peso que suportava, e todo o veículo de carga — e dentro dele o corpo do assassino em série que se tornaria postumamente conhecido como Homem de Plástico — despencou no leito do rio num estrondo meteórico de metal esmagado e diesel em chamas.

Um espetáculo que não foi visto nem ouvido por ninguém.

28.

Quando parti, eu podia jurar que você estava comigo no carro, Cambry.
Sentada na frente. Bem ao meu lado. Isso está tão perfeitamente claro em minha mente — vi você sentada ali com os dedos dos pés sobre o painel, mascando chiclete, desenhando em seu caderno, olhando para mim e sorrindo enquanto a sua mão dançava sobre o papel. Você sempre adorou desenhar.
Eu também sorri.
Não consigo descrever como me senti naquele momento. Deus, estou tentando fazer isso neste exato instante, sem sucesso. Tudo o que posso dizer é que foi a sensação mais calorosa e mais agradável da minha vida. Uma paz obtida a duras penas.
Agora o seu espírito finalmente pode descansar, mana, porque os seus assassinos nunca mais vão roubar outra vida inocente. Nossa mãe sabe que você não está no inferno. Enquanto eu dirigia o seu carro crivado de balas de volta para Magma Springs, não pude evitar que um sorriso bobo, de pura felicidade, tomasse conta do meu rosto; pus o tocador de CD do seu Corolla no último volume, e ouvi os seus CDs antigos com um som de explodir os tímpanos.

Lena dirigia em silêncio.
Ela já havia gritado. Havia chorado. Havia vomitado. Já havia feito tudo isso, com os olhos vermelhos e a garganta dolorida, e agora não sentia absolutamente nada. Como se um buraco estéril se abrisse em seu peito. Ela já nem conseguia mais olhar para o rosto da irmã.
A Ponte do Grampo desapareceu atrás dela. Ela prometeu a si mesma — enquanto a estrutura arruinada se encolhia diante de uma coluna de fumaça de um quilômetro — que jamais voltaria a colocar os pés nela de novo. Ela desejou que o metal pudesse queimar também. Ela desejou jamais ter vindo para Montana.
Um relâmpago cruzou o céu. Sem trovoada, sem perturbação. Apenas uma vibração no ar.

Sobre o joelho dela estava a fotografia da carteira de Raycevic — ele e Cambry sorrindo juntos no lago. A própria existência dessa foto era um enigma, e um último vislumbre do sorriso torto dela. Lena também já não suportava mais olhar para a fotografia.

Jogou-a pela janela e deixou que o vento a levasse.

29.

Eu preciso dizer uma última coisa.

E então terei terminado.

Enquanto digito isso, o sol começa a nascer. São 5h31 da manhã de 21 de setembro, e eu estou prestes a partir para o Condado de Howard em minha missão suicida para confrontar Raycevic e descobrir a verdade a respeito da morte da Cambry. Levo comigo uma garrafa térmica de café e a minha Beretta travada e carregada.

Tive um sonho esta noite.

Eu preciso registrá-lo antes que me esqueça dele. Antes de ir embora.

Em meu sonho, nós tínhamos dezoito anos de novo. Você e eu, Cambry. Nós estávamos naquela estrada de ferro sobre o rio Yakima com os seus amigos, e você me disse, antes de pular, que não acreditava em vida após a morte. Aquele horrível baque que soou quando você bateu a cabeça na viga. Eu pulei atrás de você e de alguma maneira consegui encontrá-la em meio a tanto frio e escuridão. E nós desmoronamos de exaustão em terra firme, sobre a areia fria. Muito arfantes. Havia algas verdes do rio em seu cabelo.

E você vira a cabeça e olha para mim — e eu sei que isso não é lembrança, isso acontece nesse sonho agora, porque na vida real os seus amigos já estavam em torno de nós — mas no meu sonho somos apenas nós e as águas do rio, e você olha para mim com uma tristeza pungente em seus olhos de adolescente. Eu nunca havia visto tanta angústia antes.

Eu fico à espera de que você fale.

Eu sei que isso não é um sonho normal. Não é outro pesadelo com gargantas cortadas e intestinos expostos. De uma coisa eu sei: essa é a minha chance, minha única chance talvez, real ou imaginada, de falar com você novamente.

Estou esperando que você fale. Só isso.

Por favor. Diga alguma coisa, mana.

***

LENA CHEGOU A MAGMA SPRINGS SOB um céu alaranjado tóxico. A rodovia estava bloqueada; pessoas evacuadas seguiam para o leste, e brigadas contra incêndio iam para o oeste. Ela entrou no estacionamento de cascalho compartilhado pelo restaurante Magma Springs e pelo posto de gasolina Shell. Cinzas salpicavam as janelas como uma geada apocalíptica.

Lena fechou e trancou a porta do Corolla. Um hábito, inútil nesse momento — as janelas tinham sido arrebentadas a bala.

Ela entrou no restaurante e encontrou a sua mesa intacta. A gravação havia sido transmitida para a nuvem exatamente conforme o planejado. A conexão prosseguia sem interrupção. O arquivo mp4 havia registrado três horas e dezenove minutos de material antes que Raycevic destruísse o walkie-talkie. Amanhã, mais ou menos nesse horário, os dois criminosos que Lena matara apareceriam no noticiário nacional.

Assistindo à cobertura do incêndio na televisão, a mulher no balcão nem olhou para Lena. Só perguntou distraidamente sobre o projeto dela.

— Vai bem — Lena respondeu.

— Gostaria de alguma coisa? — a mulher perguntou.

— Não. — Em seguida, Lena mudou de ideia. — Um sundae.

Quando a mulher se retirou na direção da cozinha, Lena percebeu um recorte de jornal emoldurado preso à parede. Um policial local recebendo uma condecoração. Ela reconheceu o sorriso de Raycevic quando mais jovem, e observou o rosto dele com atenção — seus dentes brancos e sua pose de herói —, e se perguntou em quantos corpos ele já tinha dado sumiço na época em que a foto foi tirada. Afinal, o que a sua irmã viu nesse sujeito, o Tipo idiota nº 18? Seria ele mais um inseto para a sua garrafa?

Cambry jamais poderia responder. Se o inferno existisse, ela provavelmente estava lá.

Ou então ela havia desaparecido completamente. O que é pior?

Sobre o tampo da mesa, o Dinossauro Bob olhou para Lena. Ela o havia desenhado mais cedo pela manhã, enquanto esperava por Raycevic. Ela tirou uma caneta da bolsa e começou a riscar o desenho com traços firmes, pesados. Sua mente regressou à Ponte do Grampo, à versão gravada no assento de vinil da viatura de Raycevic — outro enigma. Porém ela tinha de reconhecer, mesmo com tristeza no coração, que Raycevic estava certo: o Dinossauro Bob era de fato uma cópia do lagarto de um desenho antigo da Nickelodeon, portanto qualquer um poderia tê-lo desenhado. Nem tudo o que Cambry desenhava era brilhante.

O sundae chegou.

Lena comeu três colheradas, mas os seus dentes amolecidos doeram nas gengivas. A cobertura de chocolate estava fina. Tudo tinha gosto de sangue. Ela sentiu o estômago revirar de novo, e largou a colher. Suas bochechas ardiam, seus olhos se encheram de lágrimas.

A garçonete não se afastou: ficou olhando para Lena, petrificada. Lena demorou alguns instantes para perceber o motivo — seu nariz quebrado, o sangue solidificado em suas roupas e seu cabelo, a feia contusão roxa sobre o olho esquerdo.

— Pode chamar a polícia, por favor?

A garçonete fez que sim com a cabeça e saiu correndo.

Lena esperou em sua mesa. Ela retirou a Beretta vazia do coldre, desmontou-a e colocou as peças da pistola sobre o tampo da mesa. Então ela se sentou de braços cruzados e se perguntou se alguma vez já havia amado a irmã de verdade, ou se apenas amava *a ideia* dela. Faz alguma diferença, se a pessoa já não existe mais?

Ela olhou para a frente, para o banco da frente, até a sua visão se embaçar.

***

Você olha para mim.

Seus olhos se encheram de lágrimas, e os seus lábios se curvaram, e a princípio eu não consigo reconhecer essa expressão em seu rosto, porque nunca a havia visto antes em você: é vergonha. Humilhação — profunda e dolorosa humilhação. É de cortar o coração. Percebo que você está assustada comigo, de algum modo. Preocupada com o que eu penso a seu respeito, talvez.

Eu lhe pergunto o que há de errado.

Você não responde. Você vira a cabeça para outro lado, piscando em meio às lágrimas, e olha para o rio Yakima.

Eu ainda não compreendo. Toco o seu ombro. Você balança a cabeça para tirar o excesso de água do cabelo liso. Você continua olhando fixamente para a frente, para a água que quase a levou, para a margem oposta, e para mais além. E então seus lábios se movem e você enfim fala num leve murmúrio, com os dentes batendo:

Lena, vá.

***

LENA PISCOU vigorosamente.

Estava sozinha no restaurante. A televisão estava sem som. Também não se ouviam talheres tilintando nem lava-louças funcionando na cozinha. A garçonete havia conduzido todos os funcionários para fora depois de ver a arma desmontada sobre a mesa. Tudo o que Lena precisava fazer agora era esperar a polícia — a *verdadeira* polícia — chegar e levá-la para interrogatório. Mas algo não fazia sentido.

Não ainda.

Na fibra de madeira do tampo da mesa, o Dinossauro Bob ainda estava parcialmente visível. Ela não havia riscado totalmente os olhos do desenho de Bob.

Lena não tocou na caneta. Permaneceu sentada rigidamente com as mãos cruzadas, sob a luz do sol, enquanto o sonho da última noite tomava conta dos seus pensamentos.

Ir para onde, mana?

* * *

Você não me responde. Fica apenas balançando a cabeça e olhando para as águas do rio.

Vá, por favor.

Eu não entendo.

Você se volta e olha para mim, e uma lágrima rola por seu rosto. Há algo novo em seus olhos vidrados — urgência. Quase desespero.

Vá, Lena. Vá agora mesmo.

Mas tudo o que posso fazer é esperar. Parece que você está ficando frustrada porque não consigo entender o que me diz. Sinceramente, Cambry, estou me irritando com você também. Eu pulei naquela água escura atrás de você e arrisquei a minha vida, apenas para ser escorraçada assim? Por que eu me importei, afinal?

Balanço a cabeça, ainda confusa. Seja como for, eu não quero ir embora. Quero ficar com você. Sinto a sua falta. Por favor, meu Deus, me deixe ficar um pouco mais de tempo entretida nessa lembrança imprecisa da margem do rio Yakima, e falar com a minha irmã morta!

Mas então você resolve me repelir. Com vigor.

Por que está fazendo isso?

Deito-me de costas na areia úmida, aturdida e magoada, sem tirar os olhos de você. Com lágrimas em meus olhos. Não consigo evitar.

Vá, você insiste, energicamente. *Agora! O seu tempo está acabando.*

***

LENA SAIU DO RESTAURANTE Magma Springs.

Ela deixou sobre a mesa o seu laptop, seu sundae quase intocado e as cinco partes da sua arma desmontada. Ouviu a porta do estabelecimento bater depois que saiu. O céu estava escuro. Ela voltou para o Corolla. Ao lado das bombas do posto, a garçonete a viu sair com o carro; tinha um telefone celular na mão, e leu para o atendente da emergência a placa do Corolla.

Lena agora estava de volta à rodovia. Dirigindo rápido. O motor sacudia e tossia.

Lena, vá!

Lena ultrapassou em zigue-zague caminhões de bombeiros e carros-pipa de vinte toneladas, sentindo o vento fustigar os seus ferimentos recentes. Rodovia 200, depois a Estrada da Fazenda Pickle. Depois de alguns quilômetros, o lamento enfadonho de uma sirene da polícia surgiu atrás dela. Lena não olhou para trás. Sabia que estava sendo seguida por uma viatura idêntica à de Raycevic. Mas não tinha importância, porque ela estava quase lá.

Vá. Agora.

Ela quase deixou passar a estrada. Mas sim, estava lá: uma curva à direita depois do celeiro queimado, exatamente como Raycevic havia descrito. Mais uns oitocentos metros de estrada de cascalho, e ela chegou a um modesto trailer e uma oficina sobre uma vasta fundação de cimento. Ela estacionou e deixou a porta do carro entreaberta, os faróis brigando com a escuridão que caía. Entrou a pé num estranho roçado, atrás de uma carcaça de caminhão enferrujada, ao redor de pilhas de rochas escavadas e fileiras ordenadas de madeira que começava a apodrecer. À sua direita, Lena localizou o que tinha dado início a todo o horrível drama: quatro fogueiras com pirâmides de pedras empilhadas ao redor. Elas estavam vazias agora. Carvão seco expelia pó ao vento.

Ela continuou caminhando. À sua esquerda, trincheiras e terra escavada. Um trator vermelho com garra. O solo estava revolvido e afundava sob os pés. Ela se perguntou quantos carros estariam enterrados ali, bem onde ela estava caminhando. Quantos ossos humanos cremados estariam misturados ao solo.

Luzes vermelhas e azuis brilharam fortemente perto de onde ela se encontrava. A viatura policial estacionou atrás do Corolla, lançando sombras extravagantes pela propriedade dos Raycevic.

Lena continuou se embrenhando pelo lugar, mais e mais. O policial fez soar a sua sirene, chamando a atenção dela. Ainda assim ela não se virou. Ela não podia parar. Não iria parar, pois seu coração batia cada vez mais rápido.

O seu tempo está acabando!

***

Então eu acordei.

Esse foi o meu sonho, queridos leitores.

Deus permita que tenha sido realmente você, Cambry, e não a minha imaginação esperançosa. Espero que tenha sido realmente a sua alma visitando-me em meu sonho, empurrando-me porta afora à sua maneira direta. Para que eu não perca a coragem, para que eu *vá* e confronte Raycevic na ponte em que você morreu, a fim de evitar que o que aconteceu com você aconteça com mais alguém.

Mas alguma coisa não faz sentido — o desespero em seus olhos. A maneira como você me repeliu. Por que você estava tão irritada? Eu esperava que você tivesse alguma coisa mais legal para dizer, como *eu te amo*, por exemplo.

Eu acho que simplesmente não entendo.

E isso não importa, porque o que quer que você tenha feito em vida — eu não ligo. Perdoo você desde já, mana.

Por tudo. Por todas as coisas.

Eu despertei antes de ter a oportunidade de lhe dizer isso. Mas se você quisesse saber por que te perdoo? Você me conhece. Eu transformaria isso na coisa mais nerd que pudesse. Pense nisso como uma versão contrária da cruel Inteligência Artificial do conto "Eu não tenho boca e preciso gritar". Apenas isso: amor. Amor. Amor. Só amor por você. Nada além de amor aqui na Terra, no vazio imenso que você deixou ao partir. Amor de profundidade inimaginável, de vastidão incalculável, que se estende para Norte, Sul, Leste e Oeste, em infinitos horizontes de amor incondicional, incansável, incessante. Cambry, minha irmã gêmea, eu te amo pra caralho.

E se você fez coisas nessa vida das quais se arrepende, ou que queira reparar, e se teme que eu a julgue por essas coisas, saiba que eu não me importo. Descanse em paz, mana, porque eu sempre vou te amar.

E...

É isso. Já estou de saída. A caminho de Montana. Vou fechar esse laptop, sair, entrar no seu carro, dar a partida e cair na estrada. Eu *vou*, como você me pediu. Mas eu também tenho um pedido a lhe fazer.

Hoje, na Ponte do Grampo — olhe por mim, por favor. Seja o meu sexto sentido. Seja a voz que sussurra em minha mente, os pelos que se eriçam em minha nuca, a sutil vantagem para sobreviver à batalha de hoje. Deixe-me tomar emprestada uma das suas fúrias por um dia. Mas, acima de tudo, eu te peço: se for mesmo você em meu sonho, e não a minha imaginação desolada me pregando uma peça...

Por favor, Cambry...

Me dê um sinal.

***

O POLICIAL BAIXOU A JANELA e gritou para Lena:

— *Pare!*

Mas ela não parou. Não podia parar.

O policial desligou o motor da viatura, e em meio ao profundo silêncio, um som chamou a atenção de Lena. Era fraco, rouco, e parecia vir de um espaço confinado. Ela parou. O som parecia imaginário, ilusório, como uma campainha em seu ouvido.

Atrás dela, uma porta de carro se abriu.

— *Pare agora!*

Porém Lena se concentrava agora somente no som, um eco distante, irreal. Soando no limite da percepção dela, o ruído quase lhe escapava. Ela lutou para acreditar nele, para acreditar que não era fruto da imaginação nem resultado de danos em seus tímpanos — para acreditar que era real e *significava alguma coisa*. O som vinha de algum lugar abaixo dela. À sua esquerda. Ela localizou o ponto. Um local onde havia um círculo de pedras. Um poço.

Lena sentiu o seu sangue gelar.

Só nesse momento ela se virou, cambaleando de fraqueza, para encarar o patrulheiro rodoviário que se aproximara. Ele levou a mão à arma. Mas ele parou abruptamente, aturdido como ela, porque ouviu o mesmo ruído que Lena havia escutado. *Graças a Deus!*, ela pensou. O policial também havia escutado. Era real. Ela piscou, derramando lágrimas, e os olhos de ambos se encontraram. Ele já sabia o que era, e Lena — com o coração descompassado de emoção — também.

Do fundo do poço escuro dos Raycevic, o som se intensificou. Sofrido, rouco depois de dois dias de sede, implorando para ser encontrado.

Era o choro de um garotinho.

EPÍLOGO

Lena desceu pelo poço estreito com seus ombros e calcanhares curvados contra a estrutura de pedras. Como se descesse aos poucos por uma chaminé, com os joelhos pressionados contra o peito. O lugar era estreito demais para o policial, que fornecia corda para Lena do topo. A temperatura baixava à medida que ela se aprofundava na escuridão sufocante: quatro metros, depois cinco metros, depois nove, até Lena jurar que estava novamente no fundo do rio Yakima, com a mão estendida e os pulmões doendo, temendo que sua mão não encontrasse nada e que Cambry desaparecesse para sempre.

Mas dessa vez Lena Nguyen não sentiu medo.

E quando chegou ao fundo do poço, ela sentiu — eram dedinhos tocando os dedos dela.

Ela desamarrou a corda das presilhas da sua calça e se sentou com o menino, enquanto esperavam a ajuda chegar, dando a ele água em pequenos goles para que não vomitasse. Mais tarde, ela seria incapaz de se lembrar da maior parte das coisas que tinha dito ao garoto enquanto esperavam juntos — que ele estava seguro; que pessoas boas já iam chegar para ajudá-lo; que os entes queridos que nós perdemos estão sempre, *sempre* conosco. Coisas que na certa não significavam absolutamente nada para esse garotinho desidratado com pernas quebradas. Algumas vezes, tudo o que importa é a sua voz na escuridão.

Mas de uma coisa ela se lembraria.

— Quer saber um segredo?

Claro que ele queria.

Enquanto bombeiros e paramédicos chegavam, num turbilhão de vozes e de luzes projetadas sobre os dois de cima para baixo, Lena inclinou-se na direção do menino para lhe fazer a confidência.

— A minha irmã me ajudou a encontrar você — ela sussurrou.

LEIA TAMBÉM:

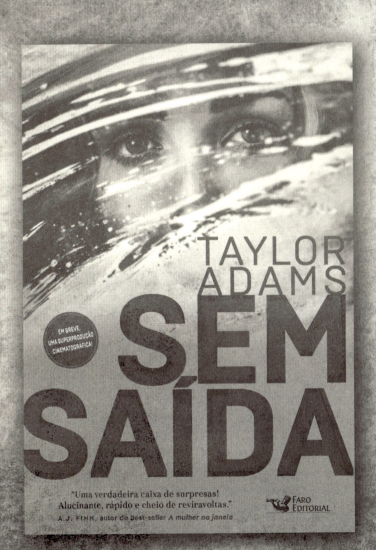

ASSINE NOSSA NEWSLETTER E RECEBA INFORMAÇÕES DE TODOS OS LANÇAMENTOS

www.faroeditorial.com.br

CAMPANHA

Há um grande número de portadores do vírus HIV e de hepatite que não se trata. Gratuito e sigiloso, fazer o teste de HIV e hepatite é mais rápido do que ler um livro.

FAÇA O TESTE. NÃO FIQUE NA DÚVIDA!

ESTA OBRA FOI IMPRESSA EM MAIO DE 2022